Tim Berger
Ein Häppchen Mord

PIPER

Zu diesem Buch

»Claus Hundt saß auf seinem Stuhl. Sein Oberkörper war nach vorn gekippt, und sein Gesicht ruhte auf seinem Teller, recht weich gebettet auf Salsicce und Pasta. Sein Glas war umgestürzt, der verschüttete Wein leuchtete tiefrot wie Blut.
›Um Himmels willen, warum ruft denn niemand einen Arzt?‹
Keine Antwort. Nur Peppinos Vater schaute trübe zu ihm her.
›Braucht er nicht.‹
›Wie? Wieso nicht?‹
›Braucht er nicht mehr.‹
›Aber ... aber er ...‹
›Dein Gast ist tot.‹«

Tim Berger ist das Pseudonym eines SPIEGEL-Bestsellerautors, der sich mit zahlreichen Projekten in der Spannung etabliert hat. Nun nimmt er sich des Themas »Foodtrends« mit Humor und cosy Atmosphäre in kulinarischen Krimis an.

Tim Berger

Ein Häppchen Mord

Kriminalroman

PIPER

Mehr über unsere Autorinnen, Autoren und Bücher:
www.piper.de

Wenn Ihnen dieser Krimi gefallen hat, schreiben Sie uns unter Nennung des Titels »Ein Häppchen Mord« an *empfehlungen@piper.de*, und wir empfehlen Ihnen gerne vergleichbare Bücher.

Von Tim Berger liegen im Piper Verlag vor:
Die kulinarischen Fälle von Camilla und Peppino:
Band 1: Ein Häppchen Mord
Band 2: Mord am Spieß

Unser Versprechen für mehr Nachhaltigkeit
• Klimaneutrales Produkt
• FSC®-zertifiziertes Papier
• Hergestellt in Europa

FSC www.fsc.org
MIX
Papier | Fördert gute Waldnutzung
FSC® C021394

Originalausgabe
ISBN 978-3-492-31961-4
März 2024

Redaktion: Kerstin von Dobschütz
Umschlaggestaltung: FAVORITBUERO, München
Umschlagabbildung: Bilder unter Lizenzierung von Shutterstock.com genutzt
Satz: psb, Berlin
Gesetzt aus der Swift
Gedruckt von ScandBook in Litauen
Printed in the EU

»Ich mach Feierabend, Chef.«

»Ich auch. Und danke, dass du mit mir die Sonderschicht geschoben hast.«

»Kein Problem. Es geht ja um die Wurst.«

Er lachte, und der andere stimmte mit ein.

»Wobei, Chef, Wurst ... so ganz ohne Fleisch ...«

»Du musst zugeben, die bisherigen haben nicht schlecht geschmeckt. Und die Kundin war auch sehr zufrieden. Sonst hätte sie ja nicht so viel nachbestellt.«

»Ja, aber ...«

»Ich kenne dein *Aber*: kein Fleisch drin, keine Wurst.«

»Genau, Chef.«

»Ich fürchte, du wirst dich daran gewöhnen müssen. Wir können im Moment nicht allzu wählerisch sein.«

»Ist ja recht, Chef. Hauptsache, der Laden wird wieder flott. Alles andere kann mir ja wurst sein. Gute Nacht.«

»Gute Nacht.«

Er schaltete das Hauptlicht aus, schloss die Tür ab und folgte seinem Mitarbeiter durch den Hof zum Parkplatz. Bevor er in den Wagen stieg, hielt er einen Moment inne und ließ noch einmal den Blick über das Gelände der Firma schweifen, die er so verzweifelt zu retten versuchte. Das Gebäude von Liebeneiner & Söhne Wurstwaren stand still und dunkel vor ihm.

Nur in einem der Produktionsräume – und von außen nicht zu sehen – geisterte der Strahl einer Taschenlampe über den blitzsauberen Boden. Das Licht erfasste Rohre und Abfüllvorrichtungen und schließlich den großen Kessel, in dem die Masse für die veganen Würste die Nacht über immer wieder gekühlt und gerührt werden würde.

1

Horst Schachner war nun schon seit zwei Jahren Privatier, aber dieser Anblick brach ihm immer noch das Herz. Hinter den Fenstern seiner früheren Fleischerei saßen teuer gekleidete Menschen vor großen Tellern und stocherten in kleinen Portionen herum, die kunstvoll angerichtet und dekoriert waren. Der etwas blasiert dreinschauende Herr direkt vor ihm zerteilte eine fingerdicke Rolle, die fast wie eine deftige Wurst aussah. Schachner wandte sich seufzend ab. Ein veganes Restaurant in seiner alten Fleischerei. Das Leben hatte einen seltsamen Humor.

An der Kante des Bürgersteigs musste er warten. Von links knatterte Ole in seiner Ape 50 aus den Siebzigern daher, und hinter seinem altersschwachen Dreirad-Lastwägelchen schlich eine stattliche Autoschlange wie eine blecherne Prozession, eingenebelt vom stinkenden Abgas des Zweitakters. Schachner winkte Ole müde zu und betrachtete dann den rissigen Asphalt zu seinen Füßen. Mit der Schuhspitze schob er lose Steinchen hin und her, bis ihn die Karawane der Genervten endlich passiert hatte. Die Straße überquerte er so zügig, wie es seine füllige Statur zuließ, dann riss er die Tür der Trattoria auf, schnupperte kurz in der würzigen Luft, die ihm entgegenströmte, und tauchte lächelnd ein in die quirlige Atmosphäre des *Salento.*

»Ah, Horst! Buona sera!«

Salvatore Sensoni, von allen nur Toto gerufen, winkte ihm zu und deutete auf den freien Stuhl neben sich. Schachner schätzte kurz ab, ob das Sitzmöbel ihn wohl tragen würde, dann ließ er sich vorsichtig darauf nieder. Auf dem Tisch standen eine angebrochene Weinflasche und einige kleine Gläser.

»Auch einen Vino?«

Toto fragte zwar, aber mit dem Einschenken wartete er nicht, bis Horst hätte antworten können. Solche Fragen waren für beide ohnehin eher rhetorischer Art. Die Männer prosteten sich zu, dann tranken sie schweigend, nur ab und zu unterbrochen von kurzen Sätzen über Fußball oder das kulinarische Potenzial von Schweinenacken.

Das *Salento* war gut besucht wie immer, es hing der Duft von gebackenem Pizzateig in der Luft, und die Gespräche an den Tischen rundum vermischten sich zu einem angenehmen Durcheinander. Horst war gern hier. Näher war er dem, was er an Italien zu lieben glaubte, bisher nicht gekommen. Auch nicht in dem Italienurlaub, den er vor vielen Jahren mit seiner damaligen Freundin begonnen hatte. Beendet hatte er ihn allein. Ihr Traum waren schöne Tage am Meer gewesen, Abende in der Oper oder im eleganten Ristorante. Er hatte zwei Wochen im engen Wohnwagen an der Adria organisiert und nach Sonnenuntergang Billigwein und mitgebrachte Rauchwürste genossen. Den Kontrast hatte sie keine fünf Tage ausgehalten.

Hier im *Salento* wollte dagegen niemand etwas von ihm, was er nicht gern zu geben bereit war. Hier ein

Gespräch, dort etwas Trinkgeld. Inzwischen verdiente er als Vermieter des Mehrfamilienhauses, in dem auch Camilla Browns veganes Lokal untergebracht war, genug, um sich in der Trattoria auch etwas Teureres zu bestellen. Er hielt sich trotzdem oft an die einfachen Speisen, so auch an den günstigen Hauswein. Damit fuhr man nicht schlecht im *Salento*. Selbst die schlichtesten Gerichte waren lecker, anders als in Italien gab es in dieser Trattoria neben Fleisch- und Pastagerichten auch Pizzen, und weil Toto den Hauswein selbst aussuchte und ihn gern und reichlich trank, war sogar in dieser Kategorie kein Fusel zu befürchten.

»Prego, Signore.«

Die hübsche Donatella flitzte zwischen den Tischen hindurch und ließ keinen Gast unnötig lange auf Essen oder Getränke warten. Und wenn es doch mal etwas länger dauerte, beschwerte sich wegen ihres bezaubernden Lächelns zumindest keiner der männlichen Gäste. Horst bestellte eine Kleinigkeit, und die Panini aus dem Holzbackofen und die stattliche Wurstplatte wurden schon gebracht, noch bevor er sein Glas hatte leeren können.

Toto saß da, bedachte die Anwesenden immer wieder mit einem zufriedenen Lächeln und schien vollauf mit Schauen und Plaudern, Trinken und Nichtstun ausgelastet zu sein.

»Noch ein Gläschen, Horst?«

Der Padrone schenkte nach und stieß mit seinem Gast an. Er war schon früher nicht durch übertriebenen Fleiß aufgefallen. Zwar hatte er einige der Spezialitäten des *Salento* erfunden, aber an den Herd stellte er sich nur, wenn er Lust dazu hatte. Wann immer es ging, überließ er die Küche seiner Frau und setzte sich zu den Gästen. So gab Toto seit jeher zu einem Glas Roten den leutseligen Padrone, und Gina Sensoni schwang die Kochlöffel.

Inzwischen hatte die mamma ein bisschen zurückgesteckt. Die Hüfte, das Herz. Vor allem aber wollte sie neben etwas Ruhe auch mehr Möglichkeiten, ihren Gatten im Blick zu behalten. Gina war nicht oft in der Gaststube zu sehen, aber sie schien einen siebten Sinn dafür zu haben, wann Toto sich in Schwierigkeiten bringen konnte. Saß er wie jetzt im Lokal, war sie zufrieden und ging irgendwo im Haus oder im kleinen Kräutergarten gemächlich ihren Geschäften nach. Stand er auf und wandte sich zum Gehen, ob hinaus auf die Straße oder hinüber in die Küche, tauchte sie unvermittelt auf und wachte mit Argusaugen darüber, dass Toto nichts anstellte und ihm nichts zustieß. Aber alles konnte sie nicht verhindern.

Demenz ist eine hinterhältige Krankheit, vor allem, wenn sie dem Betroffenen in den meisten Momenten nicht anzumerken und ihm deshalb oft auch gar nicht bewusst ist. Wenn sich Toto, wie an diesem Abend, mit Horst unterhielt, zeigte er so gut wie nie Anzeichen von Vergesslichkeit. Er wiederholte einige seiner Geschichten, das schon, aber wer tat das nach hinreichend Rotwein nicht?

Doch wenn Toto manchmal abends nicht mehr nach Hause fand, wenn er morgens im Schlafanzug zum Supermarkt ging oder in Camillas Nobelrestaurant hartnäckig darauf bestand, wie üblich zweihundert Gramm Mortadella vom Metzgermeister aufgeschnitten zu bekommen, hatten seine Familie und die engsten

Freunde gut damit zu tun, ihn mit möglichst wenig Aufsehen zurück ins Haus zu bringen.

Horst hatte ihn in der ehemaligen Fleischerei abgeholt, Ole hatte ihn am Stadtpark aufgelesen und ihn in seiner alten Ape die paar Kilometer zum *Salento* kutschiert, und mehr als einmal hatte sein Sohn Peppino ihm einen Mantel nachgetragen und übergeworfen, um dem Vater weitere Peinlichkeiten auf dem Nachhauseweg zu ersparen.

Ohnehin, Peppino: Totos Sohn war ein feiner Kerl. Auf ihn ließ auch sein Vater nichts kommen, obwohl der Junior als Kommissar für die hiesige Kriminalpolizei arbeitete, während viele von Totos Stammgästen das Gesetz eher nicht auf ihrer Seite hatten. Inzwischen ruhte Peppinos Kripojob, er war als Koch für seine Eltern eingesprungen. Vorübergehend, wie er gern betonte, wobei er sich als Kommissar für ein ganzes Jahr hatte beurlauben lassen und inzwischen so viel Freude am Kochen hatte, dass sich niemand zu wundern brauchte, wenn er der Kripo endgültig den Rücken kehren würde.

Nötig geworden war Peppinos Hilfe, nachdem sein Vater in den vergangenen Monaten manchmal vor der Pfanne gestanden und über das Rezept eines von ihm erdachten Gerichts gegrübelt hatte. Was dabei herausgekommen war, hatte manche Gäste mit wilden Gewürzkombinationen erschreckt und andere fast verprellt. Mamma Gina wollte gar nicht mehr damit aufhören, über ihren zerstreuten Mann zu schimpfen. Und schließlich erbarmte sich der Sohn und übernahm die Küche.

Die Rezepte waren ihm von klein auf vertraut, er war gewissermaßen in der Küche des *Salento* aufgewachsen.

Als Kind hatte er seinem Vater zugeschaut, während er eigentlich zwischen Schneidebrettern und Schüsseln seine Hausaufgaben hätte erledigen sollen. Als Jugendlicher hatte er sich und seinen Freunden nachts, wenn sie nicht mehr in den Clubs sein durften, noch schnell Spaghetti mit einer improvisierten Soße gekocht. Und nachdem er zu seinem Einstand als Kripokommissar einige Platten mit selbst gemachten Antipasti mit in die Inspektion gebracht hatte, waren stets alle Kollegen gern zur Stelle, wenn er das an seinen Geburtstagen wiederholte.

Wieder klingelte das Telefon. Donatella nahm den Hörer, notierte sich die Bestellung und sagte: »In swansig Minute.« Das war der erste Satz gewesen, den sie auf Deutsch gelernt hatte, und damit quittierte sie noch immer jede telefonische Essensbestellung, ganz gleich, wie lange es wirklich dauern würde. Ihr Deutsch war besser geworden in den vergangenen Monaten, aber ihren starken Akzent legte sie nicht ab.

Zum Glück nicht, dachte Horst. Ihre angeraute Stimme und ihr italienisch eingefärbtes Deutsch, mehr brauchte es nicht, um ihm nachts angenehme Träume zu bescheren.

»Das ist eine Frau, was?«

Toto war Horsts Blick gefolgt, nun lag ein seliges Lächeln auf seinem faltigen Gesicht.

»Peppino müsste sich nur endlich mal trauen«, raunte er, »müsste mal mit ihr ausgehen oder ihr nach Feierabend etwas kochen.«

Das war Totos aktuelles Projekt. Er wollte seinen Sohn mit dieser Frau verkuppeln. Auf die Idee hatte ihn sein Vater gebracht. Peppinos Opa, Don Armando, lebte nach wie vor im Heimatort der Familie, in Santa Maria di Leuca ganz unten am Absatz des italienischen Stiefels. Dort saß er wie eine Spinne im Netz und mehrte sein Vermögen mit Geschäften, über die niemand sprach. Einer seiner Handelspartner hatte drei ledige Töchter, Donatella war die älteste und hübscheste von ihnen, und Armando hatte ihn irgendwann davon überzeugt, dass sie unbedingt die Frau seines Enkels werden musste. Dieser Beschluss wurde besiegelt mit einem lukrativen Auftrag … und abgesichert dadurch, dass Armando wohlweislich verschwieg, was sein Enkel von Beruf war.

Natürlich dachte Donatella nicht im Traum daran, sich vorschreiben zu lassen, wen sie zu heiraten hatte. Aber die Arbeit in Deutschland reizte sie, also ging sie zum Schein auf die Bitte ihres Vaters ein. Und als sie Peppino kennenlernte, war sie mit den Plänen von Don Armando augenblicklich völlig einverstanden.

Totos Sohn schob sich durch die Pendeltür der Küche und ließ sich von Donatella die Notiz mit der Bestellung geben.

»Okay, ich mach mich gleich dran. Auf wann hast du ihm das fertige Essen versprochen?«

»Swansig Minute.«

»Dachte ich mir.« Er lachte. »Das wird aber knapp werden. Spendier dem Gast doch dann bitte noch ein Getränk fürs Warten an der Bar.«

»Gedt in Ohrrdnung.«

Die beiden gaben ein schönes Bild ab. Peppino war eine Handbreit größer als Donatella, schlank und sportlich, und er hatte sein Aussehen zum Glück mehr von seiner Mutter als vom Vater geerbt. Lachfalten und Grübchen an den Wangen verliehen seinem Gesicht etwas Lausbubenhaftes, wenn er lächelte oder grinste – und eins von beidem tat er fast immer. Dazu der Dreitagebart und eine nachlässig verwuschelte Kurzhaarfrisur. Falls George Clooney mal nicht mehr für Kaffeekapseln werben wollte, Peppino könnte den Job übernehmen.

Donatella strahlte ihn an. Peppino erwiderte ihr Lächeln freundlich, aber dann huschte er auch schon wieder zurück zu seinen Pfannen und Töpfen.

»Oje, so wird das nichts, mein Junge«, seufzte Toto und nahm einen Schluck.

Horst wusste, was er meinte. Peppino war freundlich zu Donatella, die beiden mochten sich und gingen sehr nett miteinander um. Aber an mehr schien Totos Sohn nicht interessiert zu sein.

Ein paar Minuten lang bediente Donatella in etwas gedrückter Stimmung, dann brach wieder ihre überschäumende Freundlichkeit durch.

Der Abend war gut gelaufen. Nachdem die letzten Gäste und kurz danach auch sein Vater die Trattoria verlassen hatten, war Peppino noch ein wenig in der Küche geblieben, um an einem neuen Rezept zu feilen. Mit dem Resultat war er nicht ganz zufrieden. Er stellte sich die Soße noch etwas deftiger vor, aber es ging schon in die richtige Richtung. Was dem Gericht noch fehlte, darüber dachte er nach, während er die Spülmaschine ausräumte, die Einkaufsliste für den nächsten Morgen vervollständigte, schließlich das Küchenlicht ausschaltete und den Hinterausgang nahm. Kurz blieb er vor dem Kräutergarten stehen, den seine Mutter so liebevoll hegte. Er schnupperte in die kühle Nachtluft, und obwohl die Aromen jetzt schwächer waren als tagsüber, wenn Basilikum und Oregano, Thymian und Rosmarin, Minze und Salbei von der Sonne beschienen wurden: Für einen kleinen Moment schloss Peppino die Augen und sog die Düfte lächelnd ein.

Noch etwas war zu riechen. Zigarettenrauch. Peppino ging ums Haus herum. Im kleinen Vorgarten saß sein Vater auf einem alten Campingstuhl und paffte eine seiner Selbstgedrehten. Die Laternen tauchten Straße und Gehweg in ein kaltes Licht, aber wenn die Leuchtreklame für die Trattoria ausgeschaltet war, lag der Vorgarten unter der großen Linde in tiefem Schatten. Peppino trat neben seinen Vater und legte ihm die Hand auf die Schulter. Toto sah auf, und sein Sohn versuchte, seinen Blick zu lesen. Kurz runzelte Peppino die Stirn, dann lachte der Vater.

»Mach dir keine Sorgen, mio figlio. Ich weiß schon noch, wer du bist.«

Peppino seufzte.

»Ich weiß allerdings auch, dass du dich viel mehr anstrengen musst, wenn das mit Donatella noch was werden soll.«

Peppino seufzte noch lauter.

»Lass gut sein, papà. Donatella und ich kommen gut miteinander klar. Und mehr will ich auch gar nicht.«

»Dio mio, Peppino! Was glaubst du, was ich alles anstellen musste, bis deine mamma endlich mal mit mir ausgegangen ist.«

»Ist gut jetzt. Ich will von Donatella nicht mehr, als

dass sie ihren Job gut macht. Und da kann ich mich nun wirklich nicht beklagen.«

»Aber gefällt sie dir denn nicht? Also, wenn ich jünger wäre ...«

Toto schnalzte mit der Zunge, und Peppino verzog das Gesicht.

»Hast du mir nicht gerade von mamma vorgeschwärmt?«

»Natürlich, deine mamma war ja auch eine schöne Frau damals. Sie und die andere Gina waren damals auf jeden Fall die Schönsten in ganz Italien. Dafür konnte man sich schon mal anstrengen, vero? Am ersten Abend sind wir ins Kino gegangen, dann zweimal essen und dann ...«

Seine Stimme bekam einen kehligen Unterton, und Peppino unterbrach ihn eilig.

»Hör bitte auf, papà! Das muss ich wirklich nicht wissen. Du solltest vielleicht etwas langsamer tun mit dem Wein.«

»Mach ich doch«, versetzte der Alte und kicherte.

Erst jetzt fiel Peppino das Wasserglas in der Hand seines Vaters auf. Es war noch knapp zur Hälfte gefüllt. Und gerade wollte er ihm lobend auf die Schulter klopfen, als ihm ein Hauch von Grappa in die Nase stieg.

Camilla Brown trat vors Haus und atmete tief durch.

Die Stadtluft war auch nachts längst nicht so frisch, wie sie das von ihrem Heimatdorf her kannte. An der englischen Küste hatte oft der Wind unangenehme Aromen weggeweht, noch heute sehnte sie sich manchmal nach den salzigen Brisen, die ihr mal mit und mal ohne

Regen das Gesicht kühlten. Aber immerhin hatten sich auch hier, in der Stadt, in ihrer Wahlheimat, die weit vom nächsten Meer entfernt war, mit dem Nachmittag auch die Abgasschwaden verzogen, und nach den Stunden in der Küche genoss sie es vor allem, dass es nirgendwo nach Essen roch.

Sie schloss die Augen, lauschte den Geräuschen dieser Stadt, die selten schlief. Der Verkehr rauschte in der Ferne, irgendwo in der Nähe verriet ein leises, schnelles Trippeln eine Maus, und kurz darauf huschte eine Katze von einem Schatten in den nächsten. Dann ein kurzes Quieken, und Camilla stellte sich vor, wie die Katze mit ihrer Beute im Maul langsam in irgendeinem dunklen Eck verschwand, wo sie mit dem halb toten Nager spielen würde, bis sie keine Lust mehr dazu hatte.

Ein Hauch von Zigarettenqualm wurde zu ihr herübergeweht, und Camilla griff reflexartig mit der linken Hand in die Tasche ihrer Jacke. Doch da waren keine Zigaretten mehr. Sie hatte sich das Rauchen abgewöhnt, um ihre Geschmacksknospen empfindlich zu halten. Den einen Erfolg, den sie sich davon versprochen hatte, konnte sie inzwischen genießen: Ihr Restaurant florierte, die Gäste überboten sich geradezu mit Lobeshymnen, entweder ihr gegenüber oder online. Auf den anderen Erfolg musste sie dagegen noch warten: auf einen Stern für das *Camilla's*, aus dem irgendwann gern auch einmal zwei werden durften.

Sie legte den Kopf leicht in den Nacken und schnupperte. Der Zigarettengeruch kam von der anderen Straßenseite. Und wenn sie ganz genau hinschaute, konnte sie auch sehen, wie dort, unter dem großen Baum, immer wieder ein kleiner Punkt aufglimmte. Sie glaubte, fast zu schmecken, wie der inhalierte Rauch ihre Kehle hinabzog, wie es sie beruhigte, tief einzuatmen und dann kurz zu verharren, bevor sie die Luft wieder entweichen ließ. Mein Gott, wie ihr das Rauchen fehlte. Vor allem jetzt, nach der Arbeit, wenn nichts mehr zu tun war, wenn sie nirgendwo hinkonnte mit ihrer Rastlosigkeit, die sich den ganzen Tag über in der Küche entladen hatte und doch noch nicht völlig weggearbeitet war.

Der Raucher jenseits der Straße war vermutlich der Seniorchef der Trattoria, und wenn sie sich nicht täuschte, stand neben ihm sein Sohn, der jede Gelegenheit nutzte, sie zu necken und – o nein, da trat er auch schon ins Licht der Straßenlaternen und kam ein paar Schritte auf sie zu.

»Buona sera, Donna Camilla«, rief er herüber, offensichtlich bestens gelaunt und zum üblichen Geplänkel aufgelegt. »Haben auch alle ihre Pflänzchen brav aufgegessen?«

Sie verzog ihr Gesicht zu einem schiefen Lächeln.

»Signore Sensoni«, sagte sie und gab sich keine Mühe, ihren englischen Akzent zu verbergen. »Ich nehme an, auch Sie bieten Ihren Gästen Salat an und vielleicht auch Auberginen und Pilze als Antipasti?«

Peppino Sensoni hatte ihre Seite der Straße erreicht. Er grinste sie an, und Ärger stieg in ihr hoch. Wie konnte dieser Bursche nach einem Arbeitstag in der Küche so frisch wirken, so munter sein und … ja, auch das: so verdammt gut aussehen?

»Ich könnte das nicht.«

Er ließ gern einen Satz vom Stapel, der für sein Gegenüber rätselhaft blieb. Und auch diesmal schwieg er danach lange genug, dass sie schließlich nachfragte.

»Was können Sie nicht?«

»Mich mit dem Essen freiwillig beschränken. Kein Fleisch, kein Fisch, keine Meeresfrüchte.«

»Auch keine Milch, nicht zu vergessen, und keine Eier.«

Peppino Sensoni schüttelte sich.

»Keine Spaghetti Carbonara, keine Pannacotta. Das wäre nichts für mich.«

»Meine Salsicce sind allerdings schon sehr beliebt in der Stadt. Ich habe sie seit Kurzem auf der Karte, und meine Gäste sind ganz begeistert.«

»Salsicce? Vegane Salsicce?«

Camilla musste grinsen. Sie hatte ihn tatsächlich aus der Fassung gebracht.

»Ja, ohne Fleisch und trotzdem lecker.«

»Sie machen Witze.«

»Nein, Signore Sensoni. Erst heute Abend war ein Gastrokritiker in meinem Restaurant, hat die Salsicce probiert und fand sie sehr schmackhaft.«

Peppino schnaubte.

»Salsicce ohne Speck – nicht einmal solche ohne den *richtigen* Speck – sind keine Salsicce, basta! Das können Sie nicht mit ein bisschen Soja oder Algenpampe imitieren. Für den richtigen Geschmack brauchen Sie Fleisch und Fett.«

»Ich nicht«, gab sie trotzig zurück. »Und damit das nicht nur meine Stammgäste wissen, habe ich für morgen Abend eine kleine Aktion eingeplant, das Inserat dazu stand heute in der Zeitung: Ich biete ein Special mit veganen Salsicce an. Ich werde sie auf einem deftigen Salat- und Gemüsebett servieren.«

Aus dem Gesicht ihres Gegenübers wich die Farbe. War er erschrocken, weil sie sich an einem italienischen Heiligtum vergriff, oder setzte es ihm so sehr zu, dass sie eine Idee hatte, die ihm auch gern gekommen wäre. Und weil er sonst nie um einen frechen Spruch verlegen war, setzte sie spontan noch eins drauf.

»Wissen Sie was, Signore Sensoni? Ich biete morgen außerdem Spaghetti mit Salsiccia an. Die Würste habe ich ja schon, Crème fraîche ist schnell ersetzt, und alle anderen Zutaten sind ja ohnehin vegan.«

»Sie ...« Peppino musste sich räuspern, bevor er weiterreden konnte. »Sie treten uralte Traditionen mit Füßen!«

Camilla zuckte lächelnd mit den Schultern.

»Salsicce brauchen Fleisch und Fett, und das werde ich Ihnen beweisen! Ich ...« Sie konnte förmlich sehen, wie es hinter seiner Stirn arbeitete. »Ich ... ich werde selbst eine Aktion starten. Und wenn dann Ihre Gäste hungrig und enttäuscht auf die Straße treten, können sie sich bei mir mit richtigen Würsten satt essen!«

Er ballte die Fäuste und wandte sich abrupt ab. Nach zwei Schritten blieb er stehen, die Schultern nach vorn gebeugt, die Fäuste fest geschlossen. In einem Comic hätten sich über seinem Kopf jetzt kleine Rauchwölkchen gebildet. Aber im wirklichen Leben zögerte er nur kurz, dann stapfte er weiter zu seiner Trattoria und verschwand im Schatten der großen Linde.

Die Belegschaft von Liebeneiner & Söhne Wurstwaren hatte am nächsten Tag ordentlich zu tun. Die veganen

Würste für das Nobelrestaurant der Engländerin mussten fertiggestellt werden, und obendrein war am Morgen noch die Bestellung über einen großen Posten Salsicce nach traditionellem italienischem Rezept eingegangen. Wenigstens hatten die Stammkunden für ihre üblichen Lieferungen keine Sonderwünsche angemeldet.

Stefan Kutterer war froh, dass er die veganen Würste nicht mehr probieren musste. Das hatte der Chef schon am Vorabend erledigt, bevor sie ihre Sonderschicht beendet hatten. Und so ließ er sich Proben der Salsicce schmecken, der *richtigen* Salsicce, wie er den Kollegen gegenüber nicht müde wurde zu betonen, und als die ersten Würste abgebunden waren und fertig zur Auslieferung, setzte er sich mit den anderen zusammen und ließ sich eine große Portion schmecken. Auch der Chef stieß kurz zu ihnen, und als auch er nur die Salsicce mit Fleisch und Speck probierte, musste er sich einige Frotzeleien seines Mitarbeiters anhören. Nur der Lehrling, Simon, der sich trotz seines Berufs vorwiegend vegetarisch ernährte, nahm sich ein paar vegane Exemplare, aß aber kaum die Hälfte eines Würstchens und packte den Rest für daheim ein, wo er am Herd damit experimentieren wollte.

Alle hatten kräftig mit angepackt, und so konnten die Lieferwagen pünktlich das Firmengelände verlassen.

»Feierabend«, sagte Kutterer, als er auf dem Weg zum Spind dem Chef begegnete.

»Ja, und heute mal pünktlich«, antwortete Ralph Liebeneiner. »Danke, dass ihr alle so gut mitgezogen habt.«

»Ist doch klar, Chef.«

»Und jetzt heißt es Daumen drücken. Wenn uns die

Stammkunden treu bleiben und die beiden Restaurants gut nachbestellen, müssten wir das Schlimmste hinter uns haben.«

»Das wird schon, Chef. Wo ist eigentlich Simon?«

»Der hat sich vorhin bei mir abgemeldet. Ihm war etwas flau, da habe ich ihn nach Hause geschickt.«

»Da können Sie mal sehen: Er war der Einzige, der von dem veganen Zeugs gegessen hat. Mit gutem Fleisch drin wäre ihm das nicht passiert.«

Liebeneiner winkte lachend ab und ging ins Büro. Kutterer zog sich um und freute sich auf einen ruhigen Abend mit seiner Frau.

Ob die Zeitungsannonce dafür gesorgt hatte oder doch eher die persönlichen Empfehlungen und die Infos im Internet, jedenfalls waren für diesen Abend alle Tische im *Camilla's* schon seit dem späten Vormittag ausgebucht. Wer auf gut Glück gegen 18 Uhr vor dem Lokal eintraf, musste wieder gehen. Manche nahmen das nicht gut auf, andere reservierten stattdessen für einen der folgenden Tage.

Der erste Anrufer, der reserviert hatte, war Konrad Börr gewesen. Das hatte Camilla Brown nicht allzu sehr überrascht, Börr war ein sehr treuer Gast ihres Restaurants. Als einflussreicher Gourmetkritiker war er ohnehin immer willkommen, aber sie hätte nicht sicher zu sagen gewusst, ob er ihr Lokal wirklich nur der exzellenten Küche wegen so häufig besuchte – oder ob er das Essen nicht auch als Vorwand dafür nahm, sie hier zu treffen. Börr hatte ein tadelloses Auftreten, allerdings wirkte er stets ein wenig blasiert, seine Freundlichkeit war durchaus auch etwas aufdringlich. Und natürlich war er als schreibender Feinschmecker durchdrungen von seiner Wichtigkeit für alle ambitionierten Restaurants im Allgemeinen und für das *Camilla's* mit seinem Streben nach dem ersten Stern im Besonderen.

Deshalb hielt er es auch nicht für nötig, besonders pünktlich im Restaurant zu erscheinen. Er war an diesem Abend erst der fünfte Gast, der das Lokal betrat. Natürlich hatte sie ihm einen besonders schönen Platz reserviert, wie immer mit Blick auf den Pass, wo sie ihre Kreationen dem Service übergab und ihm zwischendurch ein kurzes Lächeln schenken konnte. Aber dass er nicht der Erste sein sollte, der an diesem Tag ihre veganen Salsicce kosten durfte, verdarb ihm einen Moment lang die Stimmung. Doch als Camilla zu ihm gegangen war, um ihn mit einem speziell für ihn komponierten Amuse-Bouche zu beschwichtigen, war er einstweilen zufrieden.

Dann gab es allerdings ein Durcheinander in der Küche. Die erste Portion Salsicce wurde noch fertig. Die beiden kleinen Würstchen lagen würzig duftend auf einem Bett aus Brunnenkresse, Rucola und Zucchini-Carpaccio, umgeben von knackigen Romanesco-Röschen, sorgfältig aufgefächerten hauchdünnen Karottenscheiben und marinierten Tomatenfilets, am Rand bestreut mit Weißbrot-Croûtons, die sie in edlem Olivenöl zusammen mit fein gewürfelter roter Zwiebel angeschwitzt hatte. Diese Croûtons und die Zwiebelwürfel waren dann auch der Auslöser des Malheurs, das alle weiteren Serviervorgänge verzögerte.

Der junge Commis de Cuisine, der beides für die

Pfanne vorbereiten sollte, war sonst sehr zuverlässig, schien heute aber aus irgendeinem Grund nicht ganz bei der Sache. Und so landeten zu groß gewürfelte Brotstücke und Zwiebelwürfel, zwischen denen sich noch nicht fein genug gehackte Stücke befanden, im Olivenöl. Camillas Souschef, ohnehin nicht ihr nervenstärkster Mitarbeiter, fuhr den jungen Kollegen so harsch an, dass der den Tränen nahe durch die Hintertür stürmte. Der Saucier konnte gerade noch verhindern, dass der Souschef mit der Pfanne nach dem Beikoch warf.

Aber auch ohne fliegendes Schmiedeeisen musste nun erst wieder Ordnung geschaffen werden. Die Zwiebeln mussten gründlicher zerkleinert, das Brot noch einmal neu zerkrümelt und das Olivenöl wieder auf die richtige Temperatur gebracht werden. Dafür sprangen die Potagère und der Entremetier ein, die an ihren Stationen in den nächsten Minuten nicht zwingend gebraucht wurden. Camilla folgte dem jungen Kollegen und redete ihm gut zu. Er fasste sich auch bald wieder, und als sie mit ihm in die Küche zurückkehrte, warf sie dem Souschef einen strengen Blick zu. Der machte pflichtschuldig eine zerknirschte Miene, gab dem Commis die Hand, und damit konnten sich alle wieder an ihre Arbeit machen.

Nur Valentin, der den Service so elegant, effizient und geräuschlos leitete, stand nervös am Pass und musste warten, wann ihm endlich der nächste Teller zugereicht wurde. Camilla sah die Gäste ungeduldig werden und konnte nur hoffen, dass wenigstens niemandem aufgefallen war, wie hoch es gerade hinter den Kulissen zugegangen war. Sie lugte zu Konrad Börr, dessen Miene nichts Gutes verhieß. Wenn der Mann nicht sehr bald sein

Salsicce-Gericht bekam, war aus seiner Feder erst einmal keine Lobeshymne mehr auf das *Camilla's* zu erwarten.

Doch dann veränderte sich die Stimmung im Gastraum. Auch Börr wandte seinen Blick vom Pass ab und sah zu dem Gast hin, der die erste Portion des heutigen Specials bekommen hatte. Camilla drängte sich neben Valentin, der sie gar nicht beachtete, sondern ebenfalls gebannt in die Mitte des Restaurants starrte.

Der Gast hatte beide Würstchen gegessen und zuletzt ein Romanesco-Röschen auf die Gabel gespießt. Jetzt schien er nach Luft zu schnappen, die Gabel entglitt seinem Griff, und er stützte sich mit einer Hand auf die Tischplatte.

Valentin warf sich herum, riss ein Schnapsglas aus dem Regal, füllte es mit Kräuterlikör und flog geradezu dem röchelnden und schwankenden Gast entgegen.

Camilla fühlte, wie ihre Knie weich wurden. Hier würde kein Kräuterlikör mehr helfen. Zitternd nahm sie das Telefon und wählte den Notruf.

Peppino Sensoni hatte einige Schüler engagiert, die links und rechts des Nobelrestaurants auf dem Bürgersteig warteten und allen, die im *Camilla's* keinen Platz mehr bekamen, einen Besuch in der Trattoria gegenüber empfahlen. Er hatte ihnen Handzettel mitgegeben, auf denen er für »Salsicce – all you can eat« warb. Und tatsächlich lockte die Aktion – und sicher auch der auffällig günstige Preis – einige der Enttäuschten ins *Salento*. Dort hatten sich außerdem viele der Stammgäste der Trattoria eingefunden, darunter ein Mann, den Horst Schachner als Kunde seiner Metzgerei noch in sehr guter Erinnerung hatte: Claus Hundt, ein knapp drei Zentner schwerer Liebhaber von deftiger Kost und würziger Wurst.

Hundt war als einer der Ersten gekommen, und er ließ sich schon zum zweiten Mal Nachschub bringen, als sich die verhinderten Gäste vom *Camilla's* noch zögerlich nach einem freien Platz im Lokal umsahen. Peppino freute sich über den Erfolg seiner kurzfristig angesetzten Aktion, er genoss den Trubel im gut gefüllten Lokal, und weil das Wetter zwar kühl, aber trocken war, hatte er im Vorgarten zwei Biergarnituren aufstellen lassen, an denen sich ebenfalls Hungrige einfanden. Wer wollte, konnte sich eine Decke bringen lassen, aber wichtiger waren allen die deftigen Würste, die auf Platten herumgereicht wurden, das Pizzabrot frisch aus dem Holzbackofen und die Teller mit Pasta und einer würzigen Soße mit Stücken vom Salsiccia-Wurstbrät.

Da sich die meisten auf die Würste konzentrierten, hatte Peppino weniger in der Küche zu tun als sonst. Er half im Service mit, denn der heutige Ansturm brachte selbst die schnelle Donatella an ihre Grenzen. Und wann immer er nach draußen eilte, um die Gäste im Vorgarten zu versorgen, warf er einen prüfenden Blick hinüber zum Restaurant seiner englischen Nachbarin. Auch dort war kein Platz mehr unbesetzt, aber er hatte so viel zu tun, zu servieren und zu kassieren, dass gar keine Zeit blieb, sich darüber zu ärgern.

Am Ende würden es die Gäste schon begriffen haben, dass eine Salsiccia nur mit Speck und Fleisch wirklich gut schmeckte. Peppino wandte sich grinsend ab und wollte gerade wieder ins *Salento* eilen, da hörte er von fern die Sirene eines Krankenwagens. Er blieb stehen, horchte, drehte sich zur Straße um. Das Geräusch kam schnell näher, und dann sah er auch schon, wie die Fassaden nahe der nächsten Kreuzung in hektisch rotierendes Blaulicht getaucht wurden.

Camilla Brown eilte vor die Tür, knetete ihre Finger und sah aufgeregt nach links und rechts. Die Schüler, die dort entlang der Straße seit Stunden herumlungerten und Handzettel verteilten, standen nun beisammen und tuschelten. Auf dem Gehweg gegenüber sah sie Peppino Sensoni stehen. Sie war nicht sicher, ob er besorgt wirkte oder eher mit einer gewissen Befriedigung registrierte, dass es im *Camilla's* offenbar ein Problem gab.

Als erst der Sportwagen des Notarztes und gleich danach der Krankenwagen um die Ecke schossen und vor dem Restaurant scharf abbremsten, hatte sie keine Zeit mehr, darüber nachzudenken.

»Schnell«, rief sie dem Arzt entgegen und riss für ihn die Eingangstür auf, »da drin. Er bewegt sich nicht mehr.«

Der Arzt spurtete in den Gastraum. Servicechef Valentin wies ihm den Weg zum Patienten. Das hätte er sich sparen können. Alle Gäste waren inzwischen aufgestanden und bildeten einen Halbkreis um den Mann, der seltsam verrenkt auf dem Boden lag. Neben ihm war der Stuhl umgekippt, auf dem er gesessen hatte, und überall um ihn herum lagen Tellerscherben und Wurststücke, die er im Fallen mit sich gerissen hatte. Die mit Wein und Salatsoße getränkte Tischdecke bedeckte seinen Oberkörper. Der Arzt zupfte sie mit spitzen Fingern zur Seite.

»Er hat vegane Salsicce, etwas Brot und Gemüse gegessen«, redete Valentin auf den Arzt ein. »Dann wurde ihm übel, ich habe ihm noch einen Kräuterschnaps gebracht, aber den konnte er gar nicht mehr trinken.«

Camilla trat neben Valentin. Der Arzt hantierte mit routinierten Bewegungen an dem leblosen Körper, prüfte Puls und Atmung und ging dann dazu über, mit übereinandergelegten Handballen kräftig und rhythmisch auf den Brustkorb des Mannes zu drücken.

Stayin' alive, ging es Camilla durch den Kopf, *war das nicht die Eselsbrücke für Ersthelfer?* Und noch während sie in Gedanken den Refrain im Takt der Wiederbelebungsversuche mitsang, stellten die beiden Sanitäter eine Trage neben Arzt und Patient ab. Sie schauten dem Mediziner stumm zu, und ihre Mienen verhießen nichts Gutes. Der Arzt presste seine Lippen auf die des Mannes und pumpte ihm Atemluft in den Mund, setzte die Herzmassage fort, versuchte noch eine Mund-zu-Mund-Beatmung, noch mehr Herzmassage. Die Sanitäter traten etwas zurück und legten ihre Trage weg. Und schließlich stellte auch der Arzt seine Bemühungen ein, blieb noch kurz in der Hocke, schloss dem Mann am Boden die Lider und erhob sich.

Der Krankenwagen versperrte Peppino die Sicht auf das Lokal der Engländerin. Also überquerte er die Straße, ging an den Fahrzeugen vorbei und blieb ein paar Meter vor dem Eingang des *Camilla's* stehen. Das Innere des Restaurants konnte er von hier aus nicht einsehen, aber näher heran wollte er auch nicht. Dabei wusste er selbst nicht, ob er gerade nur gaffen oder bereitstehen wollte, falls seine Hilfe gebraucht werden sollte.

Die Tür schwang auf, der Notarzt kam heraus, dicht gefolgt von zwei Sanitätern, die eine leere Trage herausbrachten. Der Arzt gab telefonisch jemandem eine kurze Beschreibung der Stituation, dann stieg er in seinen Sportwagen und flitzte davon. Einige Gäste erschienen nun in der Tür und schauten zu, wie die Sanitäter die leere Trage in den Krankenwagen schoben. Die Gruppe teilte sich, und Camilla Brown trat heraus, machte ein paar unsichere Schritte und blieb stehen, aschfahl im Gesicht und mit schreckgeweiteten Augen.

Peppino rührte sich nicht. Er behielt sie im Blick, aber sie schien sich trotz ihrer schlechten Verfassung noch allein auf den Beinen halten zu können.

Ein Sanitäter schloss das Heck des Fahrzeugs und kletterte auf den Beifahrersitz. Der andere hatte sich schon hinter das Steuer gesetzt und den Motor gestartet. Ohne große Eile fuhr der Krankenwagen davon. Camilla schaute ihm nach, sah dabei für einen Augenblick geradezu durch Peppino hindurch, erst als der Krankenwagen außer Sicht war, bemerkte sie ihn wirklich.

Um ihren Mund legte sich ein bitterer Zug, sie straffte sich und kam langsam auf ihn zu.

»Gratuliere«, zischte sie, als sie ihn erreicht hatte. »Wenn Sie miterleben wollten, wie meine Aktion so richtig in die Hose geht, dann sind Sie hier und jetzt genau richtig.«

»Nein, ich …«

Peppino wurde ganz verlegen. Er wünschte niemandem etwas Schlechtes, nicht einmal dieser Konkurrentin, die offenbar überhaupt kein Gespür für den Wert kulinarischer Traditionen hatte. Und doch musste er zugeben:

Dass soeben offenbar ein Gast in ihrem Restaurant gestorben war, tat ihm weniger leid, als es angebracht gewesen wäre. Fieberhaft dachte er darüber nach, was er jetzt am besten sagen sollte. Ein falsches Wort in dieser heiklen Situation, und aus bloßer Konkurrenz konnte erbitterte Feindschaft werden.

Sein Problem löste sich auf unerwartete Weise.

»Peppino? Komms du bitte snell?«

Donatella hatte gerufen. Sie stand vor dem *Salento*, und ihr Gesichtsausdruck ließ das Schlimmste befürchten.

Peppino erreichte sein Lokal binnen Sekunden, und als er in den Gastraum spurtete, rempelte er in seiner Eile zwei Gäste zur Seite, die ihn nicht hatten kommen hören.

An einem kleinen Ecktisch neben der Theke saßen sein Vater und Horst Schachner und blickten unverwandt in die Mitte des Raums. Sonst waren alle aufgesprungen und standen eng beieinander an den Wänden des *Salento* entlang, als wollten sie alles sehen können und doch möglichst viel Raum zwischen sich und das bringen, was sie entsetzt und erschrocken anstarrten. Dann sah auch Peppino den einzigen Gast, der nicht aufgesprungen war.

Claus Hundt saß auf seinem Stuhl. Sein Oberkörper war nach vorn gekippt, und sein Gesicht ruhte auf seinem Teller, recht weich gebettet auf Salsicce und Pasta. Sein Glas war umgestürzt, der verschüttete Wein leuchtete tiefrot wie Blut.

»Um Himmels willen, warum ruft denn niemand einen Arzt?«

Keine Antwort. Nur sein Vater schaute trübe zu ihm her.

»Hätte doch nur jemand kurz Bescheid gegeben!«, ereiferte sich Peppino weiter und trat näher an Hundt heran. »Der Notarzt war gerade drüben im *Camilla's*, der hätte nach Claus schauen können! Jetzt ist er wieder weg.«

»Beruhig dich, Peppino.«

»Spinnst du, papà? Ich kann mich nicht beruhigen! In meinem Lokal braucht ein Mann dringend ärztliche Hilfe!«

»Braucht er nicht.«

»Wie? Wieso nicht?«

»Braucht er nicht *mehr.*«

»Aber ... aber er ...«

Ein älterer Mann trat vor.

»Mein Freund ist Arzt.«

Aber statt sich um Claus Hundt zu kümmern, kam er zu Peppino, schaute ihm prüfend in die Augen und fühlte ihm den Puls.

»Was soll das denn jetzt?«, brauste Peppino auf und entriss dem anderen seinen Arm. »Schauen Sie lieber nach meinem Gast dort!«

»Hab ich schon. Da war von Anfang an nichts mehr zu machen.«

»Wie? Was? Ich meine ...«

Peppino wurde blass, der andere zog einen Stuhl für ihn heran und drückte gegen seine Schultern, bis er sich gesetzt hatte.

»Ihr Gast ist tot«, sagte der Mann dann. »War er sofort. Ich tippe auf Herzinfarkt.«

»Hätten Sie dann nicht versuchen müssen, ihn wiederzubeleben?«

»Ich bin kein Arzt. Mein Freund ist Arzt, und er ist heute Abend leider nicht mitgekommen.«

»Egal, Sie hätten ihn trotzdem wiederbeleben können. Das hat zumindest Ihr Kollege ... äh ... der Kollege Ihres Freundes drüben im anderen Restaurant so gemacht.«

»Und? Hat's geholfen?«

»Nein.«

»Eben. Ihr Gast war sofort tot, und das ist er bis jetzt geblieben.«

Peppino schaute sprachlos zwischen dem alten Mann und dem toten Claus hin und her.

»Genau genommen hat es Claus doch gar nicht schlecht erwischt«, meldete sich Toto Sensoni zu Wort. »Er hat Würste gegessen, nein, er hat sie gefressen, als gäbe es kein Morgen. Was für ihn jetzt ja auch stimmt. Und dann fällt er tot in einen Teller mit Pasta. So zu sterben, damit wäre ich sofort einverstanden.«

Camilla lief vor ihrem Restaurant hin und her. In ihrem Lokal wartete ein Toter auf die Rechtsmedizin, unterdessen gingen alle lebenden Gäste. Manche verabschiedeten sich von ihr und sprachen ihr Trost zu, andere schlichen bedrückt an ihr vorbei, und es war ihnen deutlich anzusehen, dass sie nicht wussten, wie sie mit dieser Situation umgehen sollten.

Konrad Börr kam als einer der Letzten aus dem Restaurant. Kreidebleich machte er ein paar Schritte auf sie zu, besann sich dann aber anders, wandte sich ab und ging eilig die Straße entlang. Sie sah ihm nachdenklich hinterher. Ob er nun wohl dankbar dafür war, dass er ungewöhnlich lange auf sein Essen hatte warten müssen? Letztendlich hatte Börr dem Ungeschick des Commis de Cuisine sein Leben zu verdanken, er und die anderen Gäste, die zu diesem Zeitpunkt eigentlich schon bedient werden sollten.

Valentin stand in der Tür und schien darauf zu warten, ob er seiner Chefin irgendwie helfen konnte. Sie hätte ihn am liebsten um eine Zigarette gebeten, aber sie war lange genug von den Glimmstängeln weg, dass sie wusste: Rauchen würde jetzt auch nicht wirklich helfen. Als habe er ihre Gedanken gelesen, drehte sich Valentin nun um und ging ins Restaurant. Kurz darauf kam er wieder, die linke Hand in den Rücken gelegt, und auf der rechten balancierte er ein kleines Tablett. Über den Unterarm hatte er stilvoll ein Serviertuch gelegt, auf dem Tablett standen zwei Gläser mit Kräuterlikör.

»Trinken Sie, Chefin. Das hilft besser als jede Zigarette.«

Sie schaute ihn verblüfft an. Konnte er wirklich ihre Gedanken lesen?

Jetzt jedenfalls nahm er die linke Hand nach vorn, hob eines der Gläschen und prostete ihr zu. Camilla zögerte kurz, dann erwiderte sie die Geste und kippte den Likör in einem Zug. Kräuter, ordentlich Bitterstoffe und ein nicht zu heftiger Alkoholanteil. Sie spürte, wie das Getränk ihre Kehle hinunterrann, und wenig später hatte sie das Gefühl, dass es in ihrem Magen wärmer wurde und sich etwas Beruhigendes in ihr ausbreitete.

Sie schloss die Augen und spürte diesem angenehmen Gefühl noch etwas nach, da hörte sie ein Räuspern.

Sie sah Valentin an, der mit einem leichten Kopfnicken schräg hinter sie deutete. Camilla drehte sich um. Vor ihr stand ein Mann Mitte vierzig, etwas korpulent, nachlässig gekleidet und mit einem spöttischen Ausdruck auf dem schlecht rasierten Gesicht.

»Hilft's denn?«, fragte er.

Seine Stimme raspelte wie bei starken Rauchern, und einen Moment lang glaubte sie, etwas alten Zigarettenqualm in seinem Atem zu riechen.

»Ein wenig. Wie kann ich Ihnen helfen?«

Er zückte einen Dienstausweis.

»Maigert, Kriminalhauptkommissar. Am besten erzählen Sie mir alles, was Sie über den Vorfall von heute Abend wissen. Über den Gast, über das, was er gegessen und getrunken hat.«

»Sollen wir nicht reingehen? Dann kann ich Ihnen auch gleich alles zeigen.«

»Nein, da geht außer meinen Kollegen jetzt erst mal niemand mehr rein.«

Er deutete hinter sich. Aus einem weißen Lieferwagen stiegen Frauen und Männer aus und schlüpften direkt neben dem Fahrzeug in dünne weiße Overalls, wie Camilla sie fürs Streichen ihres Lokals benutzt hatte.

»Jetzt werden Spuren gesichert, auch Ihre Mitarbeiter werden wir befragen. Es sind doch noch alle da?«

»Selbstverständlich, Herr Hauptkommissar«, erwiderte Valentin schneidig.

»Sehr schön. Wenn Sie so freundlich wären, den anderen Bescheid zu geben, dass sie auf mich und meine Kollegen warten sollen. Gibt es einen Hintereingang?«

»Ja, gleich dort drüben.«

Valentin nickte zu dem Durchgang hinüber, der in den Hof hinter dem *Camilla's* führte.

»Das ist gut. Dort sollen sie bitte warten. Wir müssen hier vor dem Restaurant ja nicht mehr Rummel veranstalten, als unbedingt nötig ist.«

»Mehr Rummel als ein toter Gast geht ja wohl nicht«, knurrte Camilla.

»Da haben Sie natürlich recht«, sagte Maigert, wandte sich dann aber erneut an Valentin. »Trotzdem, wären Sie so nett? Vielen Dank.«

Valentin eilte mit fliegendem Schurz in den Hinterhof. Maigert sah ihm amüsiert nach, räusperte sich dann aber und zwang sich zu einer sehr ernsten Miene.

»Wenn Sie mir dann erzählen würden?«

»Viel kann ich nicht erzählen. Wir hatten etwas Hektik in der Küche, weil einem Mitarbeiter etwas misslungen ist. Deshalb hatte ich einen der Gäste besonders im Blick, er ist Gourmetkritiker und etwas empfindlich, wenn nicht alles nach Wunsch läuft. Dann ist mir aufgefallen, dass alle im Raum zu einem Gast hingeschaut haben, der nach Luft rang, seine Gabel fallen ließ, zuckte, und dann ... dann ...«

Sie schluckte, sah am Kommissar vorbei und atmete ein paarmal tief ein und aus.

»Das war seltsam. Es ging alles sehr schnell, und ich hatte dennoch das Gefühl, dass ich das irgendwie in Zeitlupe erlebe.«

Camilla wischte sich über die Stirn und schloss für einen Moment die Augen.

»Und dann?«, hakte Maigert nach.

»Und dann war er wohl tot. Jedenfalls hat er sich

nicht mehr geregt. Jemand hatte den Notarzt verständigt, der kam auch sehr schnell und versuchte, den Gast wiederzubeleben. Hat nicht geklappt, leider.«

Sie rieb sich die Nase.

»Aber sagen Sie, Kripo, Spuren sichern, Mitarbeiter befragen: Gehen Sie denn von einem Verbrechen aus? Ich kannte den Mann nicht, er war heute das erste Mal in meinem Restaurant. Was sollte ich für einen Grund haben …?«

Sie ließ den Satz unvollendet, und Maigert setzte eine Miene auf, die wohl beruhigen sollte. Allerdings war er ein schlechter Schauspieler, sein feistes Gesicht drückte bloß geschäftsmäßiges Interesse aus.

»Reine Routine, Frau Brown. Im Moment wissen wir noch nicht, woran der Mann gestorben ist. Der Notarzt hat zu Protokoll gegeben, dass die Atemwege seinem ersten Eindruck nach frei gewesen seien. Er hat sich also vermutlich nicht verschluckt und ist daran erstickt. Also müssen wir herausfinden, was ihn getötet hat. Und solange das noch nicht eindeutig geklärt ist, sind wir von der Kriminalpolizei zuständig. Reine Routine, wirklich.«

Trotz der Aufregung musste Peppino grinsen. Hanns Fehsen, der dienstälteste Hauptkommissar der hiesigen Kripo, wollte zwar seinen beurlaubten Kollegen befragen. Dazu hatte er sich aber gleich auf den freien Stuhl im Vorgarten gesetzt. Nun pafften er und Toto Sensoni um die Wette, und erst nach einigen gierigen Zügen fand Fehsen die Zeit, das Gespräch mit Peppino zu beginnen.

»Ist ja ein kurioser Zufall«, brummte er und deutete vage in Richtung *Camilla's*. »Ihr macht beide eine Salsiccia-Aktion, und beide habt ihr einen toten Gast.«

»Na ja, so ein richtiger Zufall ist das dann doch nicht«, gab Peppino zu. Dann fiel ihm auf, wie sich das anhören musste, und er setzte schnell hinzu: »Das mit den beiden Salsicce-Aktionen, meine ich.«

Fehsen fragte erst gar nicht nach, sondern hob nur eine Augenbraue und wartete, bis Peppino weitersprach.

»Das *Camilla's* ist ein veganes Restaurant.«

»Eröffnet in einer ehemaligen Fleischerei, ich weiß. Stand in der Zeitung, und du hast es mir, glaube ich, irgendwann auch mal erzählt.«

»Gestern hat sie mir unter die Nase gerieben, wie sehr ihre Gäste ihre vegane Wurst lieben. Sie hat sich sogar erdreistet, dieses Zeug Salsiccia zu nennen. Und als sie damit auftrumpfen wollte, dass sie heute eine Aktion machen will, um allen zu beweisen, dass Salsicce auch ohne Speck und Fleisch schmecken können, wollte ich das nicht auf mir sitzen lassen.«

»Hast du gut gemacht, mio figlio«, knurrte Toto dazwischen.

»Wir haben einen toten Gast, papà.«

»Der hat sich überfressen, das ist alles«, wandte sich Toto an den Kommissar. »Claus wusste noch nie, wann er genug hat.«

Fehsen grinste, zog an seiner Zigarette und stieß den Rauch über die Nase aus.

»Da müssen wir erst die Untersuchungen abwarten, Signore Sensoni. Sag mal, Peppino, hat dein Gast nur Salsicce gegessen?«

»Zuletzt Salsicce mit Pasta.«

»Ja, habe ich gesehen. Und hat er viel Alkohol dazu getrunken?«

»Da musst du bitte Donatella fragen.«

Peppino deutete durch die offene Tür ins Lokal. Fehsen schaute in die Richtung und sah die junge Frau dort stehen. Er nestelte eine Brille aus der Innentasche seines Jacketts und linste kurz durch die Gläser. Sie stand mit hängenden Schultern da, noch immer wie vom Donner gerührt und ziemlich blass. Trotzdem gefiel Fehsen offenbar, was er sah, und er steckte die Brille lächelnd wieder weg.

»Das mach ich sehr gern, aber erst die Arbeit, dann das Vergnügen.«

Peppino sah sich reflexartig um. Aglaia Bommers, die dem ergrauten Kollegen solche Sprüche nie durchgehen ließ, stand auf der anderen Straßenseite und besprach sich mit einem der Kriminaltechniker.

»Wo habt ihr die Würste her?«, fragte Fehsen.

»Liebeneiner & Söhne, die beliefern uns schon seit Jahren. Kleiner Laden, gute Produkte. Das Rezept für die Salsicce haben sie von uns bekommen. Dafür, dass sie sie auch an andere Kunden verkaufen dürfen, bekommen wir Rabatt auf unsere Lieferungen.«

»Das muss doch der Commissario nicht wissen«, mischte sich Toto ein.

Fehsen lachte.

»Stimmt, das muss ich nicht wissen. Die Personalien deiner Gäste haben wir schon aufgenommen, die Küche solltest du bitte erst mal noch nicht betreten. Es kommt gleich ein zweiter Trupp von uns, um dort Spuren zu sichern. Machst du mit den Würsten noch irgendetwas, bevor sie serviert werden?«

»Wer sie als Salsicce bestellt, bekommt sie heiß gemacht. Für alle, die sie in der Pasta essen möchten, schneide ich die Salsicce auf und gebe die Wurstmasse in kleinen Stückchen in die Soße.«

»Okay. Dann will ich mal deine schöne Bedienung befragen.«

Er wuchtete sich hoch, zog noch einmal an seiner Zigarette und drückte den winzigen Stummel dann in Toto Sensonis Aschenbecher aus.

»Falls die Kollegen heute Nacht nicht mehr fertig werden sollten, Peppino: Wäre es ein großes Problem, wenn ihr morgen etwas später aufmachen würdet?«

»Vermutlich nicht. Ich schätze mal, dass eine Trattoria, aus der ein toter Gast getragen wurde, ohnehin so schnell nicht wieder aufmachen muss.«

»Kann gut sein. Wir beeilen uns, im Labor und auch sonst, versprochen. Ich will ja nicht, dass euer Lokal pleitegeht.«

»Danke. Sag mal, drüben im *Camilla's* ... Dort kann sich ja wohl kein Gast überfressen haben, mit den kleinen Portionen.«

Fehsen lächelte nachsichtig.

»Ich weiß, Hanns, du darfst mir nichts erzählen. Aber meinst du, dem Gast ist es einfach nicht bekommen, weil eine Salsiccia ohne Fett und ohne Fleisch einfach keine richtige –«

Fehsen legte Peppino eine Hand auf die Schulter.

»Wenn der Gast dort drüben an einer Wurst gestorben ist, dann sicher nicht, weil irgendetwas gefehlt hat. Sondern weil etwas drin war, das da nicht reingehört.«

Ralph Liebeneiner hielt den Hörer noch lange in der Hand, nachdem der Anrufer aufgelegt hatte. Als er das Mobilteil schließlich sinken ließ, achtete er gar nicht darauf, wo er es ablegte. Dass das Gerät über die Kante des Schreibtischs kippte und krachend auf dem Fußboden landete, schien er gar nicht zu bemerken. Er starrte zum Fenster hinaus und dachte darüber nach, ob er sich all die Monate vergeblich gegen das Aus der kleinen Wurstfabrik gestemmt hatte. Ob das der Todesstoß für sein Unternehmen war, das sein Großvater gegründet hatte. Und ob es ihm überhaupt zustand, über seine berufliche Zukunft zu lamentieren, wenn am selben Abend zwei Menschen gestorben waren. Mutmaßlich an Würsten gestorben waren, hergestellt in seiner Manufaktur.

Er sah nicht den Mann, der mit etwas unsicheren Schritten auf das Firmengelände zukam und sorgenvoll zu dem einzigen Fenster hinaufschaute, das um diese Zeit noch offen stand. Und er sah nicht die dunkel gekleidete Gestalt, die hinter einem Container in Deckung ging, um von dem anderen nicht entdeckt zu werden.

Stefan Kutterer hatte einen schönen Abend mit Freunden verbracht. Sie hatten sich gegenseitig Bier und Kurze spendiert, und als er sich gerade auf den Heimweg machen wollte, hatte sein Handy geklingelt. Die Kumpels hatten sich noch darüber lustig gemacht, wie beflissen sich Kutterer auch so spät am Abend noch erreichbar hielt. Doch als ihr Freund stumm zuhörte, was ihm

Horst Schachner, mit dem er seit seiner Zeit als Stammkunde in dessen Metzgerei befreundet war, zu berichten hatte, und als sie sahen, wie dabei alle Farbe aus seinem Gesicht wich, lachte niemand mehr.

Kutterer erhob sich wie in Trance, steckte das Handy weg und verließ die Kneipe. Der Wirt wollte schon protestieren, aber die anderen beruhigten ihn damit, dass sie die Rechnung ihres Freundes übernehmen würden.

Und so wankte Stefan Kutterer nicht nach Hause, sondern drei Straßen weiter zu seinem Arbeitsplatz. Hatte er einen Fehler gemacht, der heute zwei Menschen das Leben gekostet hatte?

Sein Bürofenster stand noch offen, wie immer, wenn er abends länger arbeitete. Ob der Chef schon davon gehört hatte? Oder musste er es ihm irgendwie beibringen? Egal, es würde auf jeden Fall helfen, mit ihm zu reden.

Irgendwo in der Nähe kratzte ein Schuh über Beton. Kutterer blieb stehen, lauschte und blickte sich um. Das Firmengelände lag ruhig und verlassen da. Niemand war zu sehen, nichts war zu hören. Vermutlich hatte er sich das Geräusch nur eingebildet. Und dann waren seine schweren Schritte ohnehin lauter als alles, was er sonst hätte hören können.

Lauter auf jeden Fall als das Schleichen der dunkel gekleideten Gestalt, die ihm folgte und kurz nach ihm durch die Nebentür ins Gebäude schlüpfte.

2

Camilla saß auf dem Stuhl, den Valentin gebracht und für sie auf den Bürgersteig gestellt hatte. Eine Zeit lang hielt er sich in ihrer Nähe auf, bereit zu helfen, wo immer er hätte helfen können. Doch dann hatte die Kripobeamtin mit den raspelkurzen schwarzen Haaren eine Frage an ihn, und er war vollauf davon in Beschlag genommen, ihr möglichst erschöpfend Auskunft zu geben.

Auch drüben im *Salento* sicherten Polizisten in weißen Overalls Spuren, und Peppino Sensoni war wie sie von einem Beamten in Zivil befragt worden. Sie hatte aufgeschnappt, dass es in der Trattoria ebenfalls einen Toten gegeben hatte. Was für ein seltsamer Zufall. Oder, falls es kein Zufall war, was für eine Tragödie.

Sie wusste, dass die Sensonis ihre Salsicce seit vielen Jahren von der Wurstmanufaktur Liebeneiner bezogen. Das hatte es für sie noch reizvoller gemacht, ihre vegane Version ebenfalls dort herstellen zu lassen. Sie hatte eine diebische Freude verspürt, den Sensonis auf diese Weise noch stärker unter die Nase zu reiben, dass Tradition nicht alles war und dass ein gutes Rezept auch ohne Fleisch auskam. Jetzt war es mit dieser Freude fürs Erste natürlich vorbei.

Sie schaute über die Straße. Im Schatten der Linde

wurde noch immer geraucht. Der Seniorchef saß dort und paffte. Wenige Meter entfernt von ihm lehnte sein Sohn Peppino an der Hauswand, die Daumen in die Hosentaschen eingehakt und den Blick gesenkt.

Da neckten sie beide sich so lange, ärgerten sich übereinander, versuchten sich auszustechen, und dann, ganz plötzlich, steckten sie im selben Schlamassel.

Camilla lachte bitter.

Ganz derselbe Schlamassel war es natürlich doch nicht. Den Sensonis gehörte das Haus, in dem ihre Trattoria untergebracht war. Sie mussten sich wegen der Miete keine Sorgen machen. Und wahrscheinlich, wenn sich in ein paar Wochen alles wieder beruhigt hatte, würden auch die ersten Stammkunden wieder dort einkehren. Und irgendwann würde genug Gras über die Sache gewachsen sein, dass niemand mehr über diesen fürchterlichen Abend sprechen würde.

Sie hingegen konnte sich den ersehnten Stern wohl abschminken. Das *Camilla's* würde sich vielleicht wieder erholen, auch wenn es länger dauern dürfte als im Fall der alteingesessenen Trattoria. Für die Zeit bis dahin konnte sie womöglich mit Schachner aushandeln, dass er ihr vorübergehend einen Teil der Miete erließ oder zumindest stundete. Der pensionierte Fleischer war ein guter Kerl, und finanziell war er vermutlich nicht auf ihre Miete angewiesen. Auch ihr Restaurant würde sich irgendwann von diesem Vorfall erholen, alte Gäste würden zurückkommen, neue würden mit etwas Glück nichts von der unseligen Geschichte wissen. Aber alle Gastrokritiker würden jedes Mal, wenn sie etwas über sie schreiben wollten, in ihren Archiven den Vermerk finden, dass dort doch damals der Gast an einer veganen Salsiccia gestorben war. Ja, das Wörtchen *wohl* konnte sie in ihrer Befürchtung streichen: Den Stern konnte sie sich auf jeden Fall abschminken.

Während sie ihre Gedanken schweifen ließ, sah sie die Straße entlang. Dort hatten vorhin einige Gaffer gestanden, die Polizei hatte sie weggescheucht, und inzwischen war ja auch nichts Spannendes mehr zu sehen. Es war vielleicht ein, zwei Stunden her, dass um die Ecke dort vorn der Notarztwagen geflitzt war. Doch es fühlte sich an wie in einem anderen Leben.

»Geht's wieder?«

Sie schrak zusammen, ihr Herz blieb fast stehen, und Peppino legte ihr beruhigend eine Hand auf den Arm.

»Scusi, ich wollte Sie nicht erschrecken.«

Musste der blöde Kerl sich so anschleichen? Musste er sie so erschrecken? Und überhaupt, war das nicht übergriffig, ihr einfach so seine Hand auf den Arm zu legen? Wobei ... Sie schaute kurz hin. Es war eine schöne Hand mit langen, geraden Fingern, ohne Narben oder Kratzer. Und sie fühlte sich sehr gut an auf ihrem Arm.

Camilla hob langsam die Augen. Peppino schaute sie an, etwas Ängstliches lag in seinem Blick. Sie versuchte ein dünnes Lächeln, Erleichterung mischte sich in seine Miene. Dann zog er seine Hand weg, so schnell, als hätte er sich verbrannt.

»Scusi, ich wollte nicht ...«

»Alles gut, Signore Sensoni. Also, den Umständen entsprechend, meine ich.«

»Natürlich.«

»Sie haben auch einen Toten?«

»Ja, leider.«

»Da haben unsere Salsicce ja ganze Arbeit geleistet, was?«

»Na ja, Ihre …« Er brach mitten im Satz ab. Offenbar hatte er aus alter Gewohnheit wieder mit ihr streiten wollen, fand das aber nun doch nicht so passend. »Es muss ja nicht mit unseren Salsicce oder Ihren … äh … zusammenhängen.«

»Alles andere wäre ja schon ein ziemlich großer Zufall, meinen Sie nicht? Ich mache eine Aktion mit veganen Salsicce, Sie machen eine Aktion mit Salsicce – und am selben Abend haben wir beide einen toten Gast.«

Er biss sich auf die Unterlippe.

»Ich fürchte, Sie haben recht«, brummte er schließlich. »Darf ich fragen, wo Sie Ihre … äh …«

»Salsicce.«

»Ja … wo Sie die haben machen lassen?«

»Die habe ich von Liebeneiner. Und soweit ich weiß, beziehen Sie Ihre Salsicce ebenfalls von dort.«

»Ja, aber dass Liebeneiner … hm … das wusste ich gar nicht.«

»Ich bin auch die Erste, die bei ihm vegane Würste bestellt hat. Er war, glaube ich, ganz froh, dass sich ihm dadurch vielleicht ein neues Geschäftsfeld auftun könnte.«

Peppino nickte betrübt.

»Stimmt, Liebeneiner geht es im Moment nicht so gut. Da ist er sicher über jeden Auftrag froh, so absurd …«

Er sah sie an und bemerkte die Augenbraue, die sich hob.

»Da ist er sicher über jeden Auftrag froh«, wiederholte er.

»Ich fürchte nur, dass ich ihm in naher Zukunft nicht viel Ware abnehmen kann. Mein Restaurant werde ich wahrscheinlich für eine Weile schließen müssen. Ich meine, wer geht schon in einem Lokal essen, das ein anderer Gast tot verlassen hat.«

Peppino nickte und schwieg.

»Was werden Sie machen?«, fragte sie ihn nach einer Weile.

»Keine Ahnung. Erst einmal werden wir abwarten müssen, woran unser Gast wirklich gestorben ist. Wenn mein Essen schuld ist, wird zu mir wohl auch keiner kommen wollen.«

»Sie sind eigentlich Polizist, stimmt's?«

»Hauptkommissar der hiesigen Kripo, ja. Aber im Moment bin ich beurlaubt. Mein Vater ist dement und meine Mutter vollauf damit beschäftigt, sich um ihn zu kümmern. Also habe ich die Küche übernommen.«

»Haben Sie Koch gelernt?«

»Nicht in Form einer Ausbildung, aber ich bin ja praktisch im *Salento* aufgewachsen. Schon als Kind habe ich ab und zu gekocht und hatte Spaß daran. Als Jugendlicher wäre ich lieber durch die Clubs gezogen, aber die Familie, Sie wissen schon.«

Auf Camillas Gesicht legte sich ein Schatten, sie presste die Lippen aufeinander.

»Hilft Ihnen Ihre Familie nicht?«, fragte er.

»Nein«, schnappte sie zurück. »Und darauf verzichte ich auch sehr gern.«

»Oh, scusi, ich wollte nicht …«

»Jetzt hören Sie schon endlich auf, sich ständig zu entschuldigen.«

»Scu–… Ich meine… Wie auch immer, die Rezepte meiner Familie sind mir seit jeher vertraut, und seit ich für meine Eltern eingesprungen bin, passe ich das eine oder andere Gericht ein wenig an. Bisher kamen keine Klagen.«

Er bemerkte Camillas trauriges Lächeln.

»Ja, bis heute, Sie haben recht.«

Sie schwiegen, bis Camilla aufstand und die Stuhllehne in die linke Hand nahm. Sie machte ein paar Schritte auf ihr Restaurant zu, dann drehte sie sich noch einmal um.

»Ich würde Sie gern auf ein Glas unter Nachbarn einladen, aber Ihre Kollegen sind noch nicht fertig mit meinem Restaurant.«

»Dann kommen Sie doch zu uns rüber. Ich wollte ohnehin noch etwas mit Ihnen besprechen. In die Trattoria können wir zwar nicht, aber es ist ja warm genug, um draußen zu sitzen.«

Camilla schaute in den Schatten unter der Linde. Peppino folgte ihrem Blick.

»Keine Angst, wir setzen uns nicht zu meinem Vater. Der raucht Selbstgedrehte, die für jede anspruchsvolle Nase eine Beleidigung sind. Wir haben aber auch ein gemütliches Eck hinter dem Haus. Kommen Sie?«

»Okay. Ich bring nur noch kurz den Stuhl weg.«

»Mögen Sie Rotwein?«

»Unbedingt«, versetzte sie mit einem Lächeln und trug den Stuhl in den Hinterhof des *Camilla's*.

Unter der Linde vor dem *Salento* war der Seniorchef inzwischen eingeschlafen. Zwischen den Fingern der linken Hand, die neben dem Stuhl herunterhing, klemmte noch ein Zigarettenstummel, der schwach glimmte, aber das Schnarchen von Toto Sensoni klang nicht so, als würde ihn so leicht etwas wecken. Trotzdem setzte Camilla sehr vorsichtig einen Fuß vor den anderen.

Neben der Trattoria führte ein schmaler Weg hinter das Haus, und dort tauchte jetzt Peppino auf und winkte sie durch das offen stehende Gartentor zu sich. Der Weg führte zwischen Hauswand und einem wilden Durcheinander verschiedener Pflanzen hindurch, und hinter der nächsten Ecke öffnete sich der Blick auf eine kleine Terrasse, die von zwei alten Wandleuchten in ein trübes, aber stimmungsvolles Licht getaucht wurde.

Die Beleuchtung erhellte auch einen Teil des Gartens, der auffallend chaotisch aussah. Kürbisse, Kartoffeln, Zucchini und viele andere Nutzpflanzen waren hier angepflanzt, und wer einfach mal in eins der vorderen Beete hineingreifen würde, bekäme eine ganze Reihe von Kräutern auf einmal zu fassen. Den Pflanzen schien das zu gefallen. Salbei, Rosmarin, Basilikum, Oregano, Petersilie, Minze, Schnittlauch und vieles andere wucherte so üppig, wie es Camilla selten zu Gesicht bekommen hatte.

Was Peppino auf dem Tisch angerichtet hatte, war nicht weniger üppig. Brot und Radieschen, Gurke, Tomate, Oliven, Zwiebeln und Peperoni, dazu einige kleine Schüsseln mit sehr lecker aussehenden Brotaufstrichen. Sie wollte sich schon dafür bedanken, dass sich ihr Gastgeber ihr zuliebe so strikt an vegane Lebensmittel hielt, da entdeckte sie den luftgetrockneten Schinken, den Pecorino, die Mortadella-Röllchen und Salamischeiben, die Peppino hinter dem Brotkorb und einer Schale mit Obst- und Gemüsestücken etwas versteckt aufgebaut hatte.

»Leider durfte ich nichts aus der Trattoria holen«, sagte er, »deshalb habe ich nur schnell ein paar Kleinigkeiten hergerichtet, die meine Eltern in der Wohnung hatten.«

Camilla sah ihn an, aber sein Bedauern schien echt zu sein. Sie mochte sich gar nicht ausmalen, was er alles aufgetischt hätte, wenn die Kripo schon mit der Arbeit fertig gewesen wäre.

»Bitte, nehmen Sie doch Platz.«

Peppino war ausgesucht höflich. Er deutete auf einen freien Stuhl mit schönem Blick über den nächtlichen Garten und wollte gerade Rotwein einschenken, als er zögerte.

»Da fällt mir ein, ich weiß gar nicht, ob dieser Wein vegan ist.«

»Machen Sie sich darüber keine Gedanken«, beruhigte ihn Camilla. »Ich biete meinen Gästen vegane Speisen und Getränke an, nehme es für mich selbst aber nicht so furchtbar genau. Wenn Ihr Roter also mit Eiweiß geklärt wurde, habe ich damit kein Problem. Vorausgesetzt, der Winzer hat es gut gemacht.«

Sie setzte sich, Peppino schenkte ein und nahm neben ihr Platz. Camilla schnupperte an dem Roten und hielt ihn prüfend gegen das Licht.

»Sieht ganz so aus, als sei hier gut gearbeitet worden«, lobte sie lächelnd.

Peppino hob sein Glas.

»Salute.«

»Cheers«, erwiderte sie und nippte an ihrem Glas.

Dass es ein Primitivo war, hatte sie schon am Duft erkannt. Jetzt ließ sie den ersten Schluck im Mund kreisen, schmeckte den Nuancen nach, schwenkte unterdessen das Glas und hielt es ins Licht der Wandleuchten. Peppino lächelte, er musste ihrer Miene angesehen haben, wie gut sie den Wein fand.

»Freut mich, dass er Ihnen schmeckt«, sagte er. »Bitte greifen Sie zu.« Dazu deutete er erst auf die Leckereien vor ihr, dann auf Schinken, Käse und Wurst. »Und falls Sie dazu doch lieber etwas Deftiges …«

»Danke, lieber nicht«, antwortete sie und nickte zum Gemüse hin. »Aber davon nehme ich gern eine Kleinigkeit.«

Sie nahm ihre Gabel und spießte eine Olive auf. Der intensive Geschmack passte gut zu dem kräftigen Wein. Sie tupfte Tomatenstücke in ein Schälchen mit Balsamico-Creme, goss sich aus einer kleinen Karaffe etwas Olivenöl auf den Teller und tunkte es mit Brot auf. Essen war etwas Herrliches, und was immer sie vom Speisenangebot des *Salento* halten mochte, von fetten Würsten, durchwachsenem Speck und schweren Pastasoßen, dass die Sensonis mit allerbesten Produkten arbeiteten, gab sie gern zu.

Peppino lud sich ebenfalls Oliven und Brot, Tomaten- und Gurkenstücke auf, aber außerdem griff er nach dem Speck, den er in grobe Würfel geschnitten hatte, bestreute ihn großzügig mit Zwiebelringen und Peperoni und legte Pecorinostücke und einige Scheiben Mortadella drumherum.

»Die ist übrigens auch von Liebeneiner«, sagte er und

hielt den Rest der Wurstscheibe hoch, von der er gerade abgebissen hatte. »Ebenfalls nach einem Rezept meiner Familie hergestellt. Wenn man sich noch etwas Seeluft dazudenkt, schmeckt es genau wie bei meiner nonna. Vielleicht wollen Sie doch mal probieren?«

»Im Moment nicht, danke. Aber was ich bisher gekostet habe, schmeckt wirklich wunderbar.«

»Das freut mich.«

Er kaute und lächelte, aber man sah ihm an, dass er nach einer Möglichkeit suchte, zu dem Thema überzuleiten, das er wirklich mit ihr besprechen wollte. Als er für ihren Geschmack nicht schnell genug fündig wurde, half Camilla ihm auf die Sprünge.

»Sie wollten etwas mit mir besprechen?«

»Ja, ich ... ich wollte Ihnen meine Hilfe anbieten. Und, ja, zugleich wollte ich Sie um Ihre Hilfe bitten.«

Camilla musste sich anstrengen, ihr freundliches Lächeln beizubehalten. Hoffentlich kochte er zielstrebiger, als er redete.

»Ich bin ja ... ich meine, ich bin ja eigentlich Kripokommissar, wenn ich natürlich im Fall Ihres toten Gastes auch nicht direkt ... und ... nun ja, auch im Fall des bei uns Verstorbenen nicht darf ... ich meine ...«

»Sie sind beurlaubt, das haben Sie mir schon erzählt.«

»Ja, ich ... äh ... eben. Aber natürlich würde ich schon gern möglichst bald wissen, warum in Ihrem Restaurant und in meiner Trattoria am selben Abend jemand ums Leben ... also ... und deshalb ...«

»Haben Sie denn Gelegenheit, etwas über die Ermittlungen Ihrer Kollegen zu erfahren?«

Peppino blinzelte. Es irritierte ihn, dass diese Frau

immer schon verstanden hatte, was er erst noch formulieren wollte.

»Nein, das nicht. Zumindest dürfen es mir die Kollegen offiziell nicht verraten.«

»Also wollen Sie unter der Hand das eine oder andere in Erfahrung bringen, das kann ich mir gut vorstellen. Nur, wozu brauchen Sie mich dazu? Wie könnte ich Ihnen da helfen?«

»Ich habe da eher an etwas anderes gedacht, Signora Brown. Ich wollte Sie fragen, ob Sie sich vorstellen könnten ... Ich meine, dass Sie und ich auf eigene Faust ...«

»Ach, Sie meinen, dass wir selbst ebenfalls Recherchen anstellen?«

Peppino stutzte erst, weil sie seinen Satz vervollständigte, dann zuckte er mit den Schultern und nickte.

»Das können wir gern machen«, sagte Camilla leichthin. »Ich habe in den nächsten Tagen ohnehin mehr Zeit, als mir lieb ist. Aber wo könnte ich auf Informationen stoßen, an die nicht auch die Polizei kommt?«

»Meine Kolleginnen und Kollegen finden irgendwann natürlich alles heraus. Meistens jedenfalls. Aber vielleicht erfahren wir das eine oder andere ja etwas schneller als die Kripo. Vielleicht hilft es, dass wir nicht als Polizei auftreten, dass zum Beispiel Liebeneiner als unser Lieferant offener mit uns spricht als mit Beamten, denen er natürlich irgendwelche Unregelmäßigkeiten unbedingt verheimlichen muss.«

»Da wird er uns als seinen Kunden doch sicher auch nicht alles verraten wollen.«

»Alles nicht, aber doch vielleicht mehr als der Polizei.«

Camillas Zweifel waren ihr offenbar ins Gesicht geschrieben, denn Peppino wirkte nun ein wenig ernüchtert.

»Aber gut möglich, dass Sie recht haben und ich mir da falsche Hoffnungen mache«, lenkte er ein. »Es war ja auch nur ein Vorschlag. Eher kein so guter, was?«

»Das ist schon in Ordnung, Signore Sensoni. Mich interessiert es ja auch brennend, wer uns diesen Mist eingebrockt hat. Falls wirklich jemand Gift in die Wurstmasse gemischt und damit unsere Gäste auf dem Gewissen hat. Aber ob ich da auf eigene Faust etwas herausfinden kann, was uns – oder natürlich die Polizei – auf die Spur des Täters führt?«

»Versuchen könnten wir es ja wenigstens, oder?«

»Das könnten wir, da haben Sie recht. Im schlimmsten Fall kommt nichts dabei heraus, aber wir haben unsere unverhoffte Freizeit genutzt.«

Sie hob ihr Glas.

»Besser als einfach darauf zu warten, dass uns die Kripo etwas mitteilt, ist es allemal.«

Er stieß mit ihr an, und das Lächeln, das er ihr über den Glasrand schenkte, während er seinen Roten in einem Zug leerte, wirkte sehr erleichtert. Sie lächelte zurück, trank nur einen kleinen Schluck und spürte der angenehmen Wärme nach, die sich in ihrem Bauch ausbreitete.

Sie besprachen noch, was jeder von ihnen am nächsten Morgen zuerst angehen sollte, dann gingen sie nach einem letzten Schluck auseinander.

Camilla saß noch eine Weile in der kleinen Wohnung über dem Restaurant und dachte über das Gespräch nach.

Es war sehr nett gewesen, Peppino Sensoni hatte sich vor Höflichkeit fast überschlagen, und sie schlief mit dem Gedanken ein, dass sich das eigentlich sehr schön angefühlt hatte.

Peppino hatte seine Nachbarin noch bis vors Haus begleitet und ihr nachgeschaut, bis sie im Hinterhof des *Camilla's* verschwunden war. Die meisten Kripobeamten machten bald darauf Feierabend. Auch im *Salento* waren sie schon recht weit gekommen, und die Türen zur Trattoria wurden mit Klebeetiketten verplombt, um sicherzustellen, dass sich über Nacht niemand an etwaigen Spuren vergriff.

Fehsen war die ganze Zeit über vor Ort geblieben. Donatella hatte mit ihm geredet, aber auf seine zaghaften Flirtversuche war sie nicht eingegangen. Sie hatte ihm gegenüber so getan, als bemerke sie nichts davon. Nur wenn Peppino zu ihr hinsah, rollte sie ab und zu genervt mit den Augen. Schließlich durfte sie wie die anderen nach Hause gehen. In Donatellas Fall war das eine winzige Dachwohnung über dem *Salento*, und auch Peppino schlief in seinem Elternhaus, seit er als Koch eingesprungen war. Er hatte sich wieder in seinem einstigen Jugendzimmer eingerichtet. Sein Vater war sehr erfreut gewesen, als sich Peppino dazu bereit erklärt hatte. Vermutlich hoffte er darauf, dass sich sein Sohn und die hübsche Bedienung nachts über den Weg laufen würden und … was immer er sich als Folge einer solchen Begegnung ausmalte.

Vielleicht träumte er gerade jetzt sogar davon. Jedenfalls brauchte Peppino eine Weile, bis er seinen Vater wach gerüttelt hatte. Und als er sich blinzelnd aus dem Tiefschlaf mühte, wirkte er enttäuscht, als habe ihm der Sohn einen besonders schönen Traum verdorben.

»Rauchst du noch eine mit mir?«, fragte er schließlich mit knarzender Stimme.

»Ich rauche nicht, papà.«

»Weiß ich ja, aber du kannst dich zu mir setzen, während ich mir noch eine anzünde.«

»Lieber nicht. Es ist schon spät, ich bring dich rein.«

»Und mein Grappa? Den muss ich doch noch austrinken.«

Er sah sich um, Peppino deutete auf das leere Glas und stand auf.

»Schon passiert. Komm, papà.«

»Schade.«

Toto stemmte sich mühsam aus dem Stuhl, blieb einen Moment lang etwas wacklig stehen, dann ließ er sich von seinem Sohn ins Haus führen.

Etwa zur selben Zeit schlüpfte eine vermummte Gestalt durch eine Nebentür aus dem Gebäude der Wurstmanufaktur Liebeneiner & Söhne, drückte die Tür ganz behutsam hinter sich zu, wischte mit den Handschuhen über die Klinke und schlich durch den Firmenhof davon. Nach einer Stunde in dem Produktionsgebäude sollte nun wirklich jede Spur beseitigt sein, die der Polizei bei ihren Ermittlungen helfen konnte.

Die Gestalt achtete darauf, sich im Schatten zu halten und möglichst wenig von den Straßenlaternen angeleuchtet zu werden. Dabei hätte niemand viel über das Aussehen der Gestalt sagen können, selbst wenn die

Außenkameras der Wurstmanufaktur nach dem Defekt vor ein paar Tagen wieder repariert worden wären.

Normal groß, normal schlank, und sonst nur dunkle Kleidung, eine dunkle Sturmhaube über dem Kopf, ein Schal, der Nacken oder Haare verdeckte, je nachdem, was man sonst gesehen hätte. Und Einmalhandschuhe, die bei genauerem Hinschauen schlanke, feingliedrige Hände erahnen ließen.

Mehr nicht.

Trotzdem huschte die Gestalt von einer Deckung zur nächsten, und als in der Ferne der Widerschein eines Blaulichts die nächste Kreuzung für einige wirbelnde Momente aus der Dunkelheit riss, beschleunigte sie ihre Schritte noch mehr und verschwand in einer Seitengasse.

3

Camilla Brown traf gegen halb neun Uhr morgens vor dem Firmengelände von Liebeneiner & Söhne ein. Überall war Polizei zu sehen. Einige Uniformierte standen am Zufahrtstor, zwei Beamte in Zivil sicherten Spuren an mehreren Türen, die in die Gebäude führten, und den beiden weißen Transportern nach zu urteilen, waren im Inneren der Firma noch weitere Kriminaltechniker zugange. Sie blieb auf dem gegenüberliegenden Gehweg stehen, um sich einen ersten Überblick zu verschaffen, doch die Polizisten am Tor hatten sie bereits bemerkt. Einer von ihnen kam über die Straße auf sie zu.

»Kann ich Ihnen helfen?«

Sein Ton war freundlich, aber es war klar, was er eigentlich fragte: Was haben Sie hier zu suchen?

Camilla stellte sich vor.

»Ich wollte gern mit Herrn Liebeneiner sprechen. Ihre Kollegen untersuchen mein Lokal noch immer, und so, wie es aussieht, werde ich meine nächsten Bestellungen stornieren müssen.«

»Ich kann Sie leider nicht reinlassen. Aber wenn Sie möchten, gebe ich den Kollegen im Gebäude Bescheid. Und sobald sie keine Fragen mehr an Herrn Liebeneiner haben, kann er ja zu Ihnen rauskommen.«

»Das wäre sehr nett, vielen Dank.«

Er bedeutete ihr, ihn zu begleiten, und als sie seinen alten Posten erreicht hatten, sprach er über ein Funkgerät mit jemandem, hörte kurz zu, nickte und steckte das Gerät wieder weg.

»Die Kollegen wissen Bescheid, und Herr Liebeneiner wird nachher zu Ihnen kommen. Es kann allerdings ein bisschen dauern.«

»Das ist mein kleinstes Problem. Solange mein Lokal noch untersucht wird, habe ich ohnehin nichts zu tun.«

»Stimmt. Eine Frage hätte ich aber an Sie, eher aus privatem Interesse.«

»Bitte sehr.«

»Ihr Lokal ist doch ein veganes Restaurant, richtig?«

»Ja.«

Camilla seufzte, sie konnte sich die Frage schon denken.

»Aber das hier ist eine Wurstmanufaktur. Was beziehen Sie denn von Liebeneiner?«

»Würste, nur eben ohne Fleisch.«

»Ja, dann …«

Der Beamte war etwas aus dem Konzept gebracht. Über seine Schulter hinweg zog sein Kollege Camilla gegenüber eine Miene, als wolle er sich für den anderen entschuldigen, und zuckte dazu mit den Schultern.

»Ich geh mir noch ein bisschen die Beine vertreten«, sagte Camilla, und der Polizist nickte. Er wirkte sehr dankbar dafür, dass sie ihn aus der peinlichen Situation entließ, in die ihn seine Klischees manövriert hatten.

Peppino hatte seinen Vater gebeten, einen Termin für ihn zu verabreden. Er kannte den Mann, mit dem er sprechen wollte, ebenfalls, aber seine Mitarbeiter, die für ihn Telefonate entgegennahmen, mochten die Polizei nicht besonders und versuchten, Peppino und andere Kommissare grundsätzlich abzuwimmeln. Toto Sensoni dagegen mochten seine Leute gern, sie waren früher so etwas wie Stammgäste des *Salento* gewesen – allerdings von der Sorte, die erst zum Essen kam, wenn die Trattoria offiziell bereits geschlossen hatte und zum Beispiel nicht mehr befürchtet werden musste, dass ein Spitzel etwas mithören konnte.

»Kannst losfahren«, sagte Toto nach dem Anruf zu seinem Sohn. »Sadik erwartet dich in seinem Club.«

Es war nicht weit bis zu diesem Ort, also schwang sich Peppino auf das alte Mofa, mit dem sie manchmal Pizzen in der Nachbarschaft auslieferten. Das Zweirad knatterte und stank, es eierte und war vermutlich nicht mehr so ganz verkehrssicher, aber für das kurze Wegstück musste es gehen. Peppino verließ das Viertel, kreuzte die breite Durchgangsstraße und tauchte auf der anderen Seite in das alte Industriegebiet ein. Die Schriftzüge an den Gebäuden nannten Firmen, die es schon seit Jahren nicht mehr gab, entsprechend heruntergekommen waren die meisten Bauten. Schlecht für die Stadt, die aus diesem Kiez schon lange keine Gewerbesteuerzahlungen mehr erhielt. Gut für die Leute, die nun dort ihre Geschäfte betrieben – und die zu Steuern jeglicher Art in der Regel respektvollen Abstand hielten.

Nach einigen Hundert Metern bog Peppino auf ein weitläufiges Firmengelände ab. Das Stahltor am Eingang stand offen wie immer, das Pförtnerhäuschen war verwaist, und niemand hatte sich auch nur die Mühe gemacht, die Glasscherben wegzufegen, die dort nach einigen Steinwürfen durch übermütige Nachtschwärmer herumlagen. Sein Weg führte ihn zwischen hohen Produktionsgebäuden hindurch. Ab und zu wies ein neues Schild die Richtung zu einem Autohändler, einer Import-Export-Klitsche oder einem Gebäude, in dem mehrere Proberäume für Bands eingerichtet waren.

Peppino wollte zu einem Sportclub, der ganz hinten auf dem Firmengelände in einer ehemaligen Werkshalle untergebracht war. Auf dem Weg dorthin passierte er einen Wagen mit getönten Scheiben. Der Fahrer, der darin saß, würde seinen Besuch ankündigen, und wirklich traten ihm vor dem Eingang zu Sadiks Box & Gym zwei Muskelmänner in den Weg, die ihn vom Mofa herunterwinkten. Einer der beiden ließ sich das Gefährt geben und schob es zu einer Mauer, gegen die er das Zweirad lehnte. Der andere musterte Peppino unwillig, machte aber keine Anstalten, ihn durchzulassen.

»Sadik erwartet mich«, sagte Peppino, als die beiden wieder nebeneinanderstanden.

»Ich kenn dich«, brummte der eine Muskelmann.

»Bulle«, zischte der andere.

»Stimmt genau. Aber heute bin ich nicht dienstlich hier.«

»Dachte ich mir«, höhnte der eine und deutete mit dem Daumen zu dem Mofa. »Sieht nicht nach Dienstwagen aus.«

»Damit liefern wir Pizza aus.«

»Pizza?«, staunte der andere. »Die Kripo bäckt Pizza?«

»Eher nicht. Die Pizza backen wir im *Salento.*«

Der eine pfiff leise durch die Zähne.

»Das *Salento* ist cool.«

Der andere schaute noch einmal zum Mofa hin.

»Hast aber keine Pizza dabei.«

»Sadik hat auch keine bestellt.«

»Schade.«

Die beiden Muskelprotze standen noch immer mit verschränkten Armen vor Peppino.

»Jetzt lasst mich schon durch. Sadik wartet wirklich auf mich. Und er wartet nicht gern, stimmt's?«

»Stimmt«, sagte der eine, rührte sich aber nicht vom Fleck.

Hinter den beiden wurde eine Tür aufgestoßen, auf die Laderampe davor trat ein Typ, der weniger Muskeln hatte, dessen Gang aber deutlich machte, dass er ebenfalls zu kämpfen verstand. Es war einer von Sadiks Telefonmännern.

»Lasst den durch!«, rief er. »Sadik wartet auf ihn.«

Die Muskelprotze traten zur Seite und ließen Peppino zwischen sich durch.

»Komm schon«, drängte ihn der Telefonmann. »Sadik hat heute noch andere Termine.«

Peppino kletterte die Stufen zur Laderampe hinauf und folgte dem anderen in eine große Halle. Hier war es dämmrig, nur ein Teil des Tageslichts drang durch die staubigen Fenster rundum. Links und rechts an der Wand entlang reihten sich Spinde aus Stahl, auf die Fläche vor ihnen verteilten sich drei Boxringe, auf die Deckenstrahler gerichtet waren. Zwei der Podeste waren leer, auf dem dritten übten zwei Boxer in voller Montur Schläge und Abwehrbewegungen. Den Rest der Halle füllten mehrere Fitnessgeräte aus, zwischen denen Kunststoffmatten ausgebreitet waren. An einigen Geräten wurde trainiert, auf den Matten lagen Männer unterschiedlichen Alters, die von anderen massiert wurden. Wieder andere dehnten sich oder machten sich mit Springseil und Schattenboxen warm, und zwei Jugendliche schlugen mit ihren bandagierten Fäusten in rasantem Rhythmus auf Punchingbälle ein.

Der Telefonmann ging zwischen den Trainierenden hindurch und führte Peppino durch eine Tür, hinter der eine Treppe nach oben führte. Oben wieder eine Tür, dahinter ein unordentliches Büro mit gutem Blick auf die Trainingshalle.

»Sadik, er ist da«, sagte der Telefonmann.

Der Angesprochene hob den Blick von der Zeitschrift, in der er gerade geblättert hatte. Sein Gesichtsausdruck blieb gleichmütig, aber Peppino konnte seine Kiefer mahlen sehen. Der Telefonmann baute sich neben dem Schreibtisch auf, die Daumen lässig in die Taschen seiner Jeans eingehakt. Sadik schob die Zeitschrift ein wenig von sich weg und ließ sich gegen die Lehne seines Bürosessels sinken.

»Ich möchte Ihnen gern ein paar Fragen stellen«, sagte Peppino.

Der Telefonmann legte sein stoppeliges Gesicht in ein höhnisches Grinsen.

»Sadik beantwortet keine Fragen, wenn er nicht muss«, beschied er den Besucher. »Und, muss er?«

»Nein, muss er nicht. Aber es wäre schön, wenn er wollen würde.«

»Er will nicht, fürchte ich.«

Sadik sagte nichts, aber der Telefonmann beugte sich

nach vorn. Und das Knarren des Sessels lenkte den Blick des anderen zu seinem Chef. Eine knappe Geste, eine erhobene Augenbraue, und der Telefonmann sah Sadik fragend an. Dessen rechte Hand wedelte, als würde er Staubflusen wegwischen wollen.

»Echt, Chef?«, fragte der Telefonmann.

Ein kurzes Nicken, ein letzter böser Blick auf Peppino, dann wandte sich der Mitarbeiter zum Gehen. Die Klinke schon in der Hand, drehte er sich noch einmal um.

»Ich bleib direkt vor der Tür, Chef.«

Ein knappes Kopfschütteln, wieder die wedelnde Hand.

»Echt nicht?«

Kopfnicken, und dann endlich zog der Telefonmann die Tür hinter sich zu und ging die Treppe hinunter. Peppino wartete, bis dessen Schritte nicht mehr zu hören waren.

»Dass Sie das durchhalten. Ich könnte das nicht, all die Jahre.«

Sadik erhob sich und trat an das große Fenster, das zur Trainingshalle hinauswies. Er ließ die Jalousie herunter, kehrte zu seinem Sessel zurück und gab seinem Besucher ein Zeichen, sich auf den Stuhl vor dem Schreibtisch zu setzen. Dann schenkte er aus einer Teekanne zwei Tassen voll und schob eine zu Peppino hin.

»Danke.«

Schweigend tranken sie. Von draußen drangen gedämpft die Geräusche der trainierenden Männer herein.

»Sadik, der Albaner«, sagte Peppino nach einer Weile. »Dass das immer noch funktioniert.«

»Solange mich Leute, die es besser wissen, nicht verraten …«

Die Antwort kam in akzentfreiem Deutsch, wenn er auch das R rollen ließ. Das klang nach vielem, nach Westfalen etwa, aber sicher nicht nach Albanien.

»Solange Sie uns dafür ab und zu eine Information geben, die Ihnen nicht wehtut.«

Sadik verzog das Gesicht, schwieg aber und nahm noch einen Schluck.

»Das wollte ich Sie schon lange mal fragen: Warum eigentlich *der Albaner*?«

Ein kurzes, freudloses Lachen.

»Als Alex aus Detmold hätte ich hier vermutlich kein Bein auf den Boden bekommen. Damals galten Deutsche hier nicht viel. Türken hatten den Hut auf, Bulgaren, Russen, Libanesen. Und anderswo halt Albaner. Also habe ich mir Sadik ausgedacht, habe die Klappe gehalten, lass andere für mich reden und hör nur zu. Und so ist das dann halt geworden.«

»Haben Sie keine Angst, dass Ihnen ein richtiger Albaner mal auf die Schliche kommen könnte?«

»Ich bestehe darauf, dass um mich herum nur Deutsch gesprochen wird. Schließlich sind wir hier in Deutschland, nicht wahr? Und wenn mich einer auf Albanisch anquatscht, stell ich mich taub, und meine Leute sorgen dann schon dafür, dass er ins Deutsche wechselt. Ein paar Brocken hab ich mir zur Sicherheit natürlich gemerkt. Ohnehin sind alle daran gewöhnt, dass ich so gut wie nie etwas sage. Ich gebe Zeichen, schreibe Textnachrichten, das reicht.«

Peppino grinste. Alexander Weidemann alias Sadik,

der Albaner, blieb ernst und wurde allmählich ungeduldig.

»Jetzt schieß schon los mit deinen Fragen. Dein Vater erzählte Azi, dass das *Salento* Schwierigkeiten hat und dass ich helfen kann. Das mach ich gern, aber mir wäre es recht, du würdest langsam zur Sache kommen. Ich habe wichtige Geschäfte am Laufen.«

»Wissen Sie von irgendwelchen Leuten in der Stadt, die noch eine Rechnung mit meinem Vater offen haben?«

Sadik stutzte, dann lachte er.

»Na ja, es wird schwieriger sein, Leute zu finden, die mit deinem Vater keine Rechnung offen haben. Aber an ihn traut sich keiner ran. Er steht unter meinem Schutz.«

Und unter dem von mindestens zwei weiteren Unterweltgrößen der Stadt, dachte Peppino.

Laut aber sagte er: »Wir hatten gestern Abend einen Toten. Die Kripo war da. Es wird untersucht, ob unsere Salsicce vergiftet wurden.«

»Eure Salsicce? Vergiftet? Wer macht denn so was?«

Sadik wirkte ehrlich entrüstet – erstaunlich, wie nahe Gift in einer Wurst jemandem gehen konnte, der seit Jahren hinter jeder dritten Schweinerei in dieser Stadt steckte.

Eine halbe Stunde lang ging Camilla in der Nähe des Eingangstors auf und ab, dann endlich trat ein dünner Mann um die vierzig auf den Bürgersteig, der sehr nervös wirkte. Einer der dort postierten Polizisten deutete auf Camilla, und der Mann kam in ihre Richtung. Camilla ging ihm entgegen, und sie trafen sich auf halber Strecke, ein gutes Stück außer Hörweite der Beamten.

»Frau Brown, was für eine schreckliche Geschichte«, begann er, ohne sich Zeit für eine Begrüßung zu nehmen. Dazu drückte er mit beiden Händen die linke Hand, die sie ihm zur Begrüßung hingestreckt hatte, als wolle er ihr sein Beileid ausdrücken. Die Hände von Ralph Liebeneiner waren etwas feucht, und er wirkte, als habe er die ganze Nacht kein Auge zugemacht.

»Hat Sie die Polizei sehr in Beschlag genommen?«, fragte sie.

»Kann man wohl sagen. Mitten in der Nacht kamen die hier an, und weil sie mir vorher nicht Bescheid gesagt hatten, mussten sie warten, bis ich von zu Hause hierhergefahren war und sie reinließ.«

»Wieso hatten sie Sie denn vorher nicht angerufen?«

Liebeneiner schnaubte.

»Wahrscheinlich dachten Sie, ich lasse irgendwelches Beweismaterial verschwinden. Was weiß ich, was die sich da zusammenreimen.«

Er schaute grimmig zu den beiden Uniformierten, die am Firmentor standen und sie aufmerksam beobachteten.

»Ralph Liebeneiner, der Giftmischer!«, platzte es aus ihm heraus. »Was die sich denken! Ich meine, wie wahrscheinlich ist es denn, dass ich Tag und Nacht versuche, meine Firma über Wasser zu halten … und dann versetze ich ihr mit vergifteter Ware den Todesstoß!«

Er schüttelte den Kopf, dann wischte er sich über die Stirn.

»Aber entschuldigen Sie bitte, Frau Brown. Da belästige ich Sie mit meinen Sorgen, dabei haben Sie selbst genug um die Ohren. Das mit Ihrem toten Gast muss ja fürchterlich gewesen sein.«

Camilla schilderte ihm den Vorfall. Liebeneiner hörte gespannt zu, bis sie fertig erzählt hatte.

»Und er hat in diesem Moment ausgerechnet eine vegane Wurst von uns gegessen?«

»Ja, leider.«

Liebeneiners Lippen wurden zu einem schmalen Strich.

»Auch im *Salento* starb ein Gast«, fuhr sie fort. »Und auch dort war wohl eine von Ihren Salsicce im Spiel.«

Der Wurstfabrikant nickte und sank ein wenig in sich zusammen.

»Ist das nicht unglaublich?«, murmelte er. »Zwei Tote an einem Abend, in zwei benachbarten Restaurants, die beide von uns beliefert werden.«

Er sah sie an, aber seine Augen schienen durch sie hindurch ins Leere zu starren. Auf seiner Stirn standen Schweißperlen, er nestelte an seinem Pullunder herum, und Camilla sah, wie sein Atem stoßweise ging. Sie legte ihm eine Hand auf den Arm.

»Wollen wir uns irgendwo hinsetzen?«, schlug sie vor.

»Na ja …«, brachte er hervor und machte eine fahrige Geste, die den Bürgersteig umfasste. »Hier wohl nicht. Und in meine Firma würde ich jetzt lieber nicht gehen. Diese ständige Fragerei und die Verdächtigungen, die da immer mitschwingen, setzen mir sehr zu.«

Camilla deutete auf eine Bäckerei, die ein Stück die Straße hinunter ein kleines Café unterhielt.

»Lust auf einen Kaffee?«, fragte sie.

Liebeneiner zuckte mit den Schultern. Camilla ging ein paar Schritte, schaute dann zu ihm zurück und wartete einen Moment, bis er sich endlich auch in Bewegung setzte. Sie gingen auf das Firmentor der Wurstmanufaktur zu, was Liebeneiner immer nervöser machte, und er wirkte geradezu erleichtert, als sie die beiden Polizisten passiert hatten. Doch zur Bäckerei war es noch ein Stück, als eine Frauenstimme seinen Namen rief. Camilla und Liebeneiner blieben stehen und drehten sich um. Neben den beiden Uniformierten stand eine Frau in Zivil.

»Könnten Sie bitte zu mir kommen, Herr Liebeneiner?«

»Das ist eine der Kommissarinnen, eine Frau Bommers«, raunte er Camilla zu.

Dann sah er die Handschellen, deren Kette sie zwischen ihren Fingern hielt, und alle Farbe wich aus seinem Gesicht.

Sadik war aufgestanden, nun tigerte er am Fenster entlang auf und ab. Peppino behielt ihn im Auge, und zwischen den Lamellen der Jalousie konnte er sehen, dass unten bei den trainierenden Männern Azi, der Telefonmann, stand und sehr irritiert zu ihnen heraufschaute. Er versuchte offensichtlich, einzuschätzen, ob er seinem Chef zu Hilfe kommen sollte.

»Würste vergiften … hm …«

Dann blieb er stehen und nahm Peppino in den Blick.

»Weißt du, dein Vater hat jahrelang krumme Dinger gedreht, von denen du lieber nichts weißt. Aber das war Kleinkram. Nichts, was mich viel gekostet hat. Und nichts, was andere viel gekostet hat. In der Stadt haben ihm alle seine kleinen Extratouren gegönnt. Wir alle lieben das *Salento,* und dein Vater hat immer darauf geachtet, uns alle immer wieder mal einzuladen. Natürlich erst nach den normalen Öffnungszeiten, wenn keine Bullen ... sorry, ich meine, wenn niemand mehr da war, den wir lieber nicht treffen wollten.«

»Das waren dann wohl die Abende, an denen mein Vater nicht wollte, dass ich ihn besuchen komme. Weil er mit Freunden Karten spielte.«

»Karten, genau.« Sadik lachte kurz. »Das ging nicht selten bis in den frühen Morgen, war immer schön. Und wenn ich dir einen Rat geben darf: Diese Tradition solltest du fortsetzen, das macht dein Leben im *Salento* viel friedlicher, glaub mir.«

Jetzt lachte Peppino kurz auf.

»Weil Sie auch sofort kommen würden, wenn ich, ein Kripokommissar, Sie zum Essen einlade.«

»Du bist beurlaubt, soweit ich weiß. Und gegen einen guten Koch hat keiner aus der Szene etwas einzuwenden.«

Er wurde nachdenklich.

»War eigentlich einer meiner Kollegen an diesem Abend bei dir im Lokal? Also gestern, als das mit der vergifteten Wurst passiert ist?«

»Zumindest niemand, den ich kenne.«

Sadik nickte bedächtig.

»Glauben Sie, es könnte ein Anschlag gewesen sein? Dass einer Ihrer ... Kollegen einen anderen ausschalten wollte?«

»Ich hoffe nicht. Krieg ist nicht gut fürs Geschäft.«

Camilla bemerkte die Bewegung als Erste. Doch während Kommissarin Bommers wohl eher befürchtete, Ralph Liebeneiner könnte davonrennen, bemerkte sie, dass dem

Mann die Knie weich wurden. Er ruderte einen Moment lang mit seinen Armen, nicht um sich zur Flucht zu wenden, sondern um Halt zu suchen. Sie stützte ihn, und als die Kommissarin aussah, als wolle sie zum Spurt ansetzen, brachte Camilla sie mit einem kurzen Kopfschütteln dazu, stehen zu bleiben. Sie sollte dem geschockten Wurstfabrikanten wenigstens noch die Gelegenheit geben, seiner Gefangennahme selbst entgegenzugehen.

Liebeneiner sah seine Kundin dankbar an, aber zu einem Lächeln konnte er sich nicht mehr aufraffen.

»Geht's?«, fragte sie ihn, und nach kurzem Zögern nickte er. Langsam näherten sie sich der Kommissarin, die noch immer die Handschellen bereithielt.

»Das wird doch nicht nötig sein, oder?«, wandte sich Camilla an sie.

»Das überlassen Sie mal bitte der Kollegin!«, fuhr sie der Uniformierte an, der vorhin so davon überrascht gewesen war, dass es auch vegane Salsicce gab.

»Lassen Sie es gut sein«, beschied ihm die Kommissarin und nickte Camilla mit dünnem Lächeln zu. »Sie haben recht, die werden wir nicht brauchen.«

Sie gab die Handschellen dem Uniformierten, der sie missmutig entgegennahm und an seinem Gürtel befestigte.

»Danke«, murmelte Liebeneiner noch, dann ging er der Kommissarin voraus durchs Eingangstor. Camilla sah den beiden nach, und der Polizist mit den Handschellen wusste nicht recht, ob er sie wegschicken oder ob er dulden sollte, dass diese Zivilistin alles mitansah.

Dann setzte im Firmenhof ein Tumult ein, und augenblicklich war die Zuschauerin vergessen. Beide Uniformierte warfen sich herum und stürmten der Kommissarin zu Hilfe.

Sadik setzte sich und massierte seine Schläfen. Dann drückte er den Rücken durch und sah Peppino an.

»Ich kann mich mal umhören«, versprach er. »Bisher weiß ich nichts von Auseinandersetzungen zwischen meinen Kollegen, aber wenn das noch ganz frisch ist …«

»Das wäre nett. Und jemand von Ihren Leuten kann mich ja dann anrufen.«

»Oder ich richte es deinem Vater aus. Mit ihm rede ich ohnehin lieber, nichts für ungut.«

»Kein Problem, aber papà hat Demenz, und die macht ihm inzwischen ganz schön zu schaffen.«

»Das ist nicht schön, tut mir leid. Richte ihm auf jeden Fall Grüße aus, und sobald ich mehr weiß, lasse ich dir die Infos zukommen.«

Damit war das Gespräch beendet. Sadik nahm die Zeitschrift wieder zur Hand und blätterte darin. Peppino stand auf, verließ das Büro und stieg die Treppe hinunter. Hinter sich hörte er die Jalousie ratschen, und als er sich auf halbem Weg zum Ausgang noch einmal umdrehte, sah er Sadik in seinem Büro am Fenster stehen. Der Mann sah sehr nachdenklich aus.

Kommissarin Bommers wirkte nicht besonders erschrocken, als der Mann wie aus dem Nichts vor ihr auftauchte und sich entschieden zwischen sie und den festgenommenen Liebeneiner drängte. Stefan Kutterer war ein kräftiger Kerl, und als gelernter Metzger konnte er ordentlich zulangen. Doch noch bevor er auf die Kommissarin hätte losgehen können, erreichten ihn die beiden uniformierten Polizisten. Der eine packte ihn am rechten Arm, der andere griff nach seinem linken, doch in dem kurzen Handgemenge, das folgte, bekamen die beiden Kutterer nicht recht unter Kontrolle. Er schubste den einen Beamten so heftig von sich, dass der stolperte und fiel. Und dem Zugriff des anderen wich er aus, bevor er ihn mit einem kräftigen Schwinger in den Magen vorübergehend außer Gefecht setzte.

»Lassen Sie das jetzt bitte!«, herrschte ihn Aglaia Bommers an.

Kutterer blinzelte irritiert zu der Frau hin, die ungerührt neben Liebeneiner stand und seinen Chef inzwischen am Arm festhielt. Hatte die keine Angst vor ihm? Hatte sie nicht gesehen, wie mühelos er mit ihren beiden Kollegen fertiggeworden war?

»Finger weg von meinem Chef!«

Er versuchte, seiner Stimme einen festen Klang zu geben, aber vor allem war ihr die Empörung darüber anzuhören, was sich die Polizei mit Ralph Liebeneiner erlaubte.

»Wir müssen Herrn Liebeneiner leider einstweilen in Gewahrsam nehmen. Es gibt Indizien, die ihn in Verbindung mit dem Tod eines Mannes belasten.«

Einen Moment lang musste Kutterer über die geschraubten Sätze nachdenken, dann kochte Wut in ihm hoch.

»Sie lassen jetzt sofort meinen Chef los! Sonst …«

Weiter kam er nicht. Aglaia Bommers ließ Liebeneiner tatsächlich los. Im nächsten Augenblick erreichte sie Kutterer, packte seinen rechten Arm und setzte ihren Hebel so geschickt an, dass der Metzger halb herumgewirbelt und sein Arm hinter dem Rücken nach oben gedreht wurde. So wehrlos übergab sie ihn den beiden uniformierten Kollegen, die sich inzwischen wieder berappelt hatten und Kutterer entsprechend wütend packten.

»So, Bürschchen, dafür fährst du jetzt erst einmal ein!«, polterte der eine. »Tätlicher Angriff auf Beamte ist keine Kleinigkeit.«

»Haben wir seine Personalien?«, fragte Bommers so ruhig, als sei nichts vorgefallen.

»Haben wir. Stefan Kutterer, Metzger, arbeitet hier.«

»Gut, dann lassen Sie ihn bitte laufen.«

»Laufen lassen? Aber der hat Sie und uns gerade …«

»Dafür wird er natürlich belangt werden. Sie schreiben Ihren Bericht, und der tätliche Angriff wird angezeigt. Aber ich sehe keine Notwendigkeit, dass wir ihn festnehmen.«

Das gefiel den Uniformierten nicht, die ihn weiterhin festhielten, und Kutterer war überrascht. Bommers beugte sich zu ihm.

»Wir müssen doch nicht befürchten, dass Sie abhauen, oder?«

»Ich … nein, ich kann aber nicht zulassen, dass Sie meinen Chef einbuchten.«

»Das werden Sie wohl müssen. Aber falls sich Herr Liebeneiner nichts hat zuschulden kommen lassen, werden unsere Ermittlungen das auch so ergeben.«

Kutterers Lippen waren ein schmaler Strich.

»Hören Sie, Herr Kutterer, wir machen hier nur unsere Arbeit. Wenn Sie versprechen, keine weiteren Schwierigkeiten zu machen, können Sie jetzt nach Hause gehen.«

Er zögerte.

»Na?«, hakte Bommers nach.

Schließlich nickte der Metzger, und sie gab den Uniformierten ein Zeichen, den Mann loszulassen. Als sich die Beamten damit Zeit ließen, riss er sich schließlich selbst vollends los und rieb sich die Arme. Die Kommissarin wandte sich Liebeneiner zu, eskortierte ihn zu einem Streifenwagen, wo er von zwei weiteren Beamten auf die Rückbank verfrachtet wurde. Der Streifenwagen rollte langsam vom Firmengelände, Kutterer ging ihm bis auf den Gehweg nach und sah dem Polizeiauto nach, bis es an der nächsten Kreuzung abbog und außer Sicht kam.

Camilla trat neben ihn, er schaute überrascht zu ihr und schien darüber nachzudenken, woher er diese Frau kannte.

»Hallo, Herr Kutterer«, sagte sie. Den Mann hatte sie schon mal auf dem Firmengelände gesehen, als sie wegen einer Bestellung zu Liebeneiner gegangen war, aber seinen Namen hatte sie erst während des Handgemenges aufgeschnappt. »Mein Name ist Camilla Brown, Ihre Firma hat für mein Restaurant einige vegane Salsicce hergestellt.«

»Ach, Sie sind das«, erwiderte er tonlos und fragte im ersten Reflex: »Haben die denn geschmeckt, so ganz ohne Fleisch?«

»Ja, durchaus. Nur einem meiner Gäste ist eine der Würste nicht bekommen. Er ist tot.«

»Oh, ich …«

Kutterer hatte in der Aufregung wohl für einen Moment vergessen, was der Grund für das Polizeiaufgebot in der Wurstmanufaktur war.

»Tut mir leid, Frau Brown, wie geschmacklos von mir.«

»Schon gut. Sie sind etwas durcheinander, ist ja auch alles ein bisschen viel gerade.«

»Und jetzt nehmen die meinen Chef mit! Die werden doch nicht im Ernst glauben, dass er irgendwas in die Wurst gepanscht hat! Wir liefern seit jeher immer nur allerbeste Qualität, und noch nie hat sich jemand über etwas aus unserer Produktion beschwert!«

Er redete sich immer mehr in Rage. Camilla deutete auf die Bäckerei.

»Ich wollte gerade mit Ihrem Chef einen Kaffee trinken gehen. Möchten Sie vielleicht einen? Dann können Sie sich etwas beruhigen, und wir reden ein wenig.«

»Ich ...«

Er sah zwischen Camilla und den beiden Polizisten hin und her, die ihn und die Frau sehr genau im Blick behielten.

»Warum eigentlich nicht«, sagte er und marschierte los.

Camilla musste sich beeilen, ihm zu folgen, und sie war erleichtert, als Kutterer die Uniformierten am Eingangstor ohne weiteren Zwischenfall passiert hatte. Auf halbem Weg zur Bäckerei holte sie ihn ein, und in dem kleinen Cafébereich des Ladengeschäfts wählten sie einen Tisch ganz hinten im Raum. Camilla hatte Kutterer gefragt, was er nehme, und dann holte sie einen Espresso für sich und einen Kaffee, schwarz und ohne Zucker, für ihn. Dazu brachte sie zwei Vanilleschnitten an den Tisch und setzte sich Kutterer gegenüber.

»Sie glauben nicht, dass Ihr Chef etwas mit den vergifteten Würsten zu tun hat?«, fragte sie.

»Natürlich nicht!«

»Wer hätte denn sonst noch Gelegenheit, die Wurst zu vergiften?«

»Zunächst einmal natürlich jeder, der in der Manufaktur arbeitet. Also auch ich, aber ich war das nicht, und für unsere Mitarbeiter lege ich die Hand ins Feuer. Wir wissen alle, dass es um die Firma gerade nicht so gut steht, und vom Lehrling bis zum Chef haben sich in den vergangenen Wochen alle voll reingehängt, damit wir den Laden wieder auf Kurs bringen.«

»Vielleicht können Sie trotzdem noch einmal nachdenken, ob Ihnen in letzter Zeit irgendetwas Verdächtiges aufgefallen ist.«

Kutterer nahm einen Schluck Kaffee und sah Camilla über die Tasse hinweg prüfend an, bevor er sie absetzte.

»Wieso wollen Sie das alles wissen? Sie haben ein veganes Restaurant, und Sie sind von der elenden Geschichte dadurch betroffen, dass ein Gast bei Ihnen gestorben ist. Aber das macht Sie doch noch nicht zu einer ... wie soll ich sagen? ... zu einer freien Mitarbeiterin der Kripo oder so.«

Camilla lächelte.

»Nein, eigentlich nicht, aber Sie haben es ja schon selbst gesagt: Ich bin betroffen, und solange nicht klar ist, dass mein Restaurant keine Schuld hat am Tod des Gastes, brauche ich es gar nicht mehr aufzumachen.«

»Ach, und jetzt suchen Sie einen Schuldigen? Und da kommt Ihnen mein Chef natürlich gerade recht!«

»Jetzt beruhigen Sie sich mal!«, herrschte sie ihn an.

Die Verkäuferin hinter dem Tresen schaute auf, aber weil jetzt eine Kundin den Laden betrat, war sie auch schon wieder voll in Beschlag genommen.

»Herr Kutterer«, fuhr sie mit leiserer Stimme fort. »Sie helfen Ihrem Chef nicht, wenn Sie hier wild gegen alle und alles wüten.«

Er atmete ein paarmal tief ein und aus, dann ließ er sich gegen die Stuhllehne sinken.

»Ich weiß halt nicht recht weiter. Die Firma hat es ohnehin schon schwer genug, und jetzt nimmt die Polizei auch noch den Chef mit. Wir brauchen Herrn Liebeneiner, und er hat garantiert keinen Dreck am Stecken.«

»Dann denken Sie doch bitte mal nach, ob Ihnen in den vergangenen Wochen irgendetwas verdächtig oder seltsam vorgekommen ist.«

Er sah sie auf eine Art an, die ziemlich offen widerspiegelte, was er von ihren Fragen hielt. Und was er ihr als Ermittlerin zutraute. Die Visitenkarte, die sie ihm über den Tisch zuschob, nahm er nach kurzem Zögern trotzdem und steckte sie ein.

»Geben Sie mir Bescheid, wenn Herr Liebeneiner wieder auf freiem Fuß ist?«

Kutterer zuckte mit den Schultern.

»Ich forsche übrigens nicht allein nach«, fuhr sie fort. »Peppino Sensoni vom *Salento* arbeitet mit mir zusammen.«

»Er – mit Ihnen? Ich dachte, Sie beide sind wie Hund und Katz, Konkurrenten, die sich nicht das Braune unter dem Fingernägel gönnen.«

»Das hätte ich sicher freundlicher ausgedrückt, aber

es stimmt: Wir sind sonst eher nicht gerade Partner. In dieser Sache aber schon. Und Herr Sensoni kocht zwar in der Trattoria seiner Eltern, aber eigentlich ist er Kripokommissar.«

Kutterer lachte leise.

»Ja, ich weiß. Daran hat sein Vater seit Jahren zu knabbern.«

Camilla wollte schon fragen, wie er das meinte, aber genau jetzt hatte sie den Eindruck, dass der Metzger ihr endlich etwas erzählen würde, das wollte sie nicht verderben. Also schwieg sie und wartete. Ein Grinsen legte sich auf Kutterers Gesicht.

»Um ehrlich zu sein«, sagte er schließlich, »war das Seltsamste in den vergangenen Wochen, dass Sie vegane Wurst bei uns bestellt haben.«

Camilla verzog das Gesicht.

»Ist nicht böse gemeint«, fügte er hinzu und hob beschwichtigend die Hände. »Der Chef war auch ganz begeistert davon, der verspricht sich sehr viel von dieser neuen Produktlinie.«

»Mich können Sie schon mal von der Liste der Verdächtigen streichen. Und die Sensonsis auch. Weder sie noch ich haben etwas davon, wenn durch einen toten Gast unser Geschäft leidet.«

»Sonst lief alles wie immer«, sagte Kutterer nach kurzem Nachdenken. »Nur halt nicht mehr so gut wie früher.«

»Wie kam es denn, dass die Wurstmanufaktur in Schwierigkeiten geriet?«

Kutterer zuckte mit den Schultern.

»Energie, Löhne, Fleisch – alles wurde teurer, und

nicht alles konnten wir an die Kunden weiterreichen. Dadurch wurde wohl die Gewinnmarge kleiner. Aber woran es am Ende wirklich lag, da müssten Sie den Chef fragen. Auch die Konkurrenz durch die neue Wurstfabrik hat uns zu schaffen gemacht. Als die vor etwa zwei Jahren die Produktion angeworfen haben, gingen unsere Bestellungen ganz schön zurück.«

»Welche neue Wurstfabrik meinen Sie?«

»Klöbner, der Kasseler Rippchenkönig. Er selbst macht nur noch den Grüßaugust, aber seine Firmengruppe wächst und gedeiht. Der hat von Kassel aus halb Deutschland mit Tochterfirmen überzogen. Vor zwei Jahren haben die im Norden der Stadt eine neue Fabrik aufgemacht, und danach haben sie uns und den anderen Metzgern mit Dumpingpreisen die Kunden abgejagt. Saubande.«

»Mir hat niemand ein Angebot gemacht.«

»Klöbner geht auf Masse, einzelne Restaurants sind nicht so interessant für ihn. Außerdem hoffe ich, dass Sie schon aus Qualitätsgründen nichts von diesen Fleischpanschern kaufen würden.«

»Könnten Klöbners Leute hinter der vergifteten Wurst stecken?«

»Eigentlich traue ich denen alles zu, aber Wurst vergiften … ich weiß nicht recht. Außerdem haben sie uns schon die meisten Großaufträge abgeknöpft. Ob sie für den Rest den Tod eines Menschen in Kauf nehmen würden?«

»Wer könnte noch ein Interesse daran haben, dass Ihre Manufaktur schließen muss?«

»Keine Ahnung, ehrlich. All das müssten Sie Herrn

Liebeneiner fragen, aber den haben sie ja jetzt weggeschlossen.«

Er senkte den Blick, griff so heftig nach seiner Tasse, dass er etwas vom Kaffee verschüttete. Einen Augenblick lang starrte er auf die Tropfen, die auf dem Tisch gelandet waren.

»Und bitte rufen Sie mich an, wenn Herr Liebeneiner wieder draußen ist«, konnte Camilla gerade noch wiederholen. Dann trank er die Tasse leer, stellte sie scheppernd ab, stand auf und ging grußlos aus der Bäckerei.

Als Peppino gegen Mittag das *Salento* erreichte, packten die Kriminaltechniker gerade ihre Gerätschaften zusammen. Fehsen stand dabei und schaute zu.

»Na, fleißig wie immer, Kollege?«

Fehsen nahm Peppino seinen spöttischen Ton nicht krumm. Er hatte noch nie besonders engagiert gewirkt, aber seine Schlussfolgerungen konnte er auch mit den Händen in den Hosentaschen ziehen. Und das machte er oft sehr gut.

»Die Spuren sind gesichert. Du kannst deinen Pizzaofen wieder anwerfen, wenn du willst«, brummte er grinsend.

»Damit werde ich wohl noch etwas warten müssen«, versetzte Peppino mit gequältem Lächeln. »In die *Trattoria des Todes* werden sich wohl so schnell noch nicht wieder Gäste trauen.«

Fehsen lachte.

»*Trattoria des Todes*, das gefällt mir. Aber falls du mir jetzt einen Teller Pasta anbieten würdest, würde ich nicht Nein sagen.«

»Mit Salsiccia?«

»Lieber erst mal nicht. Aber Spaghetti bolognese vielleicht?«

»Das heißt al ragú, aber ja, kann ich dir machen.«

Peppino wandte sich an die Kriminaltechniker.

»Wollt ihr auch was essen?«

»Äh … nein, wir …«

Peppino ging lachend in die Küche hinaus. Dort saß sein Vater auf einem Barhocker und betrachtete die Gewürze, die er vor sich auf der Arbeitsplatte aufgereiht hatte. Er las die Etiketten und schien nicht wirklich zu verstehen, was genau er da vor sich hatte. Peppino blieb in der Tür stehen und schaute ihm einen Moment lang zu. Er musste tief durchatmen und wischte sich über die Augen, bevor er zu dem Alten trat und sich möglichst unbefangen gab.

»Ciao, papà. Die Polizei ist fertig mit dem Lokal. Einer meiner Kollegen möchte gern Spaghetti al ragú, magst du es ihm kurz kochen?«

Toto Sensoni hob den Blick wie in Zeitlupe.

»Al ragú?«

Peppino nickte.

»Mach du das lieber mal. Ich geh rüber und schenk deinem Kollegen ein Gläschen Wein ein.«

Der Alte tapste aus der Küche. Peppino seufzte und machte sich an die Arbeit. Als er mit drei Tellern Pasta in den Gastraum kam, waren sein Vater und der Kollege schon beim zweiten Glas Primitivo angelangt.

»Die anderen sind gegangen«, verkündete Fehsen gut gelaunt. »Dein Spruch von der *Trattoria des Todes* hat sie wohl beeindruckt.«

Ihn offenbar nicht, denn der Teller stand kaum vor ihm, als er auch schon begann, ein dickes Knäuel Spaghetti auf seine Gabel zu wickeln. Toto stocherte etwas lustlos in seiner Pasta herum.

»Ist was, papà?«

»Das ist al ragú, oder?«

»Ja. Rinderhack, Tomatensoße, frische Kräuter, Zwiebeln, Wein. Und natürlich mit etwas Zucker und einem Schuss Balsamico, wie du es mir beigebracht hast.«

»Hab ich dir beigebracht?«

»Ja.«

»Das ist gut.«

Toto Sensoni beugte sich tief über seinen Teller, schnupperte und schaufelte dann die erste Gabel in den Mund. Das Essen behagte ihm sichtlich. Er strahlte wie ein kleines Kind, und wie er so mit offenem Mund kaute, konnte man auch hören, wie gut es ihm schmeckte.

Peppino mühte sich ein Lächeln ab, Fehsen hatte den Mund voll und drehte schon die nächsten Spaghetti auf, aber er beobachtete die beiden Männer genau. Und als Peppino kurz schniefte und ein paarmal blinzelte, um den feuchten Schleier von seinen Augen zu bekommen, erwiderte er das verlegene Lächeln des beurlaubten Kollegen mit einem traurigen, sehr verständnisvollen Blick.

Donatella rettete die Stimmung davor, vollends ins Trübsinnige abzugleiten. Sie stieß die Tür mit ihrem wohlgeformten Hintern auf und war hinter den Einkäufen, die sie auf den Armen vor sich hertrug, kaum zu sehen. Fehsen verschlang jede ihrer Bewegungen mit den Augen, er hörte sogar für einen Augenblick auf zu kauen. Dann beeilte er sich, den Mund leer zu bekommen.

»Ah, Signorina Donatella«, flötete er, als es ihm gelungen war, »setzen Sie sich doch zu uns. Peppino hat eine wunderbare Bologne… ich meine, eine ganz wunderbare … äh … Hackfleischsoße gemacht. Da hat er sicher für Sie auch noch eine Portion. Hast du doch, nicht wahr, Peppino?«

»Oh, wie sade«, rief Donatella, ohne stehen zu bleiben, »'abe gerade eine Kleinigkeit gegässe. Im Moment 'ab isch gar keine 'unger.«

Peppino stand auf und folgte ihr in die Küche. Dort ließ sie die Waren vorsichtig auf eine der Arbeitsplatten gleiten und stützte sich schwer atmend ab.

»Soße und Pasta ist noch genug da«, sagte Peppino und zwinkerte ihr zu. »Nicht, dass dir der Magen knurrt, du aber keinen Bissen herunterbringst, weil dich mein Kollege die ganze Zeit anstarrt.«

»Grazie.«

Sie strahlte ihn an und nahm einen Teller aus dem Schrank. Peppino ging zurück zu Fehsen und Toto.

»Donatella lässt sich entschuldigen. Sie muss den Einkauf aufräumen, und danach hat sie noch im Lagerkeller zu tun.«

Aus der Küche war ganz leise zu hören, wie ein Deckel abgenommen wurde und eine Schöpfkelle gegen einen Topf stieß. Fehsen lächelte säuerlich, und seine Miene wurde nicht freundlicher, als sich die Tür zur Trattoria erneut öffnete und Aglaia Bommers in den Gastraum trat.

Die Kollegin hatte sie mit ein paar Schritten erreicht, aber Peppino wusste, dass sie in dieser kurzen Zeit alles im Raum erfasst hatte. Die Anwesenden, das Essen, den

Wein, die Stimmung, und dass draußen in der Küche jemand aß, war ihr sicher auch nicht entgangen.

»Das sieht ja sehr gemütlich aus«, sagte sie und zog sich einen Stuhl heran.

»Magst du mitessen?«, fragte Peppino. »Es ist noch reichlich da.«

»Am besten gehst du raus in die Küche«, maulte Fehsen. »Da könnt ihr einen Frauentisch aufmachen.«

»Klingt reizvoll, aber ich habe keinen Hunger.« Sie streifte die Weingläser mit einem kurzen Blick. »Hättest du etwas Wasser für mich, bitte?«

Peppino füllte zwei Gläser und stellte ihr ein weiteres Fläschchen der italienischen Marke dazu, die sie am liebsten mochte.

»Danke.«

Bommers konnte sehr freundlich lächeln, und mit einem solchen Lächeln bedachte sie Peppino, sooft sie konnte. Fehsen entging das selten, und meistens gönnte er sich dazu einen plumpen Spruch, aber diesmal stoppte sie ihn mit einer knappen Handbewegung, bevor er auch nur die Lippen geöffnet hatte.

»Ich habe gute Neuigkeiten für eure Trattoria«, sagte sie dann zu Peppino, ohne Fehsen auch nur eines Blickes zu würdigen.

»Kann ich im Moment gut brauchen.«

»Mit euren Salsicce war alles in Ordnung. Das Labor hat in der Wurstmasse nichts entdeckt, was da nicht reingehören würde. Kein Gift, keine Schadstoffe, und auch das verwendete Fleisch war frisch und von guter Qualität.«

Sie grinste.

»Ich soll für die Kollegen fragen, ob sie die Würstchen, die sie nicht für die Untersuchung zerlegt haben, behalten dürfen.«

»Na, wenn das mal keine Eins mit Sternchen ist«, warf Fehsen lachend ein.

»Absolut«, gab sie ihm recht. »Ihr seid also raus aus unseren Ermittlungen.«

»Und unser toter Gast?«

»Hat sich überfressen, sagt die Rechtsmedizin. Offenbar nicht zum ersten, nur gestern halt zum letzten Mal. Die haben sich während der Obduktion gewundert, dass sein Körper überhaupt so lange durchgehalten hat.«

»Hab ich's doch gesagt, mio figlio«, meldete sich Toto zu Wort. »Claus hat sich totgefressen. Und ist das nicht besser, als unters Auto zu kommen?«

Er hob sein Glas.

»Auf jeden Fall«, stimmte Fehsen zu und stieß mit ihm an.

Aglaia Bommers bedachte die beiden Weintrinker mit einem spöttischen Blick, dann lächelte sie Peppino an.

»Vielen Dank«, sagte er und erwiderte ihr Lächeln ein wenig unsicher.

Er mochte die Kollegin, aber er wollte nichts von ihr. Und bisher hatte er noch keinen Weg gefunden, mit ihr freundlich umzugehen, ohne ihr falsche Hoffnungen zu machen. Als ihr Lächeln nun etwas dünner wurde, befürchtete er einen Moment lang, er habe sie vor den Kopf gestoßen, aber Aglaia sah jetzt an ihm vorbei. Er folgte ihrem Blick. Donatella stand in der Tür zur Küche, leckte sich mit der Zunge ein wenig Soße aus dem Mundwinkel und schaute die Kommissarin herausfordernd an. Ihr Mund kräuselte sich zu einem Lächeln, das nicht besonders freundlich wirkte. Als sie noch einmal mit der Zunge über ihre Lippen fuhr, verschluckte sich Fehsen und setzte hustend sein Weinglas ab.

»Tja«, brummte Aglaia Bommers und erhob sich, »ich muss dann auch wieder. Ich wollte dir nur kurz die gute Nachricht überbringen.«

Sie nickte Peppino kurz zu und wandte sich zum Gehen. Donatella verschränkte die Arme vor der Brust und schaute ihr zufrieden nach. Das änderte sich, als eine weitere Frau die Trattoria betrat. Camilla Brown kam in den Gastraum, stieß beinahe mit Bommers zusammen, wich ihr umständlich aus und ging zu den Männern am Tisch. Donatellas Miene wurde ein wenig säuerlich, und nach kurzem Zögern verzog sie sich wieder in die Küche, wo sie lautstark mit allem Möglichen hantierte.

4

Camilla Brown hatte sich nach dem Gespräch mit Stefan Kutterer sehr nachdenklich auf den Weg zum *Salento* gemacht. Als sie die Trattoria erreichte, waren davor keine Polizeifahrzeuge mehr zu sehen. Auf gut Glück drückte sie die Klinke der Eingangstür, es war nicht abgeschlossen. Die Tür schwang auf, und Camilla musste schnell einen Schritt zur Seite machen, um nicht mit der Kriminalkommissarin zusammenzustoßen, die am Vorabend ihren Servicechef ins Gebet genommen hatte.

Aglaia Bommers war schlecht gelaunt. Sie nickte ihr nur knapp zu und sah zu, dass sie ins Freie kam. An einem der Tische saß Peppino mit seinem Vater und einem weiteren Kommissar zusammen, offenbar wurde gerade gegessen, und die Stimmung im Raum war erstaunlich gut, gemessen daran, dass auch aus dem *Salento* ein toter Gast getragen worden war. Nur die hübsche Bedienung, die in der Küchentür stand, blickte Camilla nicht besonders freundlich entgegen und war im nächsten Augenblick in der Küche verschwunden.

»Ah, Donna Camilla!«, rief Peppino ihr ein wenig theatralisch entgegen.

Sie verzog die Miene, er lächelte entschuldigend, weil er ja wusste, wie wenig sie diese Art der Begrüßung schätzte, und flitzte zur Theke, um ihr ein Wasserglas zu holen.

»Danke«, sagte sie, als er vor dem freien Stuhl ein leeres Glas wegnahm und stattdessen das neue hinstellte. »Aber wenn Sie einen Espresso für mich hätten, wäre mir das noch lieber.«

»Gern«, kam es gut gelaunt zurück, und schon hantierte er an der Kaffeemaschine.

Die beiden anderen ließen sich lieber einen Grappa bringen, aber Peppino nahm ebenfalls einen Espresso. Und während sich der Kommissar und der Seniorchef zuprosteten, musterte Camilla ihren Kollegen über den Rand der Kaffeetasse hinweg.

»Sie wirken nicht besonders niedergeschlagen nach dem, was gestern hier passiert ist«, sagte sie schließlich. »Haben Sie schon etwas herausgefunden?«

»Mein Informant will sich melden. Er wird sich ein wenig umhören, konnte aber erst einmal nichts dazu sagen, wer hinter der Sauerei mit Ihrer vergifteten … Wurst stecken könnte.«

»Na ja, mit *meiner* Wurst – Sie sind ja auch betroffen.«

»Nein, offenbar nicht«, versetzte er. »Meine Kollegin …« Er nickte zur Tür hin. »… hat mir gerade die Nachricht überbracht, dass mit unseren Salsicce alles in Ordnung war.«

»Wie man's nimmt. Einer Ihrer Gäste hat davon gegessen, und jetzt ist er tot.«

»Das hatte aber wohl nichts mit der Wurst zu tun. Er hatte gesundheitliche Probleme, daran ist er gestorben.«

Toto Sensoni beugte sich vor. Camilla konnte den Wein in seinem Atem riechen.

»Er hat sich überfressen. Was für ein Lob für unsere Salsicce! Er konnte einfach nicht aufhören, sie zu essen. Das machen vor allem das gute Fleisch und der richtige Speck.«

Camilla verdrehte die Augen, und Peppino hatte Anstand genug, seinen Vater zu tadeln.

»Papà, lass das!«

Der Alte ließ sich zufrieden grinsend gegen die Stuhllehne sinken.

»Wie schön für Sie«, sagte sie schließlich zu Peppino. »Dann können Sie ja bald wieder eröffnen.«

»Ja, sieht ganz so aus. Da sind wir natürlich alle sehr erleichtert, nicht wahr, papà?«

»Gut, dann …« Sie stand auf. »… dann geh ich mal wieder.«

»Aber Sie sind doch gerade erst gekommen.«

»Ja, aber … ich will Sie nicht länger stören. Sie möchten jetzt sicher in Ruhe die gute Neuigkeit feiern.«

Peppino schaute sie prüfend an.

»Habe ich etwas Falsches gesagt?«, fragte er.

»Nein, alles gut. Aber Sie sind ja nun nicht mehr betroffen von diesem Fall.«

»Das stimmt. Und?«

»Im Fall meines Restaurants scheint die Polizei nach wie vor davon auszugehen, dass unserem Gast vergiftete Salsicce serviert wurden.«

Fehsen nickte.

»Das ist schlimm«, sagte Peppino.

»Aber nicht mehr unser Problem«, brummte Toto.

»Genau«, gab sie ihm recht. »Das ist nicht mehr Ihr Problem.«

Sie nickte den Männern zu und ging. Peppino sah ihr kurz nach, dann sprang er auf und holte sie ein, bevor sie die Tür erreicht hatte.

»Jetzt warten Sie doch!«, sagte er, hielt sie kurz fest. Als sie sich umdrehte und seine Hand auf ihrer Schulter ansah, ließ er sie los, als habe er einen Stromschlag bekommen. »Scusi, ich wollte Sie nicht ...«

Sie lächelte leicht.

»Oh, stimmt, ich soll mich ja nicht immer entschuldigen«, fügte er hinzu. »Tut mir ... äh ...«

»Ist schon gut«, sagte sie.

»Wollen wir ein Stück gehen?«, schlug er vor.

Und so spazierten sie die Straße entlang und bogen schließlich in den kleinen Park ab, in dem sonst immer junge Männer kleine Tütchen verstohlen gegen Bargeld tauschten. Das Polizeiaufgebot seit gestern Abend hatte ihnen wohl bis auf Weiteres das Geschäft verdorben. Heute war es hier ruhig, nur gedämpft drang der Verkehrslärm zwischen Büschen und Bäumen hindurch, und mit Blick auf den kleinen See blieben sie stehen. Ein Liebespaar hatte es sich auf einer der Bänke nahe des Ufers gemütlich gemacht. Camilla hatte versonnen zu den beiden hinübergeschaut, und als Peppino ihrem Blick folgte, wurde er etwas verlegen.

»Wissen Sie schon, wann Sie die Trattoria wieder öffnen?«, fragte sie.

»Nein, aber ich glaube, dass ich mir damit noch ein bisschen Zeit lasse. Auch wenn es nicht an unserer Wurst lag: Dass ein Gast das Lokal mit den Füßen voraus verlässt, schüttelt man nicht so leicht aus den Kleidern.«

Sie nickte und stopfte die Hände tief in die Jackentaschen.

»Konnten Sie mit Liebeneiner reden?«, fragte er nach einer Weile.

»Ja, aber nicht lange. Die Polizei hat ihn mitgenommen.«

»Liebeneiner? Als Verdächtigen? Aber wieso sollte der seine eigene Wurst vergiften?«

»Das weiß ich nicht. Hat Ihnen die Kollegin, die vorhin Ihr Lokal verlassen hat, nichts erzählt?«

»Aglaia? Aglaia Bommers?«

»Sie war es, die Herrn Liebeneiner verhaftet hat und im Streifenwagen hat wegbringen lassen. Mir hat es nur die Chance genommen, unseren Lieferanten heute wie geplant zu befragen – aber Liebeneiner hat es schwer getroffen. Der wäre fast zusammengeklappt.«

»Das glaube ich Ihnen. Ich muss unbedingt mit den Kollegen sprechen. Was sie wohl gegen Liebeneiner in der Hand haben?«

»Einer seiner Mitarbeiter wollte seinen Chef noch raushauen. Mit zwei Streifenbeamten ist er fertiggeworden, aber an Frau Bommers hat er sich die Zähne ausgebissen.«

»Ja, sich mit Aglaia anzulegen ist keine gute Idee.«

Peppino grinste kurz und nickte. Dann wurde er wieder ernst.

»Aber Liebeneiner in Haft, das ist ja ein Ding!«

»Immerhin konnte ich danach mit dem Mitarbeiter reden, einem Herrn Kutterer. Er glaubt natürlich nicht, dass sein Chef etwas Giftiges in die Wurstmasse gemischt hat. Er kann sich aber auch nicht vorstellen, wer es sonst getan haben könnte. Er erwähnte einen Konkurrenten von Liebeneiner, einen gewissen Klöbner.«

»Den Kasseler Rippchenkönig?« Peppino lachte kurz freudlos auf. »Dem trauen sie in der Branche alles Mögliche zu, und er hat schon zahlreiche kleinere Firmen auf dem Gewissen, denen er die Kunden abgejagt hat. Aber Wurst vergiften? Das kann ich mir nun doch nicht vorstellen. Nicht einmal, wenn es eine vegane …«

Peppino unterbrach sich und hob entschuldigend die Hand, sagte aber nichts.

»Außerdem hat er Liebeneiner meines Wissens schon alle größeren Kunden abspenstig gemacht. Die restlichen Abnehmer machen für Klöbner den Kohl nicht fett. Da fehlt mir das Motiv.«

»Sonst fiel diesem Kutterer nichts ein, was uns weiterhilft.«

Sie räusperte sich.

»Ich meine, was *mir* weiterhilft.«

Peppino sah sie überrascht an.

»Warum betonen Sie das so?«

»Wie gesagt: Sie sind raus, von Ihnen will die Polizei nichts mehr.«

»Ach, und jetzt glauben Sie, dass ich mich nicht weiter um die Sache kümmere?«

»Na ja …«

»Schauen Sie, Camilla, ich koche sehr gern, und ich habe viel Spaß daran, meinen Vater in der Küche zu vertreten. Ich kann mir auch vorstellen, das irgendwann ausschließlich zu machen und meinen Kripojob an den Nagel zu hängen. Aber im Moment fehlt mir das Ermitteln schon noch. Und wenn mir wie jetzt ein Fall mehr oder weniger vor die Füße fällt – da kann ich nicht widerstehen.«

Er grinste sie an.

»Außerdem war ich es ja, der Sie überredet hat, selbst Erkundigungen einzuziehen. Und da glauben Sie, dass ich Sie damit allein im Regen stehen lasse?«

Sein Grinsen wurde breiter, und er schüttelte energisch den Kopf.

»Gut«, sagte Camilla. »Und wie machen wir weiter?«

Herbert Pohl, der Geschäftsführer der klöbnerschen Fleischfabrik im Norden der Stadt, thronte hinter seinem wuchtigen Schreibtisch, aber als er sah, wen seine Sekretärin am Vormittag in sein Büro führte, erhob er sich erfreut und ging seiner Besucherin entgegen. Die Sekretärin verließ den Raum mit dem Auftrag, Kaffee und Gebäck zu bringen, und Pohl verbeugte sich vor Camilla, nahm ihre Rechte und deutete einen Handkuss an. Dann ging er ihr zu einer Besprechungsecke voraus und bot ihr einen Platz an. Sie bedankte sich, und Pohl, der sie mit seinen Blicken verschlang, setzte sich erst, nachdem sie Platz genommen hatte. Offenbar hatte sie mit dem Etuikleid die richtige Wahl für diesen Besuch getroffen.

»Schön, dass Sie so kurzfristig für mich Zeit hatten«, säuselte sie und hoffte, nicht allzu dick aufgetragen zu haben.

»Es ist mir eine Freude«, erwiderte Pohl. »Sie müssen wissen, ich bin ein großer Freund von Haute Cuisine, und seit ich in der Zeitung von Ihrem Restaurant gelesen habe, steht ein Essen bei Ihnen ganz oben auf meiner Liste.«

»Daraus wird wohl leider erst mal nichts werden.«

»Ja, ein Jammer.«

»Sie wissen, was passiert ist?«

»Im Radio habe ich es gehört, auch das Internet ist voll mit Meldungen darüber. Ein toter Gast, was für eine Tragödie. Weiß die Polizei denn schon, wer dafür verantwortlich ist?«

»Ralph Liebeneiner wurde gestern verhaftet.«

Pohl blinzelte.

»Der Chef der Wurstmanufaktur?«

Camilla nickte und musterte ihn.

»Aber … führen Sie nicht ein veganes Restaurant?«

Sie versuchte, ein Seufzen zu unterdrücken.

»Ich habe ihn mit der Herstellung von veganen Salsicce beauftragt«, antwortete sie stattdessen.

»Ach, und das kann Liebeneiners Manufaktur? Wir bieten ja schon länger Produkte in diesem Segment an. Es freut mich zu hören, dass auch er jetzt mit der Zeit geht.«

Die Sekretärin betrat das Büro und deckte den Tisch der Besprechungsecke mit Tassen und Tellern, stellte zwei Schalen mit sehr lecker aussehendem Gebäck dazu und schenkte Kaffee ein. Pohl dankte ihr mit einem Lächeln, sie wandte sich zum Gehen.

»Bitte nehmen Sie«, forderte er Camilla auf, und als sie zwar den Kaffee gern annahm, sonst aber ablehnte, griff er selbst zu. Camilla wartete mit ihrer Frage, bis er den Mund leer und mit Kaffee nachgespült hatte.

»Sie produzieren auch vegane Produkte?«

»Natürlich, das ist ein sehr schnell wachsender Geschäftsbereich. Ich kann Ihnen gern Infos dazu mitgeben, und ich würde mich sehr freuen, wenn wir Ihr Restaurant beliefern dürften.«

Er strahlte sie an, doch Camilla hatte ihre Miene für einen Moment wohl nicht ganz unter Kontrolle gehabt. Sein Lächeln wurde etwas wehmütiger.

»Ich verstehe«, sagte er mit hörbarem Bedauern in der Stimme. »Rippchenkönig Klöbner als Lieferant eines Edelrestaurants – das ist nicht gut fürs Geschäft, was?«

»Nein, ich …«

Pohl winkte ab.

»Ich kenne unser Image, da müssen wir nicht drumherum reden. Aber sagen Sie: Die Polizei hat also herausgefunden, dass Liebeneiners vegane Würste schuld sind am Tod Ihres Gastes?«

»Zumindest scheint die Kripo das zu glauben.«

»Das ist ja ein Ding!«

Pohl wirkte aufrichtig erschüttert.

»Verzeihen Sie bitte, wenn ich so direkt frage: Hat er denn einen Grund, Ihnen auf diese Weise zu schaden?«

»Mir? Nein, wieso fragen Sie?«

»Na ja, welches Motiv sollte er denn sonst haben, Ihnen vergiftete oder sonst wie ungenießbare Produkte zu liefern?«

»Wir hatten keine Probleme miteinander, ich habe meine Rechnungen pünktlich bezahlt, und ich habe ihm größere Bestellungen in Aussicht gestellt, wenn das mit den veganen Salsicce ein Erfolg wird.«

»Aber wenn er Ihnen nicht schaden wollte, ist er doch eigentlich raus als Verdächtiger, meinen Sie nicht auch? Er rackert sich seit Langem ab, den Betrieb seiner Eltern wieder auf Vordermann zu bringen – und dann macht er mit Gift in der Ware alles wieder zunichte? Das ist doch Blödsinn!«

»Könnte nicht ein Konkurrent von Liebeneiner ein Interesse daran haben, dass so etwas passiert?«

»Das wäre schon eher möglich«, gab er ihr recht. Dann fiel ihm auf, dass Camilla ihn gespannt ansah. Er lachte. »Seien Sie mir nicht böse, aber wir kommen da nicht infrage. Liebeneiner ist kein Konkurrent für uns. Wir spielen in einer ganz anderen Liga als er.«

»Ich habe mir sagen lassen, dass Sie ihm einige wichtige Kunden abgejagt haben.«

»Danke für das Kompliment mit dem Jagen«, schmunzelte er. »Aber das läuft viel pragmatischer ab, als Sie es sich vielleicht vorstellen. Wir machen allen potenziellen Kunden Angebote, ob sie nun von Liebeneiner oder von jemand anderem beliefert werden. Und viele erkennen, dass wir bessere Preise bieten und ihnen auch größere Mengen liefern können. Da geht es um Kostensicherheit und darum, dass der Lieferant auch verlässlich helfen kann, wenn es kurzfristig zu einer stark erhöhten Nachfrage kommt. Da stößt einer wie Liebeneiner schon mal an Grenzen, während wir innerhalb der Klöbner-Gruppe viel flexibler agieren können.«

»Aber hätte er Ihnen nicht doch Konkurrenz machen können, jetzt, da er ebenfalls vegane Produkte im Angebot hat?«

»Liebe Frau Brown, selbst wenn Liebeneiners Manufaktur Tag und Nacht nur noch vegane Wurst herstellen und sie überall mit großem Erfolg verkaufen würde, könnte er damit unserer Geschäftsbilanz keine sichtbare Delle verpassen. Wir denken in ganz anderen Dimensionen, für uns spielt eine so kleine Firma wirklich keine Rolle.«

Er schenkte Camilla ein Lächeln, das eigentlich ganz sympathisch wirkte.

»Wissen Sie, ich mag Leute wie Ralph Liebeneiner. Das sind Menschen mit Zielen, mit Werten. Leute, die sich um ihre Mitarbeiter kümmern und die mit viel Einsatz ehrliche Produkte herstellen. Mich persönlich schmerzt es schon ein wenig, dass zum Beispiel Sie nichts von uns kaufen möchten, aber mit Blick aufs Geschäft, auf unseren Umsatz, auf unsere Gewinnmarge und auf die Entwicklung unseres Unternehmens muss mich das nicht kratzen. Für die Klöbner-Gruppe sind Sie oder Liebeneiner kleine Fische, ohne dass das jetzt überheblich klingen soll. Wenn wir Sie als Kundin gewinnen könnten, würde mich das freuen – unseren Umsatz würde es nicht merklich verändern. Und wenn Liebeneiner seine Firma wieder flottbekommt, dann freue ich mich für ihn und gönne es ihm von Herzen – auch das würde unseren Umsatz nicht beeinflussen. Falls das also vorhin Ihre Frage war: Wir von der Klöbner-Gruppe haben nichts davon, wenn Liebeneiner pleitegeht.«

Polizeirat Wallis war kein Freund inoffizieller Gespräche, und deshalb traf sich Peppino Sensoni an diesem Vormittag auch nicht in der Kripodirektion mit den Kollegen. Seit er sich hatte beurlauben lassen, war er nur ein einziges Mal in seinem früheren Büro gewesen, und weil Wallis das durch irgendeinen Zuträger mitbekommen hatte, hatte sich Hanns Fehsen danach einen Rüffel seines Vorgesetzten gefallen lassen müssen.

Nun saßen sie ganz hinten in einem kleinen Eiscafé und ließen sich Cappuccino oder Espresso und Sfogliatelle schmecken. Das kleine Café war ganz unspektakulär in einem Einkaufszentrum untergebracht, aber nirgendwo sonst in der Stadt war das neapolitanische Gebäck so authentisch und vor allem so lecker zu bekommen. Peppino hatte den Kollegen schon früher erklärt, dass diese Sfogliatelle ricce recht schwierig herzustellen sind, aber vor allem Fehsen interessierte nur, dass sie ausgezeichnet schmeckten. Der Betreiber des Eiscafés hatte es mit seinem Blätterteiggebäck zu wahrer Meisterschaft gebracht, da konnte ihm Peppino leicht verzeihen, dass er die Sfogliatelle auch mit Füllungen anbot, die nicht unbedingt typisch für sie waren. Da gab es Varianten mit Zwetschgen- und Aprikosenmarmelade, er füllte sie mit Bitterorangengelee und Nugatmasse. Alle gemeinsam hatten sie, dass sie großzügig mit Puderzucker bestreut serviert wurden. Entsprechend weiß sah Fehsens Gesicht aus, eingezuckert bis hinauf zu den Wangenknochen.

»Ihr habt also Gift in der Wurstmasse gefunden?«, fragte Peppino.

»Ja«, sagte Aglaia Bommers, »aber nur in den veganen Würsten, die an das Nobelrestaurant gegenüber ausgeliefert wurden. In der Manufaktur selbst haben wir nur noch winzige Spuren desselben Gifts gefunden. Gerade genug, damit wir nachvollziehen können, an welchem Arbeitsplatz und an welchen Maschinen die vegane Wurst hergestellt und vergiftet wurde.«

»Aber was für ein Motiv sollte Liebeneiner haben, seine eigene Firma durch so eine Aktion in den Ruin zu treiben?«

Sie zuckte mit den Schultern.

»Eben«, fügte Peppino hinzu, »keines.«

»Alle Spuren, die wir gefunden haben, machen ihn aber sehr verdächtig. Theoretisch kommen auch seine Mitarbeiter infrage, aber uns wurde von allen bestätigt, dass Liebeneiner selbst meistens der Letzte war, der die Firma verließ, und der Erste, der das Gelände morgens betrat.«

»Und im normalen täglichen Ablauf hätte keiner Gift in die Wurstmasse geben können?«

»Nicht, ohne dass sie oder er dabei beobachtet worden wäre.«

»Habt ihr etwas gefunden, das auf einen Einbruch hindeutet?«

»Nein, keine der Türen war aufgebrochen.«

»Gibt es Kameras auf dem Gelände, die etwas Verdächtiges aufgezeichnet haben?«

»Es gibt Kameras, das schon, aber die hatten einen Defekt und wurden seither nicht repariert.«

»Was soll das heißen, die hatten einen Defekt?«

»Die Kameras fielen vor einigen Tagen aus.«

»Einfach so? Alle gleichzeitig?«

Fehsen zuckte kauend mit den Schultern.

»Das ist übrigens sehr schade«, fuhr Aglaia Bommers fort, »denn die hätten die Hofeinfahrt und die Haupt- und Nebeneingänge des Produktionsgebäudes im Bild gehabt.«

»Könntet ihr herausfinden, ob sich jemand an den Kameras zu schaffen gemacht hat? Ich meine, es ist doch seltsam, dass diese Geräte gleichzeitig kaputtgehen – und dass ihr sonst Aufnahmen von allen hättet, die sich zum Beispiel nachts auf das Gelände der Manufaktur geschlichen hätten.«

»Das sind ganz alte Dinger«, maulte Maigert, der bisher nur stumm dabeigesessen hatte. »Die gehen irgendwann halt auch mal kaputt.«

»Aber Peppino hat schon recht«, sagte Fehsen. »Dass die alten Dinger gleichzeitig kaputtgegangen sind, kann Zufall sein, muss aber nicht. Wir setzen da mal einen Techniker dran, vielleicht kann der uns mehr dazu sagen.«

»Und wenn Liebeneiner selbst dran gedreht hat?«, fragte Maigert. »Immerhin hätte er die Kameras ja inzwischen wieder reparieren oder neue anbringen lassen können.«

»Na ja, die sind erst seit ein paar Tagen kaputt. Vielleicht kommt so schnell kein Handwerker, der das reparieren könnte?«

»Wir können zumindest herausfinden, ob Liebeneiner sich überhaupt schon die Mühe gemacht hat, einen Termin mit einem Handwerker zu verabreden, der das reparieren könnte.«

»Können wir machen. Aber Liebeneiner hat seit einiger Zeit auch finanzielle Schwierigkeiten. Vielleicht hat er hier an der falschen Stelle gespart. Warum sollte er die eigenen Überwachungskameras außer Gefecht setzen?«

Maigert zuckte mit den Schultern.

»Vielleicht hatte er irgendeine Schweinerei vor, wollte die Versicherung bescheißen und so seinen Laden sanieren?«

»Ist er denn gut versichert?«

»Wissen wir bald«, sagte Aglaia Bommers.

»Dann hängt euch da mal ordentlich rein. Für mich ergibt ein Verdacht gegen Liebeneiner keinen Sinn. Und wenn der ohnehin seit einiger Zeit Stress hat wegen der wirtschaftlichen Schieflage seiner Firma, wenn er zu viel Sorgen hat und zu wenig schläft ... wer weiß schon, ob so einer ein paar Nächte hinter Gittern gut genug wegsteckt.«

Die Beamten schauten sich sehr nachdenklich an.

Camilla hatte sich nur schnell ein Sandwich zubereitet, hatte auf eine der in Olivenöl angebratenen Brotscheiben etwas Pesto aus gestückelten Tomatenfilets, Pinienkernen, Basilikum und Salz angerichtet, es mit feinen Streifen von Salatherzen und hauchdünnen Olivenscheiben belegt, mit Blüten von Löwenzahn und Kapuzinerkresse bestreut und mit etwas Balsamicocreme beträufelt. Nun bestrich sie das zweite Brotstück noch mit Avocadocreme und platzierte es obenauf.

Einen Moment ließ sie die Aromen auf sich wirken, dann klingelte das Telefon. Herbert Pohl war dran.

»Mir geht Liebeneiner nicht aus dem Kopf«, sagte er nach der üblichen Begrüßung. »Und ich hatte in unserem Gespräch den Eindruck, dass Sie ihn für unschuldig halten.«

»Ich kann mir beim besten Willen nicht vorstellen, was für einen Grund er haben könnte, seine eigenen Würste zu vergiften.«

»Geht mir genauso. Wissen Sie zufällig, ob er noch in Haft ist?«

»Ich nehme es an. Einer seiner Mitarbeiter hat meine

Visitenkarte, und ich habe mit ihm verabredet, dass er mich sofort anruft, wenn sein Chef wieder freikommt.«

»Wissen Sie, ob Liebeneiner bisher nur verdächtigt wird oder ob die Polizei ihn schon überführt hat?«

»Das weiß ich nicht, aber warum fragen Sie?«

»Ich hatte Ihnen ja erzählt, dass mir Leute wie Liebeneiner sympathisch sind. Nun überlege ich, ob ich ihm irgendwie helfen kann. Wenn er bisher nur unter Verdacht steht, könnte er gegen Kaution zumindest vorübergehend aus der U-Haft entlassen werden. Kaution wird er vermutlich keine stellen können, wenn er finanziell in Schwierigkeiten ist.«

»Vermutlich nicht.«

»Ich werde der Polizei anbieten, für ihn zu bürgen. Oder der Staatsanwaltschaft oder wer auch immer dafür zuständig ist.«

»Das ist nett von Ihnen.«

»Haben Sie denn die Direktwahl von jemandem aus der Ermittlungsgruppe?«

»Ja, von zwei Kripobeamten, Aglaia Bommers und Jochen Maigert.«

Er ließ sich die Nummern der beiden geben, und während Camilla die Visitenkarte wieder zur Seite legte, entstand eine kurze Pause.

»Danke, Frau Brown«, sagte Pohl schließlich. »Und falls Sie sich wundern, dass ich dafür Sie anrufe und nicht die Kripo selbst: Ich will schon, dass Sie wissen, was ich für Liebeneiner tun möchte. Einen schönen Tag noch.«

Er legte auf, und Camilla hielt das Telefon noch kurz in der Hand, bevor sie es zurück in die Ladeschale steckte.

Für das nächste Treffen mit Herbert Pohl würde sie das Etuikleid wohl lieber im Schrank lassen.

Und nun würde sie probieren müssen, ob das Sandwich auch mit kalten Brotscheiben schmeckte.

Der Unterschlupf war das blanke Klischee.

Eine kleine Wohnung im Hochparterre eines heruntergekommenen Wohnblocks, die außer der Vordertür zum Treppenhaus auch noch einen Hinterausgang aufwies, der über einige Stufen in den kargen Garten hinter dem Gebäude führte. Dort befand sich auch eine Treppe zum hinteren Zugang des Kellergeschosses hinunter. Der Keller wiederum war zudem über das Treppenhaus zu erreichen, und falls nötig, war es auch kein Problem, aus dem Badfenster zu schlüpfen und zwischen den dort abgestellten Müllcontainern zu verschwinden. Von der gemauerten Einhausung der Container zogen sich dichte Büsche bis zu den Garagen, und von dort aus war man mit einem Sprung über den Gartenzaun auch schon auf dem Nachbargrundstück.

Die für seine Zwecke gute Lage bezahlte der Bewohner allerdings mit dem miesen Geruch und der schäbigen Einrichtung der Wohnung. Er hielt die Fenster den ganzen Tag über geschlossen, nur nachts lüftete er kurz und wartete im Dunkeln, bis genug frische Luft durch die Räume gezogen war. Dann verschloss er alles wieder, zog Vorhänge vor und ließ Rollläden herunter, und erst dann schaltete er das Licht ein.

Die anderen im Haus interessierten sich nicht für ihn. Offenbar gingen sie davon aus, dass die Wohnung online tage- oder wochenweise vermietet wurde und dass es sich nicht lohnte, Kontakt mit den jeweiligen Nachbarn auf Zeit aufzunehmen. Ohnehin war es eine eher unpersönliche Gegend, jeder ging seiner Wege, und mehr als grüßendes Nicken im Vorübergehen durfte hier niemand erwarten.

Er versuchte, selbst solche flüchtigen Begegnungen zu vermeiden, und bisher war es ihm gelungen. Einkäufe machte er nach Einbruch der Dämmerung, wenn er etwas erledigen oder in Erfahrung bringen wollte, schlich er sich hintenraus, und den Rest seiner Zeit verbrachte er mit Warten in der Wohnung.

Das Fernsehgerät war alt, aber das Programm konnte er damit verfolgen. Und die schmalbrüstige Internetverbindung ermöglichte ihm Videos nur in ruckelnden Bildern, aber die gängigen Newsseiten konnte er öffnen, und so war er über alles auf dem Laufenden, was seine Aktion in der Wurstmanufaktur ausgelöst hatte. Zumindest über jenen Teil davon, den die Polizei öffentlich machte oder den findige Reporter darüber hinaus aufdeckten.

Bisher klang alles einigermaßen zufriedenstellend.

Da ließen sich auch noch ein paar Tage bei Knäckebrot und Dosenravioli aushalten, bevor er sich auf den langen Rückweg nach Hause machen würde.

Das Sandwich hielt nicht lange vor. Schon gegen halb drei bekam Camilla wieder Hunger. Da kam ihr der Anruf von Peppino Sensoni gerade recht.

»Appetit auf Sfogliatelle und Espresso?«, fragte er. »Dazu könnten wir unsere neuesten Informationen austauschen.«

Sie sagte zu und googelte schnell noch das Gebäck, dessen Name ihr im ersten Moment nichts gesagt hatte. Dann ging sie hinüber zur Trattoria.

Sensoni senior saß wieder vor dem Haus unter der Linde, und sie hoffte, dass das gut gefüllte Wasserglas, das neben seiner Kaffeetasse stand, auch wirklich nur Wasser enthielt. Er grüßte sie jedenfalls mit einer müden Handbewegung und starrte dann weiter stumm vor sich hin.

Peppino saß mit Donatella am Stammtisch. Als Camilla den Gastraum betrat, erhob sie sich und räumte ihren Teller ab.

»Bitte bleiben Sie sitzen«, bat Camilla sie. »Ich möchte Sie nicht vertreiben.«

»Isch 'abe noch so viel su tun, scusi«, brachte sie hervor, und damit war sie auch schon in der Küche verschwunden.

Sie sah Peppino fragend an, der zuckte nur mit den Schultern.

»Bitte nehmen Sie«, sagte er und deutete auf ein hübsches Bastkörbchen, das großzügig mit Gebäck gefüllt war. »Da ist natürlich Butter drin, aber Sie meinten ja, dass Sie es mit dem Veganen selbst nicht immer so genau nehmen. Und glauben Sie mir, bessere Sfogliatelle finden Sie nirgendwo in der Stadt.«

»Na, an Selbstbewusstsein fehlt es Ihnen ja nicht«, erwiderte Camilla lachend und griff zu.

»Die sind nicht von uns, deshalb darf ich sie ja so überschwänglich loben.«

Er erzählte Camilla, woher die Stückchen stammten, und sie war überrascht, dass ausgerechnet in diesem tristen Einkaufszentrum etwas so Leckeres zu finden war.

Dann nickte er zu der Hand hin, in der sie das Gebäck hielt.

»Sie sind Linkshänderin?«

»Ja, aber in der Küche ist das ja fast egal. Nur wenn ein Messer einseitig geschliffen ist, muss es für mich auf der anderen Seite präpariert werden. Und als ich früher für die Soßen zuständig war, musste ich darauf achten, dass die Kellen symmetrisch waren und keine Ausgießtüllen nur an einer Seite hatten, also diese Vertiefungen, mit denen man Soßen gezielter platzieren kann.«

»Ich weiß, was Ausgießtüllen sind«, entgegnete Peppino grinsend.

»Ja, natürlich, ich wollte auch nicht …«

»Schon gut.«

»Okay. Und an alles andere kann man sich als Linkshänder gewöhnen.«

»In dem Café, aus dem die Sfogliatelle stammen, habe ich vorhin meine Kripokollegen getroffen. Sie scheinen sich selbst nicht so ganz wohl damit zu fühlen, dass sie Liebeneiner in Untersuchungshaft gesteckt haben. Aber es wurden offenbar Spuren gefunden, die ihn sehr verdächtig machen. Ich konnte die Kollegen aber dazu bringen, dass sie einer Ungereimtheit nachgehen.«

»Welcher Ungereimtheit?«

»Am Gebäude der Wurstmanufaktur waren Kameras angebracht, die aber leider in den vergangenen Nächten nichts aufgenommen haben. Sie sind vor einigen Tagen ausgefallen und wurden seither nicht wieder instand gesetzt. Nun überprüfen die Kollegen, ob die Kameras etwa zur gleichen Zeit ausfielen und ob sich zuvor vielleicht jemand an ihnen zu schaffen machte.«

»Das ist gut. Außerdem könnte es ohnehin sein, dass Herr Liebeneiner bald wieder frei ist.«

Sie erzählte ihm von ihrem Treffen mit Firmenchef Pohl und von seinem Anruf vorhin.

»Sie sind ja von der Kripo, auch wenn Sie beurlaubt sind«, fügte Camilla hinzu. »Hat das denn Aussicht auf Erfolg, wenn Pohl für Liebeneiner Kaution stellen will?«

»Das nennt sich dann zwar nicht Kaution, sondern Pohl bürgt mit einem Betrag für den Verdächtigen – aber es könnte wirklich dafür sorgen, dass die U-Haft ein Ende für Liebeneiner hat.«

Er nahm eine Sfogliatella und dachte nach, bis er den Mund wieder leer hatte.

»Und warum, glauben Sie, will er einem Konkurrenten auf diese Weise helfen?«

»Vielleicht, um mir zu zeigen, dass er Liebeneiner wirklich nicht für einen Konkurrenten hält.«

Ein leichtes Lächeln spielte um Peppinos Mund, aber er sagte nichts weiter.

Im Boxclub von Sadik, dem Albaner, drängten sich die Anwesenden dicht an dicht um den mittleren der drei Boxringe. Auf dem Podest standen sich zwei Männer in Shorts und Sportschuhen gegenüber, auf ihren nackten Oberkörpern glänzte der Schweiß. Der Kampf hatte noch nicht begonnen, aber beide hatten sich gründlich aufgewärmt, um nur jetzt nicht den Kürzeren zu ziehen. Der Jüngere ließ seine Brustmuskeln spielen. Er tänzelte leichtfüßig hin und her, immer nur einen Trippelschritt nach links und einen nach rechts, ohne dem anderen näher zu kommen. Die Schultern hatte er leicht nach vorn genommen, und die Fäuste waren bereit, einen Angriff des anderen jederzeit zu parieren.

Der andere war etwas älter und wirkte etwas weniger durchtrainiert. Er stand still und aufrecht und schätzte seinen Gegner ab. Seine Arme hingen scheinbar kraftlos neben seinen Hüften herunter, und wer ihn nicht kannte, hätte schon wegen dieser Körperhaltung keinen Cent auf ihn als Sieger des Duells gesetzt.

Doch in Sadiks Box & Gym kannte wirklich jeder Stefan Kutterer, den Fleischer aus der Wurstmanufaktur Liebeneiner. Er trainierte hier seit Jahren, und mehr als einmal hatte er sich durch einen nicht ganz so offiziellen Boxkampf ein Bündel Geldscheine nebenbei verdient. Auch der Jüngere im Ring wusste, dass Kutterer ordentlich zulangen konnte und selten besiegt wurde. Und wer genau genug hinsah, konnte es in den Augen des Jüngeren manchmal ein klein wenig flackern sehen. Das war keine Angst, das nicht. Auch Bojan siegte meistens, und er hatte nie Angst vor einem Widersacher. Aber er hatte Respekt. Manchmal gerade so viel, dass er wach genug blieb, um die Tricks und Finten des anderen rechtzeitig vorausahnen zu können. Manchmal etwas mehr, weil er den Mann auf der anderen Seite seiner Fäuste als sehr guten Kämpfer einschätzte, vielleicht sogar bewunderte. So wie Kutterer, den Fleischer.

Und deshalb war er auch hellwach, als der wie aus dem Nichts auf ihn losstürmte, eine linke Gerade und einen rechten Haken setzte. Noch bevor die Umstehenden vor Überraschung aufstöhnen konnten, war Bojan den Schlägen ausgewichen und hatte seinerseits eine harte Rechte angebracht. Kutterer war nur am Arm getroffen worden, und dass er davon unbeeindruckt schien und sofort wieder zum Angriff überging, nötigte allen Anwesenden noch mehr Respekt ab. Jeder hier war im Training schon einmal von Bojans Faust getroffen worden, und jeder wusste, dass Kutterer in seinem rechten Arm jetzt gerade einen dumpf hämmernden Schmerz spüren konnte.

Doch als Bojan zu einem linken Haken ausholte, krachte der getroffene Arm des anderen mit ungeheurer Wucht gegen seine Rechte, und nur einen Sekundenbruchteil später donnerte Kutterers Linke so brachial gegen Bojans Wangenknochen, dass dessen Kopf herumflog und der Mundschutz im hohen Bogen über die Ringseile hinweggeschleudert wurde.

Sofort zog sich Kutterer in seine Ecke zurück, wartete, bis Bojan sich von einem Helfer den Mundschutz wieder hatte geben lassen, und rückte erst dann wieder auf ihn vor. Er war noch zwei Schritte von dem Jüngeren entfernt, als er plötzlich wieder zurücktrat, seinen Mundschutz in die Handschuhe spuckte und in die Plastikbox gleiten ließ, die in seiner Ringecke auf einem kleinen Tischchen neben seinem Hocker lag.

»Wasch jetsch losch?«

Bojan hatte auch sonst nicht gerade die Aussprache eines Radiomoderators, aber mit dem Mundschutz zwischen den Zähnen war er noch schlechter zu verstehen.

»Lass gut sein, Junge«, sagte Kutterer mit ruhiger Stimme. »Dir geht's nicht gut. Das kann ich in deinen Augen sehen.«

Damit wandte er sich ab und begann, seine Boxhandschuhe abzustreifen.

Bojan stand einen Augenblick lang verwirrt, dann ging ein Ruck durch seinen muskulösen Körper, er beugte sich vor und war mit ein paar schnellen Schritten bei seinem Gegner. Im Heranstürmen holte er aus, doch der Schlag, der den anderen hätte in den Nieren treffen sollen, ging ins Leere. Kutterer war im letzten Moment zur Seite getreten, hatte ein Bein leicht ausgestellt, und darüber stolperte Bojan jetzt. Er wurde vom Schwung seines Fehlschlags mitgerissen und drehte sich leicht. Mit dem Oberkörper landete er in den Begrenzungsseilen, mit den Beinen warf er den Hocker und das Tischchen um. Auf den Boden stürzte er nicht, weil Kutterer ihn inzwischen in den Seilen fixiert hatte und nun mit einer Hand um die Kehle und einer um den rechten Oberarm festhielt.

»Lass gut sein«, wiederholte Kutterer.

Kurz funkelte der Jüngere den anderen an, dann schien er aufzugeben und ließ sich von seinem Gegner aufhelfen.

»Und nenn mich nicht mehr *Junge*«, knurrte Bojan.

»Entschuldige bitte, wird nicht mehr vorkommen.«

Kutterer grinste dabei, dann klatschten die beiden ab, und der Jüngere trottete davon.

»Und was machen wir jetzt mit unseren Wetteinsätzen?«, rief ein bulliger Kerl in der ersten Reihe.

»Ihr habt gewettet?«, antwortete Kutterer, und sein Grinsen wurde noch breiter. »Wenn das Sadik erfährt! Das ist doch illegal!«

Alle lachten, und auch der Bullige stimmte schließlich mit ein. Ein älterer Mann zahlte die Wetteinsätze zurück, und die Menge zerstreute sich, nahm das Training an den Geräten wieder auf oder stieg selbst in einen der anderen Ringe.

Azi, einer von Sadiks Telefonmännern, trat an den Ring, stellte Kutterers Tischchen wieder auf und wartete, bis der andere zu ihm hersah.

»Sadik möchte dir einen Auftrag erteilen.«

Kutterer hob den Blick. Hinter den Jalousien konnte er die Umrisse des Gym-Besitzers erkennen.

»Was für einen Auftrag?«

»Die Fleischfabrik, in der du arbeitest, ist doch gerade geschlossen.«

»Es heißt Wurstmanufaktur, aber ja, die ist geschlossen. Und?«

»Und dein Chef sitzt im Knast.«

Kutterers Lippen wurden zu einem Strich, und seine Augenbrauen zogen sich zusammen.

»Ja.«

»Sitzt er dort zu Recht, was meinst du?«

»Natürlich nicht!«

»Das sieht Sadik auch so. Damit hat der Auftrag zu tun.«

Kutterer sah noch einmal zu Sadik hinauf, dann fasste er sein Gegenüber fest in den Blick.

»Was soll ich tun?«

5

Camilla saß an diesem Abend noch lange in ihrer Wohnung. Sie hatte das Licht gelöscht und das Fenster geöffnet. Ein milder Nachtwind trug ab und zu Verkehrsgeräusche herein, die aber von weit her kamen und sie so abgeschwächt erreichten, dass sie nicht störten. Das war eigentlich schade, denn nur zu gern hätte Camilla das Gedankenkarussell angehalten, das ihr seit Stunden zu schaffen machte. Aber es nahm immer wieder neu Fahrt auf.

Wer hatte die Wurstmasse vergiftet? Wollte jemand damit ihr schaden oder Liebeneiner? Und welchen Grund konnte es für das eine oder für das andere geben? Hatte Liebeneiner Feinde? Hatte sie Feinde?

Neider, natürlich hatte sie Neider. Andere Köche, die ebenfalls auf Sterne aus waren oder sich bemühten, sie zu behalten. Restaurantbetreiber, deren Angebote sie in den vergangenen Jahren abgelehnt hatte. Vielleicht gab es auch Menschen, die sie nicht leiden konnten. Die wütend auf sie waren, eine Rechnung mit ihr offen hatten. Lieferanten zum Beispiel, deren Produktqualität ihren Ansprüchen nicht genügt hatte. Oder prominente Gäste, denen sie die Tür gewiesen hatte, weil sie sich nicht angemessen benehmen wollten. Aber würde so jemand mit Gift hantieren, würde riskieren, dass ein Mensch zu Tode kam, nur um ihr zu schaden?

Nein, sie konnte nicht der Grund dafür sein, dass einer ihrer Gäste vergiftet worden war. Musste dann Liebeneiner der Grund dafür sein? Doch wer konnte diesen Mann so hassen, dass er über Leichen ging, um sein Geschäft zu ruinieren? Oder war es gar nichts Berufliches, lag der Grund für diese Tragödie in Liebeneiners Privatleben? Oder im Privatleben von einem Mitarbeiter Liebeneiners?

Ihr eigenes Privatleben fiel als Grund aus, sie hatte seit Jahren keines. Und auch wenn sie gern jemanden hätte, mit dem sie spätabends die Erlebnisse des Tages austauschen, Sorgen besprechen oder Pläne diskutieren könnte, ihre Verwandtschaft fehlte ihr nicht. Im Gegenteil. Nicht ohne Grund war sie damals aus dem englischen Küstendorf verschwunden, hatte den Ballast ihrer zerrütteten Familie abgeschüttelt und rief ihren Vater zum ersten Mal an, nachdem sie den ersten Karriereschritt geschafft hatte. Sie war gerade Entremetier geworden, und die Erinnerung daran brachte sie jetzt unvermittelt zum Lächeln. Die junge Frau, die heute im *Camilla's* die Suppen zubereitete, hatte darum gebeten, Potagère genannt zu werden – sonst war es wie früher noch immer üblich, auch für Mitarbeiterinnen die männliche Bezeichnung zu verwenden.

Damals jedenfalls waren Camilla die Beilagen und Zwischengerichte des Menüs anvertraut worden, und dass sie diesen Posten in einem Sternerestaurant erreicht hatte, machte sie in diesen Tagen so stolz, dass sie über ihren Schatten sprang und es Stephen Brown erzählen wollte. Doch ans Telefon ging nicht er, sondern ihre Stiefmutter Emily, und deren Freude über Camillas Erfolg hielt sich in Grenzen.

Camilla schnaubte. Diese missgünstige Schachtel war geradezu die Karikatur einer Märchenstiefmutter, und ihre beiden Kinder sah sie stets und überall benachteiligt, vor allem im Vergleich mit ihr, der von ihm so geliebten ältesten Tochter ihres Mannes. Sie schüttelte sich und rieb mit der linken Hand über Stirn und Augen.

Jetzt nicht abschweifen, sagte sie sich. *Nur nicht wieder die alten Geschichten hochkommen lassen.*

Nicht jetzt, da sie sich endlich von der ganzen Bagage gelöst und mit dem eigenen Restaurant ein großes Lebensziel erreicht hatte. Und genau dieses Lebensziel war nun in Gefahr.

Darum muss ich mich jetzt kümmern, zwang sie ihre Gedanken in die dringendere Spur. *Dieses Problem muss ich jetzt lösen.*

Wer hatte die veganen Würste vergiftet, wer trug die Verantwortung für den Tod ihres Gastes, und wem sollte damit geschadet werden?

Oder war das alles einfach nur ein blöder Zufall? Hätte es ebenso gut ein anderes Lokal, eine andere Wurstmanufaktur treffen können? Aber konnte das wirklich Zufall sein, ausgerechnet Liebeneiner und ausgerechnet ihr veganes Restaurant?

Und dann ging alles von vorn los, wieder und wieder drehten sich die Gedanken im Kreis. Die Schlussfolgerungen verwickelten sich zu einem Knäuel, das jeder Logik spottete und keinen Ansatz mehr bot für eine klare Überlegung.

Camilla stand auf, streckte sich, fuhr mit der Hand über ihre Augen und trat ans Fenster. Der Verkehr summte inzwischen so leise, dass sie die Katze wieder hören konnte, die unten im Dunkeln Jagd auf Mäuse machte. Sie glaubte, etwas quieken zu hören, das aber sofort danach verstummte. Nun starrte sie zur Straße hinunter und war nicht sicher, ob sie wirklich einen Schatten gesehen hatte, der den Bürgersteig entlangflitzte und dann zwischen den Häusern aus ihrem Sichtfeld verschwand.

Die Trattoria gegenüber lag im Dunkeln. Ob Peppino Sensoni wohl schon schlief? Immerhin konnte er sich damit beruhigen, dass sein Gast nicht an Gift gestorben war, sondern dass er sich schlicht überfressen hatte.

Überfressen ... Wie konnte jemand nur so gierig sein, so unvernünftig, so unersättlich?

Nett von ihrem Nachbarn, dass er ihr trotzdem zur Seite stand, obwohl er gar nicht von vergifteter Wurstmasse betroffen war. Sie freute sich sehr über seine Hilfe. Und ein klein bisschen schämte sie sich auch, dass sie zunächst davon ausgegangen war, Peppino Sensoni würde in dieser Angelegenheit keinen Finger mehr krumm machen, weil er kein Opfer des anonymen Giftmischers war. Es war schön, dass er sie trotzdem unterstützte, und allein der Umstand, dass er Kripokommissar war, wenn auch derzeit beurlaubt, eröffnete ihnen für ihre Recherchen ganz andere Möglichkeiten, als wenn sie sich nur allein umgehört hätte.

»Danke, Peppino«, sagte sie leise vor sich hin.

Eine Weile sah sie noch zur Trattoria hinüber, dann ging sie ins Bett.

Peppino hatte seine liebe Not gehabt, den Vater von seinem Platz unter der Linde wegzubringen. Im Wasserglas war leider kein Wasser gewesen, und Grappa fuhr dem Alten irgendwann in die Beine. Donatella hatte mit angepackt, mit vereinten Kräften und ab dem Treppenhaus auch mit wütender Unterstützung von Peppinos Mutter hatten sie Toto Sensoni in die elterliche Wohnung und dort ins Bett geschafft.

Inzwischen war längst alles ruhig im Haus. Donatella war in ihr Zimmer gegangen. Seine Eltern hatte er noch eine Zeit lang streiten hören, dann waren auch sie still geworden. Nun saß er selbst unter der Linde und dachte nach. Das Glas Rotwein, das er mit nach draußen genommen hatte, war noch fast voll. Einmal schreckte ihn ein leises Quieken aus seinen Gedanken auf, vermutlich hatte der räudige Nachbarskater wieder eine Maus erwischt. Doch gleich danach schweifte er wieder ab, grübelte über den Giftmord im Restaurant seiner englischen Nachbarin nach, auf den er sich so gar keinen Reim machen konnte.

Camilla Brown tat ihm leid. Es schien, als habe es ihr Restaurant eher zufällig getroffen. Als wolle jemand der Wurstmanufaktur schaden, und sie hatte eben zur falschen Zeit das falsche Produkt bestellt. Oder war doch sie das Ziel des Anschlags gewesen?

Was wusste er über seine Nachbarin? Viel war es nicht. Sie stammte aus einem kleinen Ort irgendwo an der englischen Küste. Hatte sie irgendwann erzählt, an welcher Küste ihr Heimatdorf lag? Cornwall vielleicht? Er konnte sich nicht erinnern. Sie hatte in einigen renommierten Restaurants gearbeitet, war viel herumgekommen in der Welt, und schließlich hatte sie sich mit ihrem veganen Lokal in Horst Schachners früherer Fleischerei eingemietet und versuchte seither, mit ihren Kreationen die Gourmetkritiker für sich einzunehmen.

Vermutlich träumte sie von einem Stern – das konnte sie sich nach diesem Zwischenfall für lange Zeit aus dem Kopf schlagen, wenn nicht sogar für immer.

Wollte ihr jemand schaden? Hatte sie jemanden zum Feind, der so weit gehen würde, für seine Rache oder was immer der Grund war, den Tod eines Menschen zu riskieren? Oder hatte jemand in der Wurstmasse herumgepanscht, der das verwendete Gift für viel harmloser gehalten und gar nicht damit gerechnet hatte, dass jemand zu Tode kommen konnte?

Peppino blinzelte. Gerade war ihm gewesen, als habe er ganz in der Nähe ein Steinchen knirschen hören. Als sei jemand auf einen Kiesel getreten. Doch jetzt war alles still, und sosehr er auch lauschte, nirgendwo war auch nur das geringste Geräusch zu hören – abgesehen vom Verkehr, der sehr leise in diese Gegend herüberwehte. Er schaute sich um. Die Straße war leer, nirgendwo war jemand zu sehen, zwischen den Fahrzeugen, die am Straßenrand geparkt waren, bewegte sich nichts.

»Ich sehe und höre schon Gespenster«, murmelte Peppino und stand auf. Es war höchste Zeit, schlafen zu gehen. Er nahm das Glas, trank einen Schluck und trug den Rest in die Küche.

Stefan Kutterer wartete, bis Sensoni ins Haus gegangen war, dann löste er sich vorsichtig aus dem Schatten der Hofeinfahrt auf der anderen Straßenseite. Die Trattoria war längst geschlossen, und den Weg des Kochs durch das Haus konnte er leicht nachvollziehen. Erst wurde im Erdgeschoss Licht an- und wieder ausgeknipst, dann war das Treppenhaus kurz erleuchtet, danach drang diffuses Licht durch ein Fenster, das wohl zu einem Badezimmer gehörte, später wurde eine schwache Lampe in einem anderen Zimmer angeschaltet, und schließlich war auch diese wieder aus.

Auch das Haus mit dem Nobelrestaurant lag im Dunkeln. In der Wohnung der Engländerin hatte schon länger kein Licht mehr gebrannt. Ob die Veganerin wohl schlief, oder ob sie wach lag und sich in ihrem Bett hin und her wälzte?

Das musste Kutterer in dieser Nacht nicht mehr kümmern. Er hatte sichergehen wollen, dass sich niemand an einem dieser beiden Gebäude zu schaffen machte, und allem Anschein nach musste er sich darum im Moment keine Sorgen machen. Jetzt, da hier alle schliefen, würde er vor der Wurstmanufaktur nach dem Rechten sehen.

Der Mann hatte Kutterer vor seiner Wohnung abgepasst, war ihm zum Gym des Albaners gefolgt, hatte dort gewartet und war ihm schließlich bis vor die Trattoria nachgegangen. Was der andere vorhatte, konnte der Mann nicht sagen, aber es wirkte, als wolle er Wache schieben, die Augen offen halten, was immer er auch befürchten mochte.

Der Mann seufzte. Das konnte noch zu einem Problem werden, aber jetzt wollte er ihm erst einmal folgen. Kutterer bewegte sich nicht besonders vorsichtig, er schien nicht zu befürchten, dass ihn jemand beschatten könnte. Entsprechend leicht war es, auf seinen Fersen zu bleiben.

Es ging zur Wurstmanufaktur. Kutterer betrat das Firmengelände durch das Eingangstor, zu dem er offenbar einen Schlüssel hatte. Dann überprüfte er, ob alle Zugänge zum Hauptgebäude verschlossen waren.

Der Mann grinste. Das hätte er mal lieber in den vorangegangenen Nächten gemacht.

Als Kutterer die Eingangstür aufschloss, gleich rechts im Foyer in die kleine Pförtnerloge ging und es sich mit Blick auf das Eingangstor dort gemütlich machte, zog sich der Mann zurück.

In der Wurstmanufaktur hatte er im Moment nichts mehr zu tun. Und während Kutterer hier Wache schob, hatte er anderswo freie Hand.

Horst Schachner hatte schon besser geschlafen. Gegen halb zwei gab er auf, tappte in die Küche und schenkte sich ein Bier ein. Der tote Gast seiner Mieterin ging ihm nicht aus dem Kopf. Würste vergiften, wer machte denn so etwas? War den Menschen denn gar nichts mehr heilig, hatten sie denn vor gar nichts mehr Respekt?

Er mochte Camilla Brown, auch wenn sie in seiner alten Fleischerei ausgerechnet ein veganes Restaurant eröffnet hatte. Sie war immer freundlich, verfolgte ihre Ziele mit Fleiß und Zähigkeit, und sie bezahlte ihre Miete pünktlich. Das war ihr zuletzt leichtgefallen, weil ihr Lokal gut lief. Schachner seufzte. Damit war es fürs Erste wohl vorbei. Er würde gleich morgen früh mit ihr reden. Die Miete würde er ihr für eine Weile erlassen, damit sie sich nicht auch noch mit finanziellen Sorgen herumschlagen musste. Er hatte keine Ahnung, wie lange es dauern würde, bis sich das *Camilla's* von diesem tragischen Zwischenfall erholen würde, und ob das überhaupt jemals gelingen konnte. Für seine Fleischerei wäre so etwas ein harter Schlag gewesen, aber er hätte seine Kunden irgendwann wieder für sich gewinnen können. Doch ein Edelrestaurant, das längst gut genug war für einen Michelin-Stern und entsprechend penibel auf seinen Ruf achten musste? Das konnte er nicht einschätzen, ebenso wenig, wie er hatte nachvollziehen können, wie schnell die Engländerin mit ihrem Gemüsezeug erfolgreich und zu einer kleinen Stadtberühmtheit geworden war.

Das Bier war leer getrunken, bevor er mit seinen Überlegungen fertig war. Also stand er auf, zog sich an, schlüpfte in seine bequemsten Schuhe und in die dunkle Jacke, und wenig später schlenderte er die Straße entlang. Es war niemand mehr unterwegs um diese Zeit, und als er um die Ecke bog, sah er das Haus mit dem *Camilla's* ebenso im Dunkeln liegen wie die Trattoria schräg gegenüber.

Erstaunlich, dass die jungen Leute trotz all ihrer Sorgen schlafen konnten. Ihn wühlte das mehr auf als noch vor einigen Jahren. Auch er hatte früher gut geschlafen, und wenn er etwas nicht aus dem Kopf bekam, hatte er mit Bier und einem Klaren nachgeholfen. Das mit dem Schnaps ließ er seit ein paar Jahren lieber bleiben, und Bier half nicht mehr jedes Mal. Immerhin machten ihn nächtliche Spaziergänge hinreichend müde, und wenn er nachher nach Hause kommen würde, dürfte es noch für ein paar Stunden Schlaf reichen.

Als er die Vordertür des *Camilla's* erreichte, kribbelte es in seinem Nacken. Er musste schmunzeln. Früher hatte er geglaubt, dieses Kribbeln verdanke er einer Art siebtem Sinn, einem besonders empfindlichen Sensor für Gefahren aller Art. Inzwischen war er überzeugt davon, dass es nur ein überreizter Nerv war, der zwischen seinen Halswirbeln nicht mehr genug freien Raum fand. Seine Physiotherapeutin riet ihm seit Langem, endlich mehr für seine Wirbelsäule zu tun. Gymnastik, Dehnübungen, Yoga womöglich. Lächelnd ging Schachner seines Wegs und spürte, wie sich allmählich mehr und mehr wohltuende Müdigkeit in seinem Körper ausbreitete.

Es war aber auch zum Verrücktwerden. Erst hatte sich Kutterer vor dem Restaurant dieser Engländerin herumgetrieben, und jetzt, da der endlich den Weg frei gemacht hatte und in der Pförtnerloge der Wurstmanufaktur auf der Lauer lag, trampelte dieser alte Fleischer hier vorbei.

Der Mann schaute auf die Uhr. Es war zwei Uhr durch, und es konnte gut sein, dass die Engländerin demnächst kurz aufwachte und sich dann womöglich den Rest der Nacht um die Ohren schlug. Sollte er jetzt doch noch rein in dieses Haus?

Er lauschte und wartete, bis die Schritte des Fleischers in der Ferne verklungen waren. Dann kam er aus dem Schatten hervor, in dem er sich vor dem anderen verborgen hatte. Er lugte die Straße entlang, nirgendwo war gerade ein Fußgänger unterwegs. Also nestelte er das Werkzeug aus seiner Jackentasche hervor, das er vor ein paar Minuten weggesteckt hatte, und machte sich wieder an die Arbeit. Natürlich würde er nicht durch den Vordereingang ins Haus eindringen, aber auch die Hintertür lag nicht so tief im Schatten, wie es ihm lieb gewesen wäre.

Vermutlich machte er sich aber zu viele Sorgen. Wer sollte zu so nachtschlafender Zeit auf ihn achten, wer sollte die Hintertür in den Blick nehmen?

Das Schloss erwies sich als schwierig, er musste mehrere Anläufe unternehmen, bis er sie entriegelt hatte. Kurz horchte er in die Nacht, ob sich jemand näherte, und wie er sich gerade daranmachte, die Tür vorsichtig aufzudrücken, mischte sich ein seltsames Geräusch in die nächtliche Stille.

Es knatterte wie der Motor eines alten Zweitakters, dazu erklang Musik. Das Knattern wurde lauter, und die Musik wurde deutlicher hörbar, wandelte sich von unbestimmtem Gedudel zu hartem Metal. Zu verzerrten Gitarren schrie sich ein Sänger die Seele aus dem Leib, und alles war um einiges lauter, als es um diese Zeit angemessen schien. Der Mann nahm die Hand wieder von der Klinke und schlich zur Hausecke, um die Straße im Blick zu haben. Ein dreirädriger Lieferkarren näherte sich schlingernd und gurkte vorbei. Das Knattern und die Musik wurden leiser, das seltsame Gefährt verschwand aus seinem Sichtfeld, dann war ein Rumpeln zu hören, ein Schrei und ein fürchterliches Gepolter, als würden irgendwo Unmengen an blechernen Mülleimern umgestoßen. Dann ein fauchendes Zischen, und schließlich Stille.

Er lauschte noch konzentrierter.

Nun waren Schritte zu hören, schnelle Schritte, und

das Jammern eines Mannes. Das alles konnte er hören, weil das Knattern und die Musik mit dem Geschepper verstummt waren.

Was war dort vorne los? War das Dreirad irgendwo dagegengeknallt? Kam dem Unfallfahrer jemand zu Hilfe? Würde es hier gleich vor Sanitätern und Polizisten wimmeln?

Der Mann seufzte.

Nach einer Weile kamen zwei Männer in Sicht. Der eine war der alte Fleischer, den anderen kannte er nicht. Die beiden schoben den dreirädrigen Lieferwagen, der ziemlich ramponiert aussah, und sie kamen geradewegs auf das Haus zu, in das er es gerade um ein Haar geschafft hätte. Drüben ging das Licht an einem Fenster über der Trattoria an, und auch in der Wohnung der Engländerin rührte sich etwas.

Was für eine Nacht!

Kopfschüttelnd ging der Mann zurück zur Hintertür, verschloss sie wieder und machte sich über die Mauer davon, die den Hinterhof vom Garten des Nachbargebäudes trennte.

»Mensch, Ole!«, schimpfte Schachner und versuchte, das nicht zu laut zu tun. »Wie oft habe ich dir gesagt, du sollst deinen Karren stehen lassen, wenn du etwas trinkst. In deiner Ape erkennt vielleicht nicht jeder unbedingt ein Fahrzeug, aber die Promillegrenze gilt trotzdem für dich.«

»Jetzhabdichnichso«, nuschelte Ole. Er hielt sich an dem dreirädrigen Wägelchen mehr fest, als dass er schieben half.

»Und dann noch die laute Musik! Du kannst von Glück sagen, dass noch keine Streife aufgetaucht ist!«

Ole blieb stehen und nickte zur Trattoria hinüber.

»Dfürisikriposchonda.«

»Was?«

Er folgte Oles Blick. Unter der Linde stand Peppino Sensoni mit verschränkten Armen, auf seinem verschlafenen Gesicht kämpften Lachreiz und Verärgerung miteinander.

»Was treibt ihr denn da?«, fragte er.

»Ole ist mit seinem Lieferwagen da vorn gegen den Bordstein geknallt, danach ist seine Ape gegen ein paar Müllcontainer gescheppert.«

»Mich hat schon das Geknatter geweckt. Und die laute Musik.«

»Motrhed«, erklärte Ole.

»Jetzt halt endlich die Klappe«, fuhr Schachner ihn an.

Er bedachte Peppino mit einem entschuldigenden Blick.

»Nicht, dass du noch denkst, er sei betrunken«, fügte er hinzu.

»Ole?«, versetzte Peppino grinsend. »Ole trinkt Alkohol?«

Schachner atmete hörbar auf.

»Ich bin als Polizist beurlaubt, und als Koch interessiert mich nur, dass alle heil nach Hause kommen.«

Er trat zu den beiden und inspizierte das dreirädrige Gefährt.

»Ist viel kaputt?«

»Nichderedewertwennumichfrgs.«

Ole hatte eine gewaltige Fahne, und Peppino wedelte sich frische Luft zu.

»Bringst du ihn nach Hause?«, wandte er sich an Horst Schachner.

»Auf jeden Fall. Ich wollte mir ohnehin noch ein bisschen die Beine vertreten.«

»Dass ich nicht gut schlafe, ist ja klar. Aber du?«

»Mir tut meine Mieterin leid«, sagte Schachner. »Sie war sicher schon ganz nah dran, ihren Stern zu bekommen, und jetzt das!«

»Ja, das ist ein schwerer Schlag für sie. Nett von dir, dass du dir deswegen Gedanken machst.«

»Ist doch klar. Sie ist ja auch eine Nette«, sagte Schachner, und seine Augen leuchteten dazu ein klein wenig. Dann fügte er mit säuerlicher Miene hinzu: »Obwohl sie kein Fleisch auf der Speisekarte hat.«

»Stimmt, sie ist trotzdem nett«, gab Peppino ihm recht, klopfte ihm auf die Schulter und stellte Ole, der während der kurzen Pause etwas in Schräglage geraten war, wieder gerade hin. »Und jetzt schaut zu, dass ihr nach Hause und von der Straße wegkommt. Hier kann jeden Moment eine Streife durchkommen, und dann muss Ole seine Karre wohl gar nicht mehr reparieren lassen.«

»Dswärechtnichgut, garnichgut. Kommhorstwirgehn!«

»Gute Nacht, ihr beiden! Und wenn du magst, kannst du nachher gern auf einen Kaffee vorbeikommen. Ich werde wohl nicht mehr so schnell einschlafen.«

»Danke für das Angebot, aber wenn ich Ole daheim abgeliefert habe, bin ich hoffentlich müde genug, um mich noch ein bisschen aufs Ohr zu hauen.«

Das laute Scheppern ein Stück die Straße runter hatte sie geweckt. Ganz leise hatte sie ihr Fenster geöffnet, sich über die Brüstung gebeugt und hinuntergeschaut. Alles hatte sie nicht verstanden, vor allem das besoffene Gebrabbel von Ole nicht. Aber dass Horst Schachner und Peppino Sensoni sie nett fanden, war ihr nicht entgangen. Die Tochter einer Kollegin hatte ihr zwar mal erklärt, dass »nett« die kleine Schwester von »scheiße« sei, aber in diesem Fall war das wohl anders gemeint.

Es dauerte eine ganze Weile, bevor sie wieder eingeschlafen war, aber bis dahin genoss sie das warme Gefühl im Bauch, das ihr das doppelte »nett« beschert hatte.

Justizwachtmeister Bernhard Riegler hatte es sich zur Gewohnheit gemacht, in jeder Nachtschicht nach den Untersuchungshäftlingen zu sehen. Die Regelhäftlinge, die ihre Strafen absaßen, waren sehr unterschiedliche Charaktere, aber die meisten von ihnen hatten sich irgendwie damit arrangiert, dass sie eine bestimmte Anzahl von Monaten oder Jahren hinter Gittern verbringen würden. Wer dagegen in U-Haft saß, wartete noch auf ein Urteil, selbst eine Anklage war oft noch nicht erhoben worden – und vor allem waren diese Männer meist erst vor kurzer Zeit aus einem normalen Leben gerissen worden. Damit, nun weggeschlossen und diesem normalen Leben unerreichbar fern zu sein, kam nicht jeder gleich gut zurecht. Deshalb die nächtlichen Runden Rieglers, die nicht selten in Gespräche mit den Gefangenen mündeten.

Natürlich durfte er den Fall des jeweiligen Häftlings nicht zur Sprache bringen, und er hatte es auch nicht darauf abgesehen, dass ihm einer der Männer sein Herz ausschüttete. Nein, Riegler wahrte professionelle Distanz, einerseits. Andererseits hatte er die Erfahrung gemacht, dass ein paar gewechselte Sätze vielen halfen. Das konnten einfache Fragen sein. Ob es dem anderen den Umständen entsprechend gut ging. Ob man etwas für ihn tun konnte oder ob eine Bitte in der Leitung der jeweiligen Abteilung hinterlegt werden sollte.

Daran, wie die Männer diesen Small Talk aufnahmen, konnte Riegler ganz gut erkennen, wie es ihnen ging. Derbe Scherze über die gängigen Wünsche weggesperrter Männer beruhigten ihn ähnlich gründlich wie eine Bitte, ob ruhig und sachlich vorgetragen oder bebend vor Wut. Schwierig waren die Insassen, die vor sich hin brüteten, die mit verbissenem Schweigen auf seine Fragen reagierten oder mit leiser Stimme behaupteten, es gehe ihnen gut, während ihr blasses Gesicht und ihre flackerten Augen etwas ganz anderes ausdrückten.

Die größten Sorgen machte er sich im Moment um Ralph Liebeneiner. Dieser Mann wirkte neben den anderen völlig fehl am Platz. Er war zurückhaltend und meist freundlich, sein Lächeln wirkte traurig, seine Körperhaltung verriet den Menschen, der niedergeschlagen ist und nicht recht weiß, woher er jetzt noch Hoffnung hernehmen soll.

Riegler hatte sich sagen lassen, dass Liebeneiner hier einsaß, weil die Kripo ihn verdächtigte, vegane Würste vergiftet zu haben, an denen ein Mann starb. Im Internet hatte er herausgefunden, dass der Häftling im richtigen Leben eine Wurstmanufaktur leitete, die er von seinen Eltern übernommen hatte und die derzeit in wirtschaftlichen Schwierigkeiten steckte. Diese Informationen und den Eindruck, den der Mann auf ihn machte, brachte Riegler nicht mit dem Verdacht zusammen, er könnte einen Menschen auf dem Gewissen haben.

Das ging ihm durch den Kopf, als er die kleine Luke in der ersten Zellentür öffnete, die er auf seiner Runde inspizierte. Der Häftling dahinter schlief, sein Schnarchen war laut und gleichmäßig, und durch die Luke schlug ihm muffige Luft entgegen. Der nächste Insasse, den er aufsuchte, war wach. Riegler schaute sich kurz um, und als er sich unbeobachtet fühlte, wechselte er mit dem Mann ein paar Worte. Es ging um Belanglosigkeiten, um mehr Toilettenpapier und eine sinnlose Beschwerde über das heutige Essen. Als Riegler die Luke dieser Zelle wieder schloss, wusste er, dass er sich um diesen Mann einstweilen keine Sorgen machen musste.

Auf dem Weg zu Liebeneiners Zelle lauschte er den Geräuschen, die ihn umgaben. Keiner der Gefangenen war besonders laut, aber das Schnarchen einiger Männer, das gelegentliche Klappern gegen Metall und seine Schritte vermischten sich zu einem gleichförmigen Klangteppich, der ihn ein wenig schläfrig machte. Er fand diese Geräuschkulisse beruhigend, aber das ging nicht allen in diesem Gebäude so. Und so atmete er mehrmals tief ein und aus, um sich für das nächste Gespräch zu wappnen. Hier würde er besonders nett wirken wollen, auf keinen Fall bedrohlich oder streng, eigentlich eher wie ein Seelsorger als ein Schließer.

Er öffnete die Luke in der Zellentür, und es dauerte einen Moment, bis er begriff, was er vor sich sah. Dann aber schnellte sein Puls nach oben, er griff nach dem

Funkgerät, gab den Notfall durch, drehte den Schlüssel im Schloss, riss die Tür auf und versuchte, den reglosen Körper zurück ins Leben zu holen.

6

Der Klingelton des Handys schnitt ihr geradezu schmerzhaft in den Schlaf. Es war ohnehin eine unruhige Nacht gewesen, aber am Ende war Camilla Brown doch noch weggedämmert. Nun brauchte sie einen Moment, bis sie begriff, was so lautstark störte. Sie tastete mit geschlossenen Augen nach dem Telefon und bekam es gerade noch zu fassen, bevor sie es vom Nachttisch wischte.

Camilla blinzelte und hielt das Display hoch. Erst sagte ihr die angezeigte Nummer nichts, dann fiel ihr ein, dass es sich um die Durchwahl von Herbert Pohl handelte, dem Geschäftsführer der hiesigen Klöbner-Fleischfabrik. Der nächste Blick galt der Uhrzeit. Es war halb neun Uhr morgens, und nun kochte doch ein wenig Ärger in ihr hoch. Wie wichtig konnte das, was ihr dieser Pohl mitteilen wollte, schon sein? War es unbedingt nötig, sie morgens aus dem Bett zu klingeln? Sie bereute, ihm ihre Handynummer gegeben zu haben, aber sie nahm den Anruf entgegen.

»Oh, habe ich Sie geweckt?«, fragte Pohl mit sehr wach klingender Stimme, nachdem sie ihren Namen nur als gedämpftes Krächzen herausgebracht hatte. »Das tut mir aber leid. Soll ich später noch einmal anrufen?«

Blödmann. Jetzt hatte er sie schon geweckt, also raus mit der Sprache. Und wehe, es war nichts Wichtiges.

»Nein, nein, schon gut«, sagte sie. »Was gibt es denn?«

»Ich hatte Ihnen doch gestern erzählt, dass ich für Herrn Liebeneiner bürgen will, damit er aus der U-Haft entlassen wird.«

Meine Güte, wie oft will er mir diese Samariter-Geschichte denn noch unter die Nase reiben?

»Ja, ich erinnere mich.«

»Das hat sich erledigt, fürchte ich.«

Irgendetwas an seinem Tonfall irritierte sie.

»Wie meinen Sie das? Wollen Sie jetzt doch nicht mehr für ihn bürgen?«

»Doch, das würde ich sehr gern, aber …«

Sie hasste solche Gespräche, die aus Andeutungen und viel zu langen Pausen bestanden.

»Aber?«

»Herr Liebeneiner wurde heute Nacht tot in seiner Zelle gefunden.«

Camilla rutschte das Smartphone aus der Hand. Sie hörte noch ein paarmal leise und wie aus weiter Ferne Pohls »Hallo? Hallo, Frau Brown?«, dann stand sie auf und duschte lang und kalt.

Nach diesem Schrecken hatte Camilla unbändige Lust auf einen starken Kaffee, aber keine Lust, ihn allein zu trinken. Den Föhn legte sie ungeduldig zur Seite, als ihre Haare noch feucht waren, dann schlüpfte sie in eine Jeans, nahm ein weit fallendes Sweatshirt aus dem Schrank und fädelte ihre Füße in bequeme Slipper. Draußen war die Luft frisch, und es ging ein leichter Wind, aber es versprach, ein milder Tag zu werden. Vor der Trattoria stand ein Kombi am Straßenrand, und als sie die Tür zum Lokal erreichte, hörte sie von drinnen Stimmen. Sie drückte die Klinke und trat ein. Peppino saß mit seinen Kripokollegen am Stammtisch, und als sie wie auf ein Kommando gleichzeitig in Camillas Richtung schauten, konnte sie ihren betretenen Mienen ansehen, dass auch sie schon von Liebeneiners Tod wussten.

Sie setzte sich zu ihnen, nahm sich eine Tasse und schenkte sich aus der großen Metallkanne Kaffee ein. Er roch würzig und war rabenschwarz, sie trank ihn ohne Milch und Zucker. Peppino sah ihr aufmerksam dabei zu, sagte aber nichts, und als sie die Tasse absetzte, hob Camilla nur kurz die Hand, weil er zu einer Mitteilung ansetzte.

»Ich habe schon gehört, dass Liebeneiner tot ist«, sagte sie.

»Ach?«, versetzte Aglaia Bommers. »Von wem denn?«

»Herbert Pohl, der Geschäftsführer der Klöbner-Fleischfabrik im Norden der Stadt, hat mich angerufen.«

Die Gesichter der drei Kripobeamten waren große Fragezeichen.

»Er hat mir gestern erzählt«, fuhr sie fort, »dass er für Liebeneiner bürgen will, damit der aus der U-Haft freikommen kann. Das hat er wohl heute früh angeboten, dem Staatsanwalt oder wem auch immer, und dadurch hat er erfahren, dass seine Hilfe zu spät kommt.«

»Und wieso sollte dieser Pohl wollen, dass sein Konkurrent aus der U-Haft entlassen wird?«

Fehsen wirkte von allen am Tisch am ehesten wach,

und sie schilderte ihm das Treffen mit dem Geschäftsführer und die beiden anschließenden Telefonate.

»Sehr edel von ihm«, sagte Fehsen mit spöttischem Tonfall.

»Zumindest will er, dass ich es so sehe«, erwiderte Camilla. »Er will mir imponieren, fürchte ich.«

»Kann ich gut verstehen«, entgegnete Fehsen und zwinkerte ihr zu.

»Ach, Hanns«, fuhr ihm Aglaia Bommers in die Parade, »nicht schon wieder! Gestern hast du Peppinos Bedienung vergrault, und heute belästigst du seine Nachbarin.«

»Aber ... Frau Brown, belästige ich Sie denn?«

»Schluss jetzt«, beschied ihm die Kollegin, bevor Camilla dazu etwas Höfliches einfiel. »Wir haben einen Mann verdächtigt, am Tod eines anderen schuld zu sein. Wir haben ihn in U-Haft gesteckt, und jetzt ist er tot. Das sollte unser Thema sein.«

»Ja, das ist Scheiße«, meldete sich Maigert zu Wort. Er hing schlapp auf seinem Stuhl, und seine fahle Gesichtsfarbe ließ befürchten, dass er jeden Moment aufspringen und zur Toilette rennen könnte.

»Dass ihr Liebeneiner verdächtigt habt, ist das eine«, sagte Peppino. »Aber musstet ihr ihn gleich hinter Gittern stecken?«

Aglaia Bommers sagte nichts, aber ihr Gesicht sprach Bände. Sie machte sich offensichtlich genau deswegen schwere Vorwürfe.

»Dass das nicht gut war, wissen wir inzwischen alle«, brummte Fehsen. »Aber davon, dass wir uns jetzt irgendetwas vorwerfen, wird der Mann auch nicht mehr lebendig. Aglaia musste befürchten, dass der Typ sich aus dem Staub macht. Ich meine, seine Firma steht am Abgrund, und wenn er wirklich schuld daran sein sollte, dass jemand an einem seiner Produkte starb, hatte er doch ohnehin nichts mehr zu verlieren. In seiner finanziellen Lage konnte er außerdem keine ausreichende Kaution stellen.«

Peppino sah Bommers eine Weile schweigend an, bevor er seine nächste Frage stellte.

»Haltet ihr Liebeneiner denn nach wie vor für den Giftmischer?«

Die Kollegin senkte den Blick, Maigert zuckte mit den Schultern.

»Es hat sich seit vorgestern nichts an der Spurenlage geändert«, sagte Fehsen. Er wirkte relativ ungerührt, aber Peppino wusste: Wenn er sich so geschraubt ausdrückte, machte ihm etwas arg zu schaffen.

»Sein Mitarbeiter Stefan Kutterer hält Liebeneiner für unschuldig«, meldete sich Camilla zu Wort.

»Hat er eine Idee, wer es stattdessen gewesen sein könnte?«, fragte Fehsen.

»Nein, leider nicht.«

»Das Team dieser Wurstmanufaktur scheint sehr loyal zu sein. Schon deshalb glaubt keiner von denen, dass der verehrte Firmenchef etwas auf dem Kerbholz haben könnte. Kutterers Einschätzung ist also nicht viel wert.«

Peppino schnaubte.

»Und welches Motiv sollte Liebeneiner gehabt haben, seine eigene Wurst zu vergiften?«

»Leider ein guter Punkt«, gab Fehsen zu. »Ein Motiv sehen wir bisher nicht. Es gibt keine Versicherung, die in einem solchen Fall zahlt. Die einzige Möglichkeit wäre, dass der Firmenchef in seiner Verzweiflung einfach etwas sehr Dummes getan hat.«

Toto Sensoni trat an den Tisch und hielt seinem Sohn das Telefon hin.

»Für dich, mio figlio. Sadik ist dran.«

Peppino nahm das Mobilteil, stand auf und ging in die Küche, bevor er sich meldete. Fehsen sah ihm hinterher, dann nahm er Toto in den Blick.

»Sadik? *Der* Sadik?«

Der Alte nickte und beeilte sich, ebenfalls aus dem Gastraum zu verschwinden.

Fehsen seufzte, schaute kopfschüttelnd in die Runde und wandte sich schließlich an Camilla.

»Auch wenn wie immer niemand auf mich hören wird: Bitte machen wenigstens Sie nicht etwas sehr Dummes. Mit diesem Typen ist nicht zu spaßen. Und die Ermittlungsarbeit dürfen Sie gern uns überlassen.«

Damit erhob er sich, klopfte zum Abschied zweimal auf die Tischplatte und ging. Maigert folgte ihm, Aglaia Bommers blieb noch kurz neben Camilla stehen.

»Passen Sie bitte wirklich auf sich auf. Und wenn Sie Hilfe brauchen, wenn ich Ihnen eine Information beschaffen kann, an die Sie nicht rankommen, dann rufen Sie mich an. Ich würde in diesem Fall gern etwas wiedergutmachen.«

Camilla nickte ihr dankbar zu und nahm die Visitenkarte, die sie ihr hinhielt. Die Kommissarin versuchte ein Lächeln, dann ging auch sie hinaus.

»Hör zu, Sensoni«, sagte Sadik, er hatte die Stimme etwas gesenkt. »Ein Mitarbeiter dieser Wurstklitsche boxt in meinem Club. Ich habe ihn losgeschickt, er wird ein Auge auf dich und die Engländerin haben. Außerdem soll er in der Firma nachforschen, wer dort noch an diesen seltsamen Würsten herumgepfuscht haben könnte.«

»Sie glauben nicht, dass es Liebeneiner war?«

»Kutterer, der Mitarbeiter, schwört Stein und Bein, dass sein Chef nichts damit zu tun hat. Keine Ahnung, ob er alles weiß, was der getrieben hat – er selbst ist jedenfalls felsenfest davon überzeugt, dass Liebeneiner nichts dafürkann.«

»Wenn wir seine Unschuld beweisen können, wird es ihm leider nicht mehr helfen.«

»Er ist tot, ich weiß. Schöne Scheiße. Wie fühlen sich deine Kripoleute damit?«

»Nicht gut.«

»Dann hoffen wir mal, dass sie sich jetzt noch mehr Mühe geben, Licht in diesen Fall zu bringen.«

»Haben Sie schon was rausbekommen, was mir weiterhelfen könnte?«

»Wart mal kurz …«

Im Hintergrund waren schwere Schritte auf einer Treppe zu hören, es schien sich jemand Sadiks Büro zu nähern. Dann rief ein Mann, und die Schritte auf der Treppe entfernten sich wieder.

»Okay, geht wieder«, fuhr Sadik fort. »Konkretes weiß ich noch nicht, aber manches deutet darauf hin, dass jemand in der Stadt aktiv ist, der hier nicht hergehört. Das gefällt mir nicht, das bringt Unruhe ins Geschäft. Deshalb werde ich euch ein wenig helfen.«

»Danke.«

»Freu dich nicht zu früh. Sobald ich sicher sein kann, dass niemand in meinem Revier wildert, bin ich wieder raus. Und ich kann nicht garantieren, dass sich keiner meiner Leute mit euch in die Haare kriegt. Ich darf denen ja nur vage andeuten, worum es geht. Stell dir vor, es kommt raus, dass ich einem Polizisten helfe – nicht gut für meinen Ruf.«

Er lachte heiser, dann legte er auf.

Stefan Kutterer fiel fast vom Sessel, als die Hupe des Lastwagens in der Einfahrt dröhnte. Irgendwann gegen Morgen war er eingeschlafen, nun rieb er sich die Müdigkeit aus den Augen und beeilte sich, vor das Firmengebäude zu treten, bevor der Fahrer erneut hupen würde. Er kannte den Mann, und offenbar hatte niemand dessen Chef mitgeteilt, dass die Wurstmanufaktur Liebeneiner bis auf Weiteres keine neuen Schweinehälften brauchte.

»Und was mach ich jetzt mit dem Zeug?«, maulte der Fahrer, als Kutterer ihm die Situation erklärt hatte.

»Keine Ahnung, aber hier kannst du es jedenfalls nicht abladen.«

Fluchend kletterte der Mann zurück auf den Fahrersitz und kramte das Handy hervor.

Kutterer kümmerte sich nicht weiter um ihn, sondern drehte noch einmal die Runde, die er in dieser Nacht mehrmals absolviert hatte. Nirgendwo war ein Schloss aufgebrochen, alle Türen waren noch genauso verschlossen, wie er sie zuletzt vorgefunden hatte, und auch kein Fenster war eingeschlagen oder aufgehebelt.

Als er sich im Inneren des Firmengebäudes umsah,

umgab ihn ungewohnte Stille. Von draußen hörte er kurz darauf das Motorengeräusch des Lastwagens, der wendete und davonfuhr. Doch hier drinnen war alles ruhig. Keine Maschine lief, kein Mahlwerk zerkleinerte Fleisch oder Knochen, keine Masse wurde gerührt, in keinem der riesigen Töpfe köchelte Brühe, und in der Abfüllanlage schepperten keine Dosen über das Förderband.

So kannte er das Produktionsgebäude nur von den Abenden, an denen er spät als Letzter Feierabend gemacht hatte. Tagsüber war hier noch nie alles stillgestanden. Ob es wohl so bleiben würde? Ob die Firma abgewickelt und alle Mitarbeiter an die Luft gesetzt würden? Ob einer wie Klöbner oder ein kleinerer Konkurrent den Laden übernehmen würde oder zumindest die erfolgreichsten Rezepturen und die wichtigsten Kunden? Ob hier jemals wieder Wurst entstehen, ob jemals wieder Schnitzel und Koteletts geschnitten, Schweine- und Rindfleisch gewolft, Rippchen und Steaks mariniert würden?

Kutterer atmete tief durch. Ein bisschen würde das auch von ihm abhängen. Warum auch immer Sadik wollte, dass er es tat, er sollte in der Manufaktur nach Spuren suchen, nach Hinweisen auf Fremde, die sich hier zu schaffen gemacht und vielleicht auch das Gift in die Wurstmasse gegeben hatten.

Natürlich war die Spurensicherung der Kripo hier gewesen, natürlich hatten sie ganz andere technische Möglichkeiten als er, aber es war trotzdem nicht ganz ausgeschlossen, dass ihm etwas auffiel, was andere übersahen. Ein Werkzeug am falschen Platz, ein Ordner nicht dort, wo er hingehörte, irgendein winziges Detail, das ihm aus der täglichen Arbeit vertraut war, einem Außenstehenden aber nicht als ungewöhnlich auffallen würde.

Er schaute sich um, dann begann er die Maschine, die ihm am nächsten war, so genau zu inspizieren, wie er konnte.

»Was hat es mit diesem Sadik auf sich?«, fragte Camilla, als Peppino in den Gastraum zurückkehrte. »Ihre Kripokollegen scheinen ihn nicht zu mögen.«

»Na ja, dass ich ihn mag, würde ich auch nicht unbedingt sagen. Aber manchmal kann er Informationen beschaffen, an die meine Kollegen nicht herankommen. Er ist einer der Strippenzieher in der hiesigen Unterwelt, und mein Vater hat bei ihm einen Stein im Brett. Ich weiß nicht, warum das so ist, und ich will es auch gar nicht so genau wissen.«

»Ihr Vater hat Beziehungen zu Ganoven, und Sie arbeiten für die Kripo?«

Peppino lachte.

»Papà hat es nicht gut aufgenommen, als er von meinem Berufswunsch erfahren hat. Und besonders hier im *Salento* war es oft ein ziemlicher Eiertanz mit meinem Vater, seinen Kumpels und mir. Kommen Sie doch gelegentlich zum Essen zu uns, ich habe auch Gerichte ohne Fleisch auf der Karte, einiges davon müsste auch für Veganer in Ordnung sein. Wenn Sie dann die Stammgäste mal etwas genauer beobachten – Sie sollten das aber bitte nicht zu auffällig machen –, dann werden Sie bemerken: Einige von denen werden durchaus nervös, wenn meine Kripokollegen hier reinkommen.«

Sie plauderten noch ein wenig, dann ging Peppino

in die Küche und kam kurz darauf mit einem Holzbrett zurück, auf dem kleine, wunderbar reif aussehende Tomaten und frisch aufgeschnittene Brotstücke angerichtet waren. Camilla hatte sich inzwischen Kaffee nachgeschenkt.

»Sadik will uns helfen«, erzählte Peppino, während er das Brett ablegte und sich setzte. »Er hat bisher aber noch nichts Konkretes herausgefunden. Und er hat Kutterer beauftragt, ein bisschen auf uns beide aufzupassen.«

»Der ist sicher nicht schlecht als Bodyguard«, sagte Camilla und nahm sich eine Tomate. »Von seinem Versuch, seinen Chef rauszuhauen, habe ich Ihnen ja schon erzählt.«

Peppino grinste.

»Und davon, dass er mit meiner Kollegin Aglaia nicht fertigwurde.«

Er nahm etwas Brot.

»In welcher Richtung sollen wir denn als Nächstes nachforschen?«

Camilla zuckte mit den Schultern.

»Wenn wir davon ausgehen«, dachte sie laut, »dass die ganze Geschichte damit zu tun hat, dass jemand Liebeneiner schaden wollte, müssten wir wissen, wer seine hartnäckigsten Konkurrenten waren. Die Klöbner-Gruppe gehört eher nicht dazu.«

»Wir können auch nicht ausschließen, dass Ihnen jemand eins auswischen wollte«, gab Peppino zu bedenken. »Kommt Ihnen da jemand in den Sinn?«

»Nein, sosehr ich mir darüber auch schon den Kopf zerbrochen habe.«

»Hatten Sie nie Ärger mit Lieferanten, Mitarbeitern, einem Gourmetkritiker vielleicht?«

Camilla blinzelte.

»Warum erwähnen Sie jetzt einen Gourmetkritiker?«

»Vergeben die nicht die Sterne, von denen Sie so gern einen hätten?«

»Doch, aber …« Sie räusperte sich. »Als der Gast starb, war tatsächlich der Mitarbeiter eines renommierten Feinschmeckermagazins anwesend. Er hätte einen der nächsten Teller bekommen.«

Sie erzählte, was das verhindert hatte. Peppino pfiff leise durch die Zähne.

»Dieser Börr hat einen guten Schutzengel.«

»Offenbar. Ich glaube zwar nicht, dass ich mit meinem Restaurant jemandem ein Motiv für einen Mord geliefert habe, aber wir können dem natürlich nachgehen. Wie sagen Sie von der Kripo immer: in alle Richtungen ermitteln?«

Peppino winkte grinsend ab.

»Und wie ist es mit dem Privatleben?«, fragte er nach kurzem Überlegen.

Camilla versteifte sich, was er sofort bemerkte.

»Keine Sorge«, beruhigte er sie, »ich will nicht in Ihrer Privatsphäre herumstochern, aber auch in der Familie, unter Freunden, unter alten Bekannten, mit denen man sich überworfen hat, kann es jemanden geben, der so einen Mist anstellt. Und vielleicht noch nicht mal den Tod eines Menschen geplant, sondern sich einfach in der Dosierung oder in der Wahl des Mittels vergriffen hat.«

»Meine Familie ist leider nicht sehr ergiebig. Ich habe mit ihr seit vielen Jahren keinen Kontakt mehr.«

»Gab es Streit?«

Die Frage war Peppino rausgerutscht, und so naheliegend sie war, weil man den Kontakt zur Familie ja selten ohne handfesten Streit, ohne schwerwiegende Zerwürfnisse abbricht, so leid tat sie ihm.

»Ich würde mich jetzt gern für meine Frage entschuldigen«, sagte Peppino. »Aber das mögen Sie ja nicht.«

Sie lächelte, es wirkte traurig. In ihrer Familiengeschichte musste es einen ziemlich dunklen Punkt geben.

»Ich meinte auch eher das Privatleben von Ralph Liebeneiner«, schwindelte er. »Familie, Freunde, vielleicht eine gescheiterte Beziehung. Vielleicht sollten wir da ansetzen.«

»Ob uns Kutterer da helfen kann? Wo ist der überhaupt? Wenn er auf uns aufpassen soll, müsste er ja schon mal herkommen.«

»Sadik hat ihn außerdem gebeten, noch einmal in der Wurstmanufaktur nach Hinweisen zu suchen, dass vielleicht doch jemand von außerhalb das Gift in die Ware hineingemischt hat.«

»Danach haben doch schon Ihre Kollegen von der Kriminaltechnik gesucht.«

»Das schon, aber vielleicht fällt ihm als einem, der dort jeden Tag gearbeitet hat, doch etwas auf, das die Kripo nicht verdächtig fand.«

»Was halten Sie davon, wenn wir ihn dort gemeinsam aufsuchen? Dann sind wir auf dem gleichen Stand und können gleich mit den Nachforschungen in seinem Privatleben loslegen.«

Stefan Kutterer arbeitete sich ohne Eile durch die Produktionshalle. Bisher war ihm nichts aufgefallen, was auf einen Eindringling hingedeutet hätte. Und wenn er auf etwas stieß, das ihm ungewöhnlich vorkam, musste er sich noch rückversichern, ob das auch schon so gewesen war, bevor die Kripo hier womöglich das eine oder andere durcheinandergebracht hatte.

»Hallo?«

Der Ruf kam von der Nebentür, durch die er selbst das Gebäude betreten hatte.

»Herr Kutterer?«

Die Stimme gehörte einem Mann, und er glaubte, in ihr den Koch der Trattoria *Salento* zu erkennen. Die Schritte, die aus derselben Richtung zu hören waren, ließen aber auf zwei Personen schließen. Kutterer umrundete die Maschine, die er gerade untersucht hatte, und trat den beiden entgegen. Gerufen hatte wirklich Peppino Sensoni, und er wurde von Camilla Brown, der englischen Nobelköchin, begleitet. Da hatte er sie also vor sich, die beiden Unglücksraben, die am selben Tag Salsicce aus der Manufaktur geliefert bekommen hatten und auf die er in Sadiks Auftrag ein Auge haben sollte.

»Was machen Sie hier?«, blaffte er die beiden an, weil er sich hier eigentlich in Ruhe weiter umschauen wollte.

»Vermutlich dasselbe wie Sie«, erwiderte Camilla. »Wir suchen nach Hinweisen, wer die Würste vergiftet haben könnte, an denen einer meiner Gäste starb.«

»Glauben Sie also auch nicht, dass es mein Chef war?«

»Warum sollte er sich selbst schaden?«

»Eben«, stimmte Kutterer ihr zu, dann warf er Peppino einen finsteren Blick zu. »Wäre schön gewesen, wenn das Ihre übereifrigen Kollegen auch bedacht hätten.«

»Sie können mir glauben, dass es der Kripo sehr leidtut, was passiert ist.«

»Wie schön. Das macht meinen Chef auch sofort wieder lebendig.«

Kutterers Augen blitzten, und Camilla mischte sich schnell ein, um die Situation etwas zu entschärfen.

»Wir wollten Ihnen ein paar Fragen stellen.«

Der Schlachter schnaubte, aber dann entspannte er sich ein wenig.

»Wie gut kannten Sie Herrn Liebeneiner?«

»Ich arbeite seit vielen Jahren für ihn. Meine Lehre habe ich noch unter seinem Vater gemacht, der leider viel zu früh starb. Und seither gehöre ich hier zur Belegschaft.«

»Dann kennen Sie also sicher auch seine familiären Verhältnisse.«

»Klar, man spricht schon auch mal über Privates, wenn man so lange zusammenarbeitet. Aber wieso interessiert Sie das?«

»Wir haben bisher keine Ahnung«, erklärte Peppino, »wer einen Grund gehabt haben könnte, ein Produkt der Manufaktur zu vergiften. Deshalb wollen wir nichts von vornherein ausschließen, und es kommt ja nicht selten vor, dass es in Familien kracht.«

»Und daraus soll dann ein Motiv werden, jemanden mit vergifteter Wurst zu töten?«

Es hätte gar nicht den spöttischen Unterton in Kutterers Stimme gebraucht, seine Miene sprach ebenfalls Bände darüber, was er von diesem Ansatz hielt.

»Haben Sie eine bessere Idee?«, fragte Peppino. »Sie suchen ja auch die Nadel im Heuhaufen, oder warum inspizieren Sie Ihren Arbeitsplatz, nachdem die Kriminaltechnik hier mit der Spurensuche fertig ist?«

Kutterer überlegte kurz, dann zuckte er mit den Schultern.

»Was wollen Sie wissen?«

»Keine Ahnung. Erzählen Sie uns einfach alles, was Ihnen einfällt.«

Das war eine ganze Menge.

»Karin, die Mutter von Ralph Liebeneiner, war vor etwa zwölf Jahren an Krebs gestorben. Schon vor ihrem Tod hatten die Chemotherapien und Bestrahlungen sie so mitgenommen, dass sie ihren Beruf aufgeben musste. Bis dahin hatte sie die Buchhaltung der Wurstmanufaktur betreut, und dass jemand eingestellt werden musste, um sie zu ersetzen, war der erste finanzielle Schlag für den Betrieb. Die Buchhaltung übernahm damals eine gewisse Svenja Moll, die ihren Job nicht überragend, aber hinreichend ordentlich erledigte. In den vergangenen Monaten war sie jedoch keine große Hilfe gewesen, immer wieder hatte ihr Hausarzt sie krankgeschrieben.«

»Was hat sie denn?«, wollte Camilla wissen.

»Kann ich nicht sagen. Auf mich wirkte sie eigentlich immer recht gesund, aber ihr Arzt hat das wohl anders gesehen.

Der Tod seiner Frau setzte Ralphs Vater Robert so sehr zu, dass er das Interesse an der Firma verlor, die er bis dahin als sein Lebenswerk angesehen hatte. Er übergab die Leitung der Manufaktur seinem Sohn Ralph und begann zu trinken. Ein Jahr später raste er mit seinem

Wagen in die geschlossene Schranke eines Bahnübergangs, wurde von einem Regionalzug erfasst und zu Tode geschleift.

Robert Liebeneiners Testament bedachte ausschließlich Ralph, was sich dessen ältere Schwester Martina nicht gefallen ließ. Sie nahm sich einen Anwalt, erstritt ihren Pflichtteil und brachte ihren Bruder und damit auch die Firma dadurch in finanzielle Schwierigkeiten.«

»Warum konnte sie ihrem Bruder gegenüber nicht etwas kulanter auftreten?«, fragte Peppino. »Sie wusste doch sicher, dass sie mit ihrer Forderung auch die Firma ihres verstorbenen Vaters in Gefahr brachte.«

»Martina hatte sich schon Jahre zuvor mit ihrer Familie zerstritten. Sie und der Chef hatten sich auch früher schon nicht sehr nahegestanden, aber als es diesen Streit um die neuen Maschinen für die Manufaktur gab, eskalierte die Geschichte. Die haben danach kein Wort mehr miteinander gesprochen. Das ging nur noch über Anwälte hin und her.«

»Ein Streit um neue Maschinen für die Manufaktur? Hatte Martina Röder denn etwas zu sagen in der Firma, die ihr Vater allein ihrem Bruder anvertraute?«

»Das hatte mit Martinas Mann zu tun. Klaus Röder ist selbstständiger Handelsvertreter, sein wichtigster Geschäftsbereich sind neue und gebrauchte Maschinen für Wurstproduktion und Fleischverarbeitung.«

»Noch ein Grund mehr, mit der Familie Frieden zu wahren, denn vermutlich hat Röder auch die Manufaktur Liebeneiner mit Maschinen beliefert.«

»Ja, bis eines seiner wahnsinnig modernen Wunderdinger nicht richtig funktionieren wollte. Mein Chef hat die Maschine reklamiert, Röder hat ein paarmal Mechaniker geschickt, aber die brachten das Teil nicht richtig zum Laufen. Also wollte Herr Liebeneiner von seinem Schwager das Geld für die Maschine zurück. Aber das Ding war aus China, der dortige Produzent sah gar nicht ein, die Maschine zurückzunehmen und den Kaufpreis zu erstatten. Und Röder redete sich auch nur raus. Das ging so lange, bis meinem Chef gar nichts anderes mehr übrig blieb, als den Anwalt einzuschalten. Der Betrag, um den es ging, war recht hoch. Hoch genug, damit der Verlierer der Auseinandersetzung seinen Laden hätte dichtmachen können.«

»Und wie ist die Sache ausgegangen?«

»Mit einem Vergleich. Röder kam gerade noch so mit einem tiefblauen Auge davon und konnte weitermachen. Er hat sich geschäftlich inzwischen wieder erholt, habe ich gehört. Tja, und mein Chef konnte mit dem Betrag, den er durch den Vergleich bekam, kaum die ärgsten Löcher stopfen. Er musste bis zuletzt darum kämpfen, dass das Lebenswerk seines Vaters nicht pleiteging. Aber danach hat er natürlich keine Maschinen mehr von seinem Schwager gekauft.«

Camilla und Peppino sahen sich vielsagend an. Kutterer hatte nicht die genaue Adresse der Röders parat, aber der Name von Klaus Röders kleiner Firma und eine kurze Handy-Recherche reichten aus, um zumindest die Büroanschrift zu erfahren.

»Wollen Sie sich um den Familienkrach kümmern?«, fragte Peppino.

»Lieber nicht«, erwiderte Camilla. »Ich hatte ja vorhin schon angedeutet, dass Familie nicht so ganz mein Thema ist.«

Er sah sie gespannt an, aber mehr sagte sie nicht dazu.

»Gut, dann fahre ich zu Röder«, sagte Peppino. »Mal sehen, ob er überhaupt mit mir sprechen will. Und was machen Sie?«

»Vielleicht nehme ich mir mal diese Frau Moll vor.« Sie wandte sich an Kutterer. »Wissen Sie, wo sie wohnt?«

Er nannte ihr den Stadtteil, in dem sie lebte, genauer wusste er es nicht.

»Aber Sie können mich begleiten«, schlug er vor. »Simon, unser Azubi, ist Vegetarier oder Veganer, so genau weiß ich das gar nicht. Jedenfalls hat er von der fleischlosen Wurst probiert, kurz bevor wir sie für Sie verpackt haben.«

Sie sah ihn überrascht an.

»Ich wollte ihn ohnehin heute noch besuchen. Er liegt im Krankenhaus.«

7

Die Handelsvertretung von Klaus Röder war im Erdgeschoss eines Mehrfamilienhauses untergebracht. In derselben Etage residierten den Klingelschildern zufolge ein Versicherungsbüro, eine Leiharbeitsagentur und ein Immobilienmakler, und wenn Peppino die Größe des Hauses richtig einschätzte, konnte keine der Firmen über viel mehr als ein kleines Zimmer verfügen.

Auf sein Klingeln hin öffnete niemand, und als er vom Handy aus die Nummer anrief, die auf der Homepage genannt wurde, sprang der Anrufbeantworter an. Die Ansage ließ ihm die beiden Möglichkeiten, nach dem Piepton eine Nachricht zu hinterlassen oder eine Handynummer anzurufen. Er entschied sich für die Handynummer, und nach dem zweiten Läuten meldete sich eine Männerstimme.

»Hallo, Herr Röder, ich hätte Sie gern gesprochen. Ich stehe gerade vor Ihrem Büro, aber es macht niemand auf.«

»Ich bin auf Geschäftsreise, aber wir können einen Termin vereinbaren. Worum geht's denn?«

Erst jetzt fiel Peppino ein, dass er sich gar keinen Vorwand für das Gespräch ausgedacht hatte, und wenn er mit der Tür ins Haus fiel, würde Röder vermutlich sofort auflegen.

»Ich … würde gern ein Angebot für gebrauchte Maschinen einholen.«

»Kein Problem, das kann ich Ihnen auch mailen. Dann haben wir schon was Konkretes zu besprechen, wenn wir uns treffen. Was für Maschinen brauchen Sie denn?«

»Alles, was zum Wurstmachen so gebraucht wird.«

Röder nannte ein paar Fachbegriffe, Peppino lavierte sich mit knappen Antworten durch und hoffte, dass der andere nicht durchschaute, dass ihm das Thema nicht vertraut war. Die Hoffnung hielt nicht lange.

»Was wollen Sie wirklich? Von der Wurstproduktion scheinen Sie nicht viel Ahnung zu haben, und ich vermute mal, dass Sie in Wirklichkeit auch nichts von mir kaufen wollen.«

»Ich …«

»Geht es um die Wurstmanufaktur meines Schwagers?«

»Ja, ich …«

»Dann brauchen wir gar nicht weiterzureden. Mit Ralph Liebeneiner habe ich seit Jahren nichts mehr zu schaffen, und das darf aus meiner Sicht gern so bleiben. Sind Sie Reporter und wollen eine Geschichte über diese vergifteten Würste schreiben? Das dürfen Sie gern machen, aber mich lassen Sie da raus, verstanden?«

Damit war das Gespräch beendet.

Der junge Mann sah elend aus, aber er lag auf der Normalstation, und die Krankenschwester, die ihn gerade versorgte, redete nicht mit ihm, als gehe es ihm besonders schlecht. Sie sah den beiden Besuchern kritisch entgegen, aber Simon Mägerlein wiegelte ab.

»Die können Sie gern zu mir lassen, er ist mein Kollege.«

Kurz darauf waren sie mit ihm allein im Zimmer. Kutterer stellte dem kranken Azubi seine Begleiterin vor.

»Oh, *Sie* haben die veganen Salsicce bekommen?«, sagte der junge Mann mit ehrlichem Bedauern. »Das tut mir aber leid!«

»Und Sie haben sie sogar probiert, nehme ich an. Geht es Ihnen denn wieder einigermaßen?«

»Sie haben mir den Magen ausgepumpt, das war nicht schön, aber seither geht's stündlich besser.«

»Musst dich nicht beeilen mit dem Gesundwerden«, merkte Kutterer an. »Die Manufaktur bleibt bis auf Weiteres geschlossen.«

Vom Tod des Chefs sagte er nichts, vermutlich wollte er ihn damit einstweilen nicht belasten, und deshalb erwähnte es auch Camilla nicht.

»Wann haben Sie denn von den Salsicce gekostet?«

»Kurz bevor sie für Sie verpackt wurden. Von den Kollegen hatte keiner Interesse, aber mich hat es schon interessiert, wie die fertige vegane Wurst schmeckt. Wissen Sie, ich ernähre mich selbst am liebsten vegan. Ich bin sehr froh, dass Herr Liebeneiner jetzt auch vegane Produkte anbietet. Und ich hoffe natürlich, dass ich später mal ganz in dieser Abteilung arbeiten kann.«

Kutterer schluckte, und Camilla schob schnell die nächste Frage nach.

»Wie viel haben Sie denn gegessen?«

»Herr Kutterer hat mir zwei Würste gegeben, davon habe ich ein kleines Stück probiert. Den Rest wollte ich mir daheim gönnen – eine halbe Wurst angebraten, eine halbe in Wasser erwärmt und den Rest mit Pasta. Einfach, um ein Gefühl dafür zu bekommen, wie sich das vegane Produkt vom traditionellen unterscheidet.«

Simon Mägerlein plapperte so beseelt drauflos, dass Kutterer grinsen musste.

»Sie sehen«, sagte er zu Camilla, »wir haben hier einen angehenden Fleischer, der für sein Metier brennt, obwohl er kein Fleisch isst.«

In Kutterers Stimme lag eine angenehme Wärme. Wenn dieser Mann für die Ausbildung des Jungen zuständig war, konnte man Simon dazu nur beglückwünschen ... und hoffen, dass diese Konstellation auch nach dem Tod des Chefs Bestand haben würde.

»Noch in der Firma wurde mir etwas flau«, erzählte Simon weiter. »Herr Kutterer hat mich deshalb nach Hause geschickt. Wir haben ja nicht geahnt, dass das etwas mit der Wurst zu tun haben könnte. Als ich nach Hause kam, war mir schon richtig schlecht. Magenkrämpfe, Schweißausbrüche, Schwindelgefühl – meine Mutter hat dann nicht lange gefackelt und gleich den Notarzt angerufen. Zum Glück.«

»Das kann man wohl sagen«, gab Camilla ihm recht. »Aber jetzt noch einmal zum zeitlichen Ablauf. Ich habe die Salsicce gegen 15 Uhr bekommen. Dann wurden sie so gegen 14 Uhr zur Auslieferung vorbereitet?«

»Nein, verpackt wurden sie schon kurz vor halb zwei, und probiert habe ich sie zwanzig nach eins.«

Dass Camilla die Augenbrauen hob, quittierte der Junge mit einem Grinsen.

»Ich weiß das deshalb noch so genau, weil mich die Polizei auch schon danach gefragt hat.«

»Vermutlich aus demselben Grund wie ich. Also kam das Gift vorher in die Würste.«

»Das muss sogar noch vor dem Abfüllen gewesen sein«, korrigierte Simon. »Von dem Zeitpunkt an, als wir die Masse in die Därme gefüllt haben, waren die Salsicce keinen Augenblick mehr unbeaufsichtigt. Erst prüfte Herr Kutterer, ob auch alles schön aussieht, und dann habe ich die Ware verpackt. Da hätte sich niemand unbemerkt an der Wurst zu schaffen machen können.«

Sie musterte den Jungen. Er berichtete das so eifrig, dass sie den Verdacht, er selbst könnte das Gift hinzugefügt haben, sofort wieder verwarf.

»Glauben Sie, dass Herr Liebeneiner das Gift selbst in die Wurstmasse gerührt haben könnte?«

»Auf keinen Fall!«

Das kam so prompt und aufrichtig empört, dass Camilla nur lächeln und nicken konnte.

»Das kann doch niemand glauben. Nicht wahr, Herr Kutterer?«

»Das sehe ich genauso«, sagte Camilla schnell, nickte ihm zu und verabschiedete sich.

Zum Glück hatten die Röders ihren normalen Eintrag im Telefonbuch beibehalten, und so stand Peppino eine halbe Stunde später vor dem Haus, dessen Adresse dort aufgeführt war. Es befand sich in einer gehobenen Wohngegend, und mit seinem in der Sonne glänzenden Walmdach, dem großen Garten und der gepflegten Einfahrt vor der Doppelgarage machte es nicht den Eindruck, als hätten die Bewohner finanzielle Sorgen.

Während Peppino noch überlegte, wie er sich hier geschickter anstellen könnte als vorhin am Handy, war in einem der Fenster das Gesicht einer Frau zu sehen, und kurz darauf trat diese Frau aus der Tür und kam auf ihn zu.

»Sind Sie dieser Reporter, von dem mir mein Mann gerade am Telefon erzählt hat?«, blaffte sie ihn an.

»Ich bin kein Reporter. Das wollte ich auch Ihrem Mann vorhin noch erklären, aber er hat einfach aufgelegt.«

»Was wollen Sie dann von uns?«

»Meine Familie betreibt eine Trattoria, und wir beziehen unser Fleisch und unsere Wurst von der Manufaktur Ihres Bruders.«

Martina Röder stutzte.

»Eine Trattoria? Stand in der Zeitung nicht etwas von einem veganen Restaurant?«

»Ja, dort starb ein Gast an einer veganen … Wurst.«

Sie bemerkte die kurze Pause und grinste.

»Soso, macht Ralph diese neue Mode also auch mit. Na, wenn man es nötig hat …«

»Wir beziehen von der Manufaktur unter anderem Salsicce nach traditionellem Rezept.«

»Waren die auch vergiftet?«

»Nein.«

»Was kümmert Sie die Geschichte dann?«

»Zum einen sind auch wir Kunden der Manufaktur, wie gesagt. Und außerdem will ich der Besitzerin des veganen Restaurants helfen, denjenigen zu finden, der ihre Ware vergiftet hat.«

»Ist das nicht die Aufgabe der Polizei?«

»Schon, aber das Warten auf deren Ermittlungsergebnisse kann manchmal etwas dauern. Und ich bin eigentlich auch bei der Kripo, habe mich nur beurlauben lassen, um meinen Eltern in der Trattoria zu helfen.«

Peppino hatte sich dazu entschlossen, ihr im Plauderton mehr zu erzählen, als sie unbedingt wissen musste. Es schien zu funktionieren, Martina Röder wirkte schon etwas weniger abweisend als zu Beginn.

»Wie heißt denn Ihr Lokal?«

»*Salento.*«

»Ach, das kenne ich, da waren wir schon mal essen. Ist aber eine ganze Weile her, da habe ich Sie nicht gesehen.«

»Ich bin erst dieses Jahr für meine Eltern eingesprungen. Meinem Vater geht es nicht mehr so gut, und meine Mutter muss sich um ihn kümmern.«

»Das tut mir leid, richten Sie bitte Grüße aus.«

»Mach ich gern. Und zu dieser Sache mit dem Gift ...«

»Kommen Sie erst mal rein. Ich mache uns einen Kaffee, Sie stellen Ihre Fragen, und wenn es mir unangenehm wird, dann werfe ich Sie raus.«

Lächelnd wandte sie sich um und ging ihm zum Haus voraus.

Vor dem Krankenhaus atmete Camilla erst einmal tief durch. Sie beneidete Stefan Kutterer nicht darum, sich weiterhin mit seinem jungen Kollegen zu unterhalten und dabei darauf achten zu müssen, dass er nichts von Liebeneiners Tod durchblicken ließ, am besten nicht einmal von dessen Verhaftung.

Im Telefonbuch gab es keinen Eintrag zum Namen

Svenja Moll. Im Internet hatte Camilla mehr Glück. Nach einigen Suchanläufen wusste sie, dass die junge Frau in einem Tanzclub engagiert war und dass sie gelegentlich Gebrauchtes auf einer Onlineplattform verkaufte. Ein paar Klicks später hatte sie eine Anschrift, die zu dem Stadtteil passte, den Kutterer ihr als Wohnviertel der Buchhalterin genannt hatte.

Die Adresse war vom Krankenhaus aus gut zu erreichen, und als sie das Mehrfamilienhaus vor sich sah, war zumindest schon einmal klar, wie sie ins Treppenhaus gelangen würde. Offenbar fand gerade ein Umzug statt. Die Haustür stand offen und war mit einem Holzkeil arretiert, ständig liefen junge Leute heraus und hinein, auf dem einen Weg mit Kartons und Einrichtungsgegenständen beladen, auf dem anderen mit leeren Händen.

Niemand wollte etwas von Camilla, als sie im allgemeinen Trubel das Treppenhaus betrat. Im Vorbeigehen hatte sie das Klingelschild mit dem Namen der Buchhalterin gesehen, und wenn sie die Position der Klingel richtig deutete, wohnte Svenja Moll in einer der Wohnungen im dritten Stock.

In der zweiten Etage stand eine Wohnungstür offen, dahinter waren gepackte Kartons und abmontierte Deckenlampen zu sehen, und hierhin kamen die Umzugshelfer zurück. Entsprechend ruhiger war es in den darüberliegenden Stockwerken. Camilla stieg langsam die Treppe hinauf, und als im dritten Stock eine ältere Dame mit Rollator aus einer Wohnung kam und sie misstrauisch beäugte, grüßte sie mit einem knappen Kopfnicken und ging weiter hinauf. Im vierten Stock blieb sie stehen und horchte. Die Alte schob ihr quietschendes

Wägelchen vor sich her, dann hörte Camilla ein paarmal ein Klopfen. Die Frau schien den Aufzug anzufordern und vor lauter Ungeduld mehrmals heftig auf den Knopf zu schlagen. Dann endlich erklang das Geräusch der aufgehenden Aufzugtür, und als sie kurz darauf metallisch zuschlug, ging Camilla wieder in die dritte Etage hinunter.

Es gab sechs Wohnungen auf dieser Etage, der Nachname von Svenja Moll stand neben der letzten Tür auf der rechten Seite. Camilla dachte kurz darüber nach, wie sie das Gespräch am besten beginnen sollte. Ihr fiel nichts Originelles ein, trotzdem klingelte sie schnell, bevor sie es sich noch anders überlegen konnte. Fast sofort summte der Türöffner, und Camilla drückte die Tür auf. Im Flur vor ihr stand niemand, aus dem Bad hörte sie Schritte und eine Stimme.

»Gut, dass du diesmal pünktlich bist. Wir müssen los. Ich bin auch gleich so weit.«

Einen Moment lang war Camilla unschlüssig, ob sie doch wieder gehen sollte, denn dass nicht sie es war, die hier erwartet wurde, war ja klar. Sie schaute zurück ins Treppenhaus, dort war niemand zu sehen. Dafür flitzte nun eine schlanke Frau aus dem Bad ins Wohnzimmer, ohne auf sie zu achten. Sie schlang im Gehen ihre langen brünetten Haare zu einem Knoten und hatte zwei Haarklammern zwischen die Lippen geklemmt.

»Bin gleich da. Nimmst du schon mal die Tasche mit meinen Schuhen? Hängt an der Garderobe.«

Camilla blieb stehen und wartete. Gut eine Minute später kam die Frau aus dem Wohnzimmer zurück. Ihr Haar war nun streng um ihren Hinterkopf herum arrangiert, eine letzte Strähne steckte sie gerade mit einer Klammer an der Seite fest. Mitten in der Bewegung verharrte sie, blieb stehen und ließ die Hand mit der Klammer sinken. Die Strähne wippte noch kurz neben ihren Augen nach.

»Wer sind Sie denn?«, fragte sie. »Und wie kommen Sie hier rein?«

»Ich habe geklingelt, und Sie haben mich reingelassen.«

»Aber doch nicht Sie, sondern meinen ...«

Sie schaute an Camilla vorbei zur Wohnungstür, die noch immer offen stand. Dort war nach wie vor niemand.

»Ich hab auch gar keine Zeit. Mein Freund kommt jeden Moment, wir haben einen Termin. Wenn Sie mir also irgendwas andrehen wollen, legen Sie Ihren Flyer da aufs Telefonschränkchen und gehen Sie bitte.«

»Tut mir leid, wenn ich ungelegen komme.«

Camilla plauderte ungerührt drauflos, als stünde sie mit der anderen gerade auf einen Cocktail beisammen. Vielleicht konnte sie Svenja Moll überrumpeln, weil sie in Zeitnot nicht konzentriert genug war. Und ihre elegante Aufmachung in Verbindung mit der Tatsache, dass sie besondere Schuhe mitnehmen wollte, ließ eine bestimmte Vermutung zu.

»Ich will natürlich nicht, dass Sie zu spät kommen«, fuhr sie deshalb fort. »Geht's zum Tanzen?«

»Ja, ich ... äh ...«

»Das freut mich, zu hören. Dann darf sich die Manufaktur Liebeneiner jetzt wieder auf Ihre Mitarbeit freuen?«

Der Mund der anderen klappte auf, doch schon einen Sekundenbruchteil später machte die verdutzte Miene einer aufkeimenden Wut Platz. Beides stand ihrem hübschen Gesicht nicht besonders gut.

»Hat Ralph Sie hergeschickt, um mir nachzuspionieren? Das ist ja die Höhe! Also, ich habe ihm ja vieles zugetraut, aber das?«

Camilla widerstand dem Reflex, die Sache richtigzustellen, und wartete lächelnd ab.

»Und jetzt können Sie ihm also berichten, dass seine krankgeschriebene Buchhalterin nicht das Bett hütet, sondern tanzen geht? Ja, dann machen Sie doch, verdammte Scheiße! Los, petzen Sie ihm alles. Wenn er will, dass alles ans Licht kommt, dann soll er es doch drauf ankommen lassen, das ist letztendlich sein Risiko. Gegen eine fristlose Kündigung werde ich klagen, ich geh vor Gericht, und wenn dort alles auf den Tisch kommt, wird es peinlich werden für den feinen Herrn!«

Was hatte sich Ralph Liebeneiner dieser Frau gegenüber zuschulden kommen lassen? Sie war attraktiv, hatte er sich an ihr vergriffen? Dann wäre es nachvollziehbar, dass sie sich für längere Zeit krankschreiben ließ.

»Falls Sie etwas beweisen können«, versuchte Camilla einen weiteren Schuss ins Blaue, um sie noch mehr zu provozieren.

»Falls ich …?« Einen Moment lang war sie sprachlos, dann entfuhr ihr ein hysterisches Lachen. »Falls ich es beweisen kann? Natürlich kann ich es beweisen! Ärztliches Gutachten, Fotos, ist alles bereit!«

Camilla bemühte sich nicht länger, ihr gespieltes Lächeln beizubehalten. Svenja Moll verstand die veränderte Miene falsch.

»Jetzt sieht die Sache schon anders aus, was?«

Sie setzte eine überlegene Miene auf, aber ihre Augen flackerten, während sie sich in Rage schimpfte.

»Sagen Sie Ihrem Auftraggeber, dass er sich gut überlegen soll, ob er dieses Fass wirklich aufmachen will! Sagen Sie ihm, dass ich ihn schon lange hätte anzeigen können – aber anstatt mir das hoch anzurechnen, schickt er mir eine ... eine ...«

Sie verlor den Faden, ihr verzerrtes Gesicht spiegelte Zorn und Enttäuschung wider, ein seltsames Gemisch, und sie schien auf einen Zusammenbruch zuzusteuern.

»Sagen Sie Ralph, dass er mich in Ruhe lassen soll!«

Dieser Satz klang schon beinahe weinerlich, verzweifelt, und die Frau begann ein wenig zu wanken. Camilla machte zwei schnelle Schritte auf sie zu und fasste sie an den Armen. Die andere schüttelte sie ab.

»Finger weg! Lassen Sie mich! Gehen Sie doch zu Ralph und berichten Sie ihm! Aber er soll ... er soll sich gut ... gut überlegen, ob er ... mir ... mir wirklich ...«

Sie ließ sich seitlich gegen die Wand des Wohnungsflurs sinken, wo sie mit Camillas Hilfe, die sie nun wieder gepackt hatte, leidlich aufrecht halten konnte.

»Ich wurde nicht von Ralph Liebeneiner geschickt«, sagte Camilla und sah ihr fest in die Augen.

Svenja Molls Brustkorb hob und senkte sich viel zu schnell, Camilla packte etwas fester zu und machte ihr vor, wie sie ruhiger und langsamer atmen sollte. Die andere blinzelte.

»Langsamer atmen, sonst kippen Sie noch um.«

Allmählich bekam sich Svenja Moll wieder unter Kontrolle, Zweifel schlichen sich in den Blick, mit dem sie ihre Besucherin musterte.

»So ist es besser«, lobte Camilla sie, als ihre Atemzüge weniger flach und hektisch gingen. »Und ich möchte mich dafür entschuldigen, dass ich den falschen Eindruck, den Sie von mir bekommen haben, einfach so stehen ließ.«

»Und wer …?«

»Wollen wir uns nicht kurz setzen?«

»Aber …«

»Ich weiß, Sie müssen los, doch Ihr Freund, auf den Sie warten, ist noch nicht hier. Können wir nicht so lange reden?«

Ein schwaches Lächeln spielte um Svenja Molls Lippen, dann nickte sie.

»Er war noch nie besonders pünktlich. Ich war schon überrascht, dass er heute so früh geklingelt hat.«

Auf dem kurzen Weg ins Wohnzimmer war sie noch etwas wacklig auf den Beinen, aber als sich beide gesetzt hatten, sah sie schon wieder ganz stabil aus.

»Herr Liebeneiner hat mich nicht geschickt, und er wird Ihnen auch keinen Ärger mehr machen.«

Svenja Moll sah sie abwartend an, und Camilla fuhr fort.

»Sie haben sicher von dem toten Gast in dem veganen Restaurant gehört?«

»Ich … nein.«

»Nicht? Das war doch in allen Zeitungen.«

»Ich habe keine Zeitung abonniert, ich schaue und höre keine Nachrichten, und wenn ich online bin, halte ich mich von aktuellen Schlagzeilen möglichst fern. Krankheiten, Krieg und was sonst noch alles – nein danke. Ich habe selbst genug Probleme.«

»In einem veganen Restaurant starb ein Gast, nachdem er eine vegane Wurst gegessen hatte. Die Wurst stammte aus der Manufaktur Liebeneiner & Söhne, und das vegane Restaurant ist meines.«

»Wir ... ich meine, Ralph produziert jetzt auch vegane Wurst?«

»Ja, seit Kurzem. Er hat sich wohl einiges von der neuen Produktsparte versprochen.«

Einen Moment lang befürchtete Camilla, die Vergangenheitsform würde die andere misstrauisch machen, aber offenbar achtete Svenja Moll in ihrer derzeitigen Verfassung nicht auf solche Feinheiten.

»Neue Produkte hat die Manufaktur auch dringend nötig«, sagte sie stattdessen. »Es sieht nicht gut aus für die Firma, miserable Zahlen, hohe Kredite, schlechte Prognosen. Dort die Buchhaltung zu machen war kein großes Vergnügen, das können Sie mir glauben.«

»Wieso haben Sie dann nicht gekündigt?«

»Wegen Ralph. Er hat sich so sehr für seine Firma eingesetzt, der hat Tag und Nacht gearbeitet, er hat überhaupt kein Privatleben mehr. Seine Mitarbeiter haben ihn dafür bewundert, ich auch – so jemanden lässt man nicht hängen, weil einen der Job nervt.«

»Entschuldigen Sie bitte, aber jetzt bin ich etwas verwirrt. Gerade noch haben Sie auf Herrn Liebeneiner geschimpft, haben ihm mit dem Anwalt gedroht – und jetzt klingt es, als ob Sie ihn gemocht hätten.«

Svenja Moll zuckte mit den Schultern.

»Ich dachte, er hätte Sie ... bedrängt oder ... Schlimmeres«, fügte Camilla an.

»Hat er auch.«

Das Gesicht der Frau wurde trauriger, und sie versank für einige Zeit in brütendes Schweigen. Camilla wartete, bis sie weitersprach.

»Ralph ist eigentlich ein netter Kerl, allerdings ist er nicht sehr erfahren, was Frauen angeht. Wobei das die Untertreibung des Jahres ist. Ich weiß gar nicht, ob er schon mal eine Freundin hatte, erzählt hat er jedenfalls nichts. In der Manufaktur arbeiten fast ausschließlich Männer, und bevor ich kam, hat seine Mutter die Buchhaltung gemacht.«

»Ich weiß.«

»An ihr hat er sehr gehangen, auch sein Vater hat gelitten wie ein Hund, nachdem seine Frau gestorben war. Und irgendwie hat es sich ergeben, dass ich in der neuen Stelle als Buchhalterin so eine Art Familienmitglied wurde. Mir hat das gut gefallen, die Stimmung war immer herzlich, und dass ich ab und zu abends zu den Liebeneiners zum Essen eingeladen wurde, fand ich schön. Ich habe zu meiner eigenen Familie keinen besonders engen Kontakt mehr, da war mir diese … sagen wir … Ersatzfamilie durchaus willkommen.«

Camilla schluckte. Ihr kam die eigene Verwandtschaft in den Sinn, aber die Gefühle, die dazu in ihr aufstiegen, drängte sie beiseite, so gut sie konnte.

Der Kaffee war lausig, offenbar war der moderne Vollautomat falsch eingestellt. Aber Peppino sagte nichts und ertrug den schauerlich dünnen Espresso mit Gleichmut. Dazu hatte Martina Röder eine Schale mit kleinen Plunderstückchen aus der Bäckerei gestellt, aus der sich Peppino bediente.

»Hatte Ihr Bruder Feinde?«, begann er ohne Umschweife.

»Außer uns, meinen Sie?«

Sie lachte kurz, aber die Bemerkung hatte sie wohl nur halb im Scherz gemacht.

»Hätten Sie denn ein Interesse daran, Ihrem Bruder zu schaden?«

Einen Moment lang befürchtete er, er sei zu weit gegangen. Aber dann schüttelte sie den Kopf, nahm sich ein Gebäck und aß es ohne Eile.

»Sie wissen vermutlich, dass wir keinen Kontakt mehr haben.«

Peppino nickte.

»Wissen Sie auch, warum?«

»Es ging um eine Maschine, die Ihr Bruder von Ihrem Mann gekauft hatte und mit der er nicht zufrieden war.«

Sie lächelte traurig.

»Ja, das war der letzte Tropfen, der das Fass zum Überlaufen gebracht hat. Schwierig war unser Verhältnis aber schon vorher, und daran hatte auch mein Vater seinen Anteil. Dass Ralph beruflich in seine Fußstapfen treten wollte, hat ihm sehr gefallen. Mit mir konnte er dagegen schon als Kind nicht viel anfangen. Vielleicht hatte er keine Tochter gewollt, was weiß ich. Viel geredet haben wir darüber nie, er war auch selten für die Familie da. Immer ging es nur um diese verdammte Wurstfabrik, und weil unsere Mutter die Buchhaltung führte, war der Betrieb auch abends bei Tisch oft ein Thema. Mich hat das nie besonders interessiert, das wiederum ist meinem Vater sauer aufgestoßen. Und dann hat er in seinem Testament alles meinem Bruder vermacht.«

»Was Sie sich nicht gefallen ließen«, rutschte es Peppino heraus.

»Was hätten Sie an meiner Stelle gemacht? Mein Mann ist beruflich erfolgreich, uns geht es inzwischen wieder gut, wir konnten nach dem teuren Vergleich mit meinem Bruder sogar schon wieder etwas auf die Seite legen. Aber vom Erbe meines Vaters nichts zu bekommen – das habe ich einfach nicht eingesehen. Und mir meinen Pflichtteil auszuzahlen, das war ja wohl das Wenigste, was Ralph tun konnte.«

»Es hat ihn finanziell in Schwierigkeiten gebracht, jedenfalls wurde mir das so erzählt.«

»Es ist noch genug für ihn übrig geblieben. Sie müssen sich um ihn keine Sorgen machen. Notfalls hätte er ja die Firma verkaufen können. Interessenten gab es ja.«

»Klöbner?«

»Der Kasseler Rippchenkönig?« Sie lachte freudlos. »Nein, für den ist unsere Familienklitsche ein paar Nummern zu klein. Aber die beiden Metzgereiketten in der Stadt hätten wohl ordentlich Geld in die Hand genommen. Da braucht mein Bruder also nicht so zu tun, als stünde er mit dem Rücken zur Wand. Dass er sich so reinhängen und um das Überleben der Wurstmanufaktur kämpfen muss, ist seine freie Entscheidung. Er kann jederzeit damit aufhören, kann sich die Firma teuer abkaufen lassen und muss sein Lebtag nicht mehr arbeiten gehen.«

Peppino dachte an den toten Ralph Liebeneiner. Seine Schwester war wohl noch nicht informiert worden. Sie deutete seine Miene falsch.

»Glauben Sie mir, die Interessenten stehen heute

noch parat. Er muss sie nur anrufen, dann ist er alle Sorgen los. Egal, was er Ihnen dazu vielleicht erzählt hat.«

»Er hat mir nichts erzählt.«

Martina Röder sah ihn irritiert an.

»Sie haben nicht mit ihm gesprochen? Das sollten Sie schleunigst nachholen.«

»Würde ich gern, aber …«

»Wieso sollte er nicht mit Ihnen reden wollen?«

»Ihr Bruder … kann nicht mehr mit mir reden. Er wurde vorgestern verhaftet, und heute Nacht ist er in seiner Zelle tot aufgefunden worden.«

»Er wurde … Er ist …«

Alle Farbe war aus ihrem Gesicht gewichen, ihre Stimme klang plötzlich schwach und brüchig.

»Aber warum wurde er denn überhaupt verhaftet, um Himmels willen? Die Polizei wird doch nicht geglaubt haben, dass er selbst …«

»Es gab wohl Hinweise darauf. Allerdings kann ich es mir auch nicht vorstellen.«

»Das ist doch Quatsch. Da hängt sich mein Bruder so sehr rein für die Firma, schlägt lukrative Angebote aus, und dann soll er alles selbst zunichtemachen?«

Sie schüttelte den Kopf, nahm die Espressotasse, merkte erst dann, dass sie schon leer war, und stellte sie zurück auf den Tisch. Dann atmete sie ein paarmal tief ein und aus, räusperte sich und sah Peppino an.

»Das muss ich erst mal verdauen. Deshalb möchte ich Sie bitten, jetzt zu gehen. Aber lassen Sie mir Ihre Handynummer da. Ich melde mich, und wenn ich kann, helfe ich Ihnen gern. Ich war mit meinem Bruder zerstritten, aber dass er als Giftmischer dasteht, hat er nicht verdient.«

Camilla war froh, dass Svenja Moll weitersprach und sie aus ihren trüben Gedanken riss.

»Insgesamt war unser Umgang in der Firma recht persönlich. Wir duzten uns, waren freundlich zueinander, und irgendwann muss Ralph das falsch verstanden haben. Wie gesagt, er hatte wenig oder eher gar keine Erfahrung im Umgang mit Frauen.«

Sie seufzte und musste sich erst sammeln, bevor sie weitererzählen konnte.

»An einem Abend, an dem es wegen der finanziellen Schwierigkeiten mal wieder länger gegangen war – Ralph hatte an Konzepten gefeilt, mit denen er die Bank besänftigen wollte, und ich hatte noch die Lohnabrechnung fertig machen wollen –, da setzten wir uns in seinem Büro nach Feierabend auf ein Glas Wein zusammen. Wir kamen ins Plaudern, aus dem einen Glas wurden zwei, und irgendwann saß Ralph so dicht neben mir, dass es mir unangenehm wurde. Ich sagte es ihm, und er zog sich wieder zurück. Aber von diesem Abend an war das Verhältnis zwischen uns irgendwie verändert. Er warf mir immer so seltsame Blicke zu, er suchte vor allem gegen Feierabend meine Nähe, und ab und zu berührte er mich wie zufällig. Das war alles immer noch gerade so, dass ich es für ein Versehen halten konnte oder dass ich eben dachte, wegen einer solchen Kleinigkeit macht man doch keinen Aufstand.«

Wieder eine Pause. Inzwischen schimmerten ihre Augen feucht.

»Dann holte mich eines Abends Ben ab, mein Freund. Der, auf den ich heute warte. Wir haben uns beim Tanzen kennengelernt und waren damals noch nicht lange zusammen. Er kam ins Büro, obwohl ich das eigentlich nicht wollte. Ben ist recht eifersüchtig, und vielleicht wollte er meinen Chef sehen, von dem ich ihm erzählt hatte. Und als wolle er Ralph demonstrieren, dass ich mit ihm zusammen bin und dass er bei mir nicht landen kann, hat er mich vor Ralphs Augen umarmt und geküsst. Er wollte gar nicht mehr aufhören mit dem Knutschen, und als wir gingen, haben sich die beiden Männer sehr eigenartige Blicke zugeworfen. Ben schien zu triumphieren, und Ralph war … na ja, irgendwie geschockt, vielleicht.«

Svenja Moll holte tief Luft und wischte mit dem Handrücken über ihre Augen.

»An diesem Abend kam mir Bens Gegockel echt albern vor, immerhin tat es seinem Ego gut. Wir hatten eine Nacht, wie ich sie davor und danach selten mit ihm erlebt habe.«

Ein kurzes trauriges Lächeln.

»Vor allem, weil ich danach erst mal nichts mehr mit Männern anfangen konnte, nach …«

Sie schluckte und setzte sich etwas aufrechter hin.

»Zwei Tage, nachdem Ben mich abgeholt hatte, ging es wieder etwas länger im Büro. Und als ich endlich fertig war und nur kurz Tschüs zu Ralph sagen wollte, bat er mich, noch einen Moment zu bleiben. Er müsse mit mir reden. Ich setzte mich in die Besprechungsecke und schrieb Ben eine Textnachricht, dass ich in einer Stunde daheim sein würde. Während ich tippte, stellte sich

Ralph hinter mich, er drückte sich ganz eng gegen den Stuhl, auf dem ich saß, und dann waren seine Hände überall, an meinem Hals, meinen Schultern, meinem …«

Camilla hörte zu, und mit jedem Wort wurde ihre Abscheu vor Ralph Liebeneiner größer.

»Ich stand auf und bat ihn, damit aufzuhören. Es ging ein bisschen hin und her, und irgendwann – ich weiß gar nicht mehr, was ich genau zu ihm gesagt hatte – muss es wohl irgendwie klick in ihm gemacht haben. Er packte mich an den Schultern, riss mir die Bluse entzwei und stieß mich nach hinten. Er drückte mich auf den Tisch, schob meinen Rock nach oben und nestelte an seiner Hose herum. Und dann war er auch schon in mir. Ich war wie versteinert und ließ einfach alles geschehen. Ich lag auf dem Tisch und tat nichts. Ich starrte an die Decke und hörte ihn keuchen und murmeln. Dass es mir doch gefalle, dass ich mich sonst ja wohl wehren würde und dass er mich liebe und …«

Svenja Moll hatte ihren Blick gesenkt.

»Es ging nicht lange, die Situation hat ihn wohl angetörnt, und dann hat er von mir abgelassen, hat sich Hemd und Hose gerichtet und ist ohne ein weiteres Wort aus dem Büro gegangen. Ich lag noch ein paar Minuten reglos, dann habe ich es gerade noch bis zur Toilette geschafft. Ich habe mich übergeben, wieder und wieder, auch als längst schon nichts mehr in mir war, womit ich mich hätte übergeben können.«

Camilla musste dem Impuls widerstehen, über den Tisch hinweg nach den Händen der Frau zu greifen. Eine Berührung wäre sicher das Letzte, was ihr jetzt helfen würde.

»Ich ging dann runter zu meinem Auto, schickte Ben noch eine Textnachricht und sagte ihm für den Abend ab. Daheim dann das, was man immer im Fernsehen sieht: langes Duschen, viel Shampoo, wieder und wieder alles abwischen. Und dann die Tage danach, in denen einem klar wird, dass das nichts geholfen hat. Dass es nie helfen wird.«

Sie hob den Blick und sah Camilla, die sie traurig anschaute, in die Augen.

»Und wissen Sie, was das Verrückteste an der ganzen Geschichte ist?«

Camilla schüttelte den Kopf.

»Dass ich nach zwei, drei Tagen begann, mir Vorwürfe zu machen. Ich hätte mich wehren müssen, hätte laut und deutlich Nein sagen, ihn zurückstoßen müssen. Das hätte vielleicht sogar geklappt, Ralph ist eher schmächtig, und ich bin durch das Tanzen schon recht fit. Aber ich war in dieser Szene steif wie ein Brett, überfordert, wie gelähmt.«

Vom Flur her waren eilige Schritte zu hören.

»Tut mir leid, Schatz, ich bin nicht früher weggekommen. Ich …«

Camilla drehte sich zu ihm um. Er war stehen geblieben und sah nun verwirrt zwischen den beiden Frauen hin und her. Zwischen der Fremden, die sich jetzt erhob und verabschiedete, und seiner Freundin, die mit verheulten Augen vor ihm saß.

8

Der Mann war unterwegs nur diesem Kutterer begegnet, aber der hatte ihn glücklicherweise nicht erkannt. Er erreichte sein Ziel, ohne von sonst jemandem gesehen zu werden. Und damit das auch so blieb, verharrte er in seinem Versteck im Hinterhof, bis Horst Schachner wieder gegangen war.

Er kannte den alten Fleischer nicht, wusste auch nicht seinen Namen, aber so selbstverständlich, wie er sich um das Gebäude bewegte, wie er es aufschloss und eine Zeit lang auch drinnen nach dem Rechten sah, war der füllige ältere Herr wohl der Besitzer des Hauses, in dem sich das vegane Restaurant befand.

Schräg gegenüber lag das *Salento*, und der Mann wechselte in ein anderes Versteck, um auch die Trattoria im Blick behalten zu können. Das vegane Lokal war leer und verschlossen, das *Salento* war ebenfalls nicht geöffnet, aber die Betreiberfamilie schien im selben Haus zu wohnen. Von Zeit zu Zeit kam eine ältere Dame aus dem Garten nach vorn, das musste nach seinen bisherigen Beobachtungen die Seniorchefin sein. Ein älterer Herr, wohl ihr Ehemann, stand manchmal einfach da und schaute in die Ferne, dann wieder ließ er sich auf einem Stuhl im Schatten der großen Linde nieder und trank Wein oder rauchte.

Der Sohn, der im Moment die Geschäfte der Trattoria führte, war nicht da. Auch Camilla Brown war weg. Vermutlich versuchten die beiden, aus der Sache mit den vergifteten Salsicce schlau zu werden.

Viel Glück dabei, dachte der Mann und grinste.

Dann holte er sein Einbruchsbesteck aus der Tasche und machte sich an der Tür des Hauses zu schaffen, in dem er sich jetzt umsehen wollte.

Was immer sich Sadik davon versprach, sie würden das Lokal der Engländerin so gründlich durchsuchen, wie es nur ging. Der Chef hatte ihnen durch Azi ausrichten lassen, dass er einen konkurrierenden Clan im Verdacht hatte, Camilla Brown für ihre Zwecke einzuspannen. Die Rede war von Geldwäsche gewesen, und auch wenn sie sich wunderten, dass so etwas ausgerechnet über ein veganes Nobelrestaurant laufen sollte, hinterfragten sie den Auftrag nicht. Azi erwähnte zwar noch, dass Trüffel und Safran teurer waren, als sie sich das vorstellen konnten, aber das war ihnen gleichgültig. Sadik schickte sie, also gingen sie los.

Weniger gleichgültig war ihnen, dass sie kurz vor ihrem Ziel zwei Kripobeamten vor sich sahen. Sie konnten gerade noch in eine Hofeinfahrt huschen, aber die Polizisten gesellten sich zu dem alten Wirt, der rauchend unter dem großen Baum im Vorgarten der Trattoria saß, und plauderten mit ihm.

Kurz sah es so aus, als würden sich die beiden Kommissare nur erkundigen und gleich wieder gehen, aber der Alte lud sie ein, sich zu ihm zu setzen. Und als er zum Haus hin rief und direkt danach eine hübsche

Bedienung mit Kaffee, Wasser und Gebäck herauskam, war klar, dass der Zugang zu Camilla Browns Wohnung im Moment ungesehen nur schwer zu erreichen war.

Eine Viertelstunde lang harrten sie in der Einfahrt aus, dann beschlossen sie, später noch einmal wiederzukommen, und schlenderten betont unauffällig davon. Ein etwas vierschrötiger Typ, der ihnen auf dem Gehweg entgegenkam und den sie mal in Sadiks Gym hatten boxen sehen, musterte sie misstrauisch, ging dann aber weiter.

Es hatte geschlagene fünf Minuten gedauert, bis Stefan Kutterer eingefallen war, wo er diesen Mann schon einmal gesehen hatte. Er war ihm vor knapp einer Woche in der Manufaktur begegnet, wo der Mann im Foyer auf ein Treffen mit Ralph Liebeneiner gewartet hatte. So jedenfalls hatte es ihm der Pförtner erzählt, der ihn hereingelassen und dem Chef gemeldet hatte. Doch nach einer Weile war der Besucher nicht mehr im Foyer gewesen, und als Liebeneiner die Treppe herunterkam, konnte ihm der Pförtner nicht sagen, wohin der Unbekannte verschwunden war.

War das eine Spur? Hatte dieser Mann womöglich nicht den Ausgang genommen, sondern war in die Produktionshalle geschlichen? Hatte er etwas mit der vergifteten Wurstmasse zu tun?

Kutterer war abrupt stehen geblieben, als die Erinnerung zurückkehrte, und auch jetzt noch stand er unbeweglich auf dem Gehweg. Ein Kind flitzte auf seinem Roller so nah an ihm vorbei, dass es ihn mit dem Ellbogen touchierte. Das schreckte ihn aus seinen Grübeleien auf, und er wandte sich um. Wenn er schnell genug war, konnte er den Unbekannten vielleicht noch dort antreffen, wo er ihm gerade begegnet war. Er überlegte, wohin der Mann unterwegs gewesen sein konnte. Zur Manufaktur? Nein, die Richtung hatte nicht gepasst. Aber auf seinem Weg hätte er die Trattoria und das vegane Restaurant erreichen können.

Er schlug einen schnelleren Schritt an und schaute aufmerksam nach allen Seiten. Nirgendwo konnte er den Unbekannten entdecken, und als ihm zwei Typen entgegenkamen, die gehetzt und wie ertappt wirkten, musterte er sie, konnte die Kerle aber nicht eindeutig zuordnen. Gut möglich, dass sie in Sadiks Gym trainierten und dass er sie dort mal gesehen hatte, aber er kannte die wenigsten dort, kümmerte sich nicht um die anderen und nahm nur die Männer genauer in den Blick, die sich ihm im Boxring stellten.

Als er die Trattoria auf der rechten und das vegane Restaurant auf der linken Seite der Straße vor sich sah, peilte er kurz die Lage. Der Mann, den er suchte, war nicht zu sehen, und als er den Vorgarten des *Salento* genauer in Augenschein nahm, wusste er auch, dass er sich im Moment nicht darum sorgen musste, dass hier irgendjemand etwas Unrechtes anstellen würde. Neben Toto Sensoni, der paffte und trank, saßen zwei der Kommissare, die sich um den Fall der vergifteten Salsicce kümmerten. Er sah noch genauer hin. Wenigstens war die durchtrainierte Beamtin nicht da, die Liebeneiner verhaftet und damit wohl dessen Selbstmord verschuldet hatte.

Einer ihrer beiden Kollegen hatte inzwischen bemerkt,

dass jemand unschlüssig auf dem Gehweg stand und zu ihnen herübersah. Er erkannte Kutterer als Mitarbeiter der Wurstmanufaktur, machte den anderen ebenfalls auf den Beobachter aufmerksam, und schon standen die beiden Kommissare auf und kamen auf ihn zu. Den ersten Fluchtreflex unterdrückte er, schließlich hatte er, Stefan Kutterer, nichts Verbotenes getan. Auch Schuld hatte er nicht auf sich geladen, anders als es seiner Meinung nach für die Kripo galt.

»Herr Kutterer?«

Der Beamte, der ihn ansprach, hatte ihm schon in der Manufaktur einige Fragen gestellt. Er hieß Maigert, wenn er sich richtig erinnerte, und grinsend überlegte er, ob er wohl ähnlich spitzfindig war wie der Romanheld fast gleichen Namens.

»Sie lächeln, wie schön.«

Maigert hatte ihn inzwischen erreicht und stellte ihm seinen Kollegen als Kriminalhauptkommissar Fehsen vor.

»Gibt es denn einen konkreten Grund für Ihre gute Laune?«

»Eigentlich nicht.«

Maigert hob eine Augenbraue und bestand offenbar auf einer Erklärung.

»Na schön«, sagte Kutterer. »Ich musste gerade an diesen Kommissar Maigret aus den Kriminalromanen denken und daran, dass er ganz ähnlich heißt wie Sie.«

Maigert verzog das Gesicht, Fehsen schmunzelte.

»Es wird Sie nicht überraschen, dass mein Kollege solche Bemerkungen schon sehr oft gehört hat«, merkte Hanns Fehsen an. »Und selbst der beste Witz verliert ein wenig, wenn er zu häufig wiederholt wird.«

»Na ja, bester Witz …«, knurrte Maigert.

»Haben Sie denn schon herausgefunden, wer die Salsicce vergiftet hat?«, fragte Kutterer.

»Nein, leider noch nicht«, gab Fehsen zu. »Aber wenn Sie einen Tipp für uns haben, dann immer raus damit.«

»Ich? Einen Tipp?«

»Soweit wir mitbekommen haben, ermittelt nicht nur unsere Sonderkommission in dieser Angelegenheit. Das halbe Stadtviertel scheint auf den Beinen zu sein, um den Giftmischer zu finden. Ich vermute mal, dass auch Sie nicht untätig darauf warten, bis wir unsere Arbeit getan haben.«

»Tun Sie denn Ihre Arbeit?«, entfuhr es Kutterer. »Gerade habe ich nur gesehen, wie Sie mit dem alten Sensoni gemütlich zusammensaßen.«

Maigert wurde rot und machte eine Bewegung auf Kutterer zu. Fehsen hielt ihn am Ärmel fest und zog, als der Kollege sich wieder im Griff hatte, eine Visitenkarte hervor, die er dem Mann hinhielt.

»Mein Kollege hat Ihnen seine Karte wohl schon gegeben, aber vielleicht ist es besser, wenn Sie mich anrufen. Und ich gehe natürlich davon aus, dass Sie sofort anrufen, sobald Sie eine Information haben, die uns weiterhilft.«

Kutterer zuckte mit den Schultern.

»Dann noch einen schönen Tag«, verabschiedete sich Fehsen und musste den Kollegen für die ersten Schritte mit sich ziehen.

Kutterer sah den beiden nach, Maigert drehte sich nach einigen Metern noch einmal um, ging dann aber weiter. Im Fall des Falles würde er wohl wirklich lieber Fehsen anrufen.

Nachdem der vierschrötige Kerl sie so misstrauisch beäugt hatte, waren Sadiks Handlanger in den Durchgang zum nächsten Hinterhof abgebogen und beratschlagten, was nun am besten zu tun sei. Hatte der Kerl sie erkannt? Oder hatten sie sich geirrt und ihn doch nie im Gym gesehen, und er war womöglich eher einer ihrer Gegner, einer aus dem Clan, den Sadik verdächtigte, die Engländerin zur Geldwäsche zu benutzen? Führte er jetzt irgendeine Schweinerei im Sinn und hatte sie deshalb so prüfend angeschaut, weil er einschätzen wollte, ob ihm die beiden Männer gefährlich werden konnten?

Halblaut diskutierten sie, es ging hin und her, einmal unterbrochen davon, dass ein Bewohner des Hinterhauses an ihnen vorbei zur Straße ging und sie ebenso misstrauisch ansah wie der Kerl vorhin. Aber er war nicht sehr muskulös und kam zu dem Schluss, dass er mit diesen beiden Schlägertypen lieber keinen Streit anfangen wollte.

Das hatte der Hänfling richtig entschieden, fanden die beiden. Diskutieren war dagegen nicht ihre größte Stärke. Sie kamen zu keiner Entscheidung, bis einer der Männer sah, wer da gerade auf der gegenüberliegenden Straßenseite vorbeiging.

»Da schau, die beiden Bullen von vorhin«, raunte er seinem Kumpan zu, während er ihn gegen die Wand drückte, damit sie ein wenig vor einem zufälligen Polizistenblick in ihre Richtung geschützt waren. Doch die Kommissare schauten nicht zu ihnen, sie waren offensichtlich mit sich selbst beschäftigt. Der eine schimpfte vor sich hin, was den anderen zu amüsieren schien.

Doch worüber sich die beiden unterhielten, konnte

ihnen egal sein. Wichtig war, dass sie weitergingen und wenig später um die nächste Ecke verschwunden waren. Nun lungerten keine Polizisten mehr zwischen dem veganen und dem italienischen Restaurant herum, und der alte Sensoni saß allein vor der Trattoria.

Ein kurzer Blick, ein knappes Nicken, dann waren die beiden Männer wieder auf dem Weg dorthin.

Auf dem Rückweg vom Wohnhaus des Ehepaars Röder versuchte Peppino einzuordnen, was er gehört hatte. Martina Röder hatte seit Jahren keinen Kontakt mehr zu ihrem Bruder, aber sie wollte nicht, dass er als Giftmischer galt. Und ihre Erschütterung nach der Nachricht von seinem Tod hatte auf ihn echt gewirkt. Konnte er Liebeneiners Schwester also von der Liste der Verdächtigen streichen? Wohl schon.

Und wie sah es mit ihrem Mann aus? Er hatte sich mit Liebeneiner gestritten, die beiden waren sich vor Gericht begegnet, und der Vergleich hatte beide Seiten finanziell hart getroffen. Aber inzwischen schienen sich die Röders erholt zu haben, besser jedenfalls als Ralph Liebeneiner und die von ihm geleitete Manufaktur. Falls er also nach dem Streit Rachegelüste gehabt haben sollte, könnte er die inzwischen als erfüllt betrachten. Also hatte auch er kein Motiv, seinem Schwager zu schaden, indem er dessen Wurst vergiftete.

Wer blieb also aus Liebeneiners privatem Umfeld? Der Mann hatte nach allem, was sie bisher wussten, allein gelebt, und ein nennenswertes Privatleben hätte sein großes Engagement für den Fortbestand der Firma vermutlich gar nicht zugelassen.

Wie auf Bestellung klingelte sein Handy. Camilla Brown war dran. Sie erzählte, dass sie erst den Lehrling im Krankenhaus besucht hatte, der dort lag, weil er ebenfalls von der veganen Wurst gekostet hatte. Ergiebiger, deutete sie an, sei aber ihr Besuch bei Svenja Moll gewesen, der Buchhalterin, die seit längerer Zeit krankgeschrieben sei.

Es stellte sich heraus, dass sie sich nicht allzu weit voneinander entfernt befanden, und sie verabredeten sich in einem kleinen Park, der für beide etwa zehn Gehminuten entfernt war. Peppino traf zuerst ein, wählte eine freie Sitzbank aus, die unter der imposanten Krone einer alten Buche stand. Und als kurz darauf auch Camilla die Grünfläche erreichte, musste er nicht lange winken, um sie auf sich aufmerksam zu machen.

Sie setzte sich neben ihn, ließ aber Platz zwischen ihm und sich. Dafür hatte sie sich fast am anderen Ende der Bank niedergelassen, was Peppino amüsiert registrierte, aber er verkniff sich ein Grinsen. Erst berichtete er ihr von seinem missglückten Telefonat mit Klaus Röder und seinem erfolgreicheren Gespräch mit dessen Frau. Dann erzählte sie von ihren Besuchen im Krankenhaus und in der Wohnung von Svenja Moll.

»Pfui Teufel«, entfuhr es Peppino, als sie die Vergewaltigung geschildert hatte. »Da würde ich mich an ihrer Stelle auch krankschreiben lassen.«

»Das Irre daran ist, dass sie Liebeneiner trotzdem noch irgendwie mag und dass sie sich selbst Vorwürfe macht, sich nicht erfolgreich gegen ihn gewehrt zu haben.«

Peppino schüttelte fassungslos den Kopf.

»Und so positiv, wie sie Liebeneiner geschildert hat«, fuhr Camilla fort, »kann ich mir nicht vorstellen, dass sie etwas mit dem Gift in der Wurstmasse zu tun hat.«

»Was ist mit ihrem Freund? So, wie Frau Moll ihn Ihnen beschrieben hat, klang es, als sei er eifersüchtig, vielleicht auch besitzergreifend – sich für die Vergewaltigung seiner Freundin zu rächen wäre schon ein starkes Motiv.«

»Aber wäre er dann nicht eher direkt hingestürmt und hätte Liebeneiner eine verpasst? Oder er hätte ihm nachts aufgelauert und ihn verprügelt? Außerdem glaube ich, dass seine Freundin ihm nichts von der Vergewaltigung erzählt hat.«

Sie machte ein bedrücktes Gesicht.

»Als er kam und ich die beiden allein ließ, hat er sie mit verheulten Augen angetroffen. Ich fürchte, jetzt wird sie ihm alles erzählen müssen.«

Sie schlug sich die Hand vor den Mund.

»Oh my god!«, entfuhr es ihr. »Ich habe Frau Moll gar nicht erzählt, dass Liebeneiner tot ist. Erst war sie wütend auf mich, weil sie mich für so eine Art Privatdetektivin hielt, die ihr Chef auf sie angesetzt hat, und dann war sie von der Erinnerung an die Vergewaltigung erschüttert – da habe ich es nicht übers Herz gebracht, ihr diese Info auch noch zuzumuten.«

»Normalerweise müsste ihr die Nachricht vom Tod dieser Drecksau guttun, anstatt sie zusätzlich zu belasten – was für eine verdrehte Welt!«

Er war laut geworden, seine Stimme bebte vor Wut. Camilla sah ihn an. Die Tatsache, dass Liebeneiner seine

Mitarbeiterin vergewaltigt hatte, schien ihn wirklich zornig zu machen.

»Was ist?«, fragte er, als er ihren Blick bemerkte.

»Ich freue mich, dass Ihnen das, was er Frau Moll angetan hat, so gegen den Strich geht.«

»Na hör mal! Entschuldigung, na hören Sie mal, meinte ich.«

Ganz kurz kräuselte ein mildes Lächeln seine Lippen, aber sofort wurde er wieder ernst.

»Ich finde so etwas widerlich. Sex ist eine schöne Sache, das sollten beide wollen und nicht einer erzwingen und eine erdulden. Außerdem nehme ich das diesem Liebeneiner schon deshalb übel, weil ich ein Mann bin und nicht will, dass jemand Grund bekommt, Angst vor mir zu haben.«

Camilla lächelte ihn an. Er ereiferte sich auf eine sehr attraktiv wirkende Art. Dann fiel ihr etwas ein.

»Sagen Sie mal, Peppino, wenn Svenja Moll ihrem Freund erzählt, dass sie von ihrem Chef vergewaltigt wurde, und wenn beide nicht wissen, dass Liebeneiner tot ist … dann könnte es doch gut sein, dass Frau Molls Freund jetzt tatsächlich zur Manufaktur fährt und Liebeneiner eine verpassen will.«

Peppino dachte kurz nach, dann nickte er.

»Gut möglich. Sollen wir hin, ihn erwarten und zur Rede stellen?«

»Das war genau das, was mir gerade in den Sinn kam. Er dürfte sehr aufgebracht sein, mit etwas Glück erzählt er uns in dieser Stimmung mehr, als er es sonst tun würde.«

»Und mit noch mehr Glück können wir ihn von unserer Liste der Verdächtigen streichen, oder wir haben einen Hinweis darauf, dass er in die Geschichte verwickelt ist.«

Camilla stand auf.

»Dann wollen wir mal.«

Sie marschierte los, Peppino folgte ihr, doch bevor sie das Tor erreichten, das aus dem Park und in Richtung Wurstmanufaktur führte, klingelte sein Handy.

»Ja?«, meldete er sich, dann blieb er stehen und horchte.

Camilla bemerkte erst nach ein paar Schritten, dass er nicht mehr direkt hinter ihr war. Er sagte nichts, hörte zu, und sie konnte mitverfolgen, wie sein Gesicht blass wurde und ernst.

9

Als er den Unbekannten weder vor der Trattoria noch rund um das vegane Restaurant vorfand, machte sich Stefan Kutterer auf den Weg zur Manufaktur. Die Kommissare hatten ihn aufgehalten, der Fremde war inzwischen vermutlich über alle Berge, also konnte er genauso gut mit seiner Suche in der Firma weitermachen.

Das Firmengelände lag verwaist da, und als er sich nach allen Seiten umblickte, war auch auf der Straße niemand zu sehen. Er schlüpfte durch das Eingangstor, dann durch eine Nebentür zur Produktionshalle und nahm seine Suche dort wieder auf, wo er sie unterbrochen hatte.

Weitere Maschinen und Arbeitsplätze inspizierte er, ohne dass ihm etwas Ungewöhnliches auffiel. Dann blieb er vor einem großen Holzbrett stehen, auf dem Zutaten für Wurst zurechtgeschnitten wurden. Hier lagen verschiedene Messer, eine Schöpfkelle, saubere Metallschalen und -schüsseln, daneben stand eine Waage, und an der Wand hingen an einer Stahlstange mehrere Metallhaken nebeneinander, an denen Fleischstücke auf ihre weitere Verarbeitung warteten. Die Haken waren jetzt natürlich leer und gereinigt, aber das war es nicht, was Kutterer stutzig machte. Niemandem außerhalb der Belegschaft, zumindest niemandem, der nicht in diesem

Bereich der Manufaktur arbeitete, wäre es aufgefallen. Stefan Kutterer gönnte sich ein schmales Lächeln.

Hier hatte er seinen Beweis, dass jemand in der Produktionshalle gewesen war, der hier nicht hergehörte. Jemand, der sich hier eingeschlichen und die Wurstmasse der veganen Salsicce vergiftet hatte. Jemand, der sicher auf ganz vieles penibel geachtet und sich trotzdem mit Kleinigkeiten verraten hatte, die nicht einmal den Kriminaltechnikern aufgefallen waren.

Stefan Kutterer zog sein Handy hervor und fotografierte die betreffenden Details aus verschiedenen Perspektiven. Dann sah er sich die Bilder noch einmal an. Er würde der Polizei erklären müssen, was daran nicht stimmte, aber das sollte mit ein, zwei Sätzen möglich sein. Er nestelte zwei Visitenkarten aus der Hosentasche. Die Karte von Jochen Maigert steckte er wieder weg, auf der von Hanns Fehsen suchte er die Handynummer. Dann wählte er die wichtigsten Fotos aus, tippte auf *Teilen* und gab Fehsens Handynummer ein. Schließlich mühte er sich mit einem erklärenden Begleittext ab, was eine gewisse Zeit dauerte, weil seine Finger groß und die Display-Tastatur klein war.

Als er den Text noch einmal las und zwei, drei Tippfehler beseitigte, atmete er tief durch. Sadik hatte er die Fotos sofort geschickt, nachdem er sie gemacht hatte, dazu ein paar Erläuterungen, mit denen der Albaner hoffentlich würde arbeiten können. Aber würde die Polizei verstehen, was ihm hier komisch vorkam? Würden sie sich überhaupt die Mühe machen, einem Hinweis nachzugehen, der auf so banalen Details basierte? Obwohl es doch so viel bequemer war, seinen Chef für den Schuldigen zu halten und seinen Selbstmord für ein Schuldbekenntnis?

Sein Zeigefinger verharrte über dem *Senden*-Button.

Da drang ganz leise das Klicken eines Metallschlosses an seine Ohren. Irgendjemand hatte die Produktionshalle betreten.

Der Plan, vor der Manufaktur auf Svenja Molls Freund zu warten, war verworfen, sobald Peppino ihr erzählt hatte, was ihm gerade am Telefon mitgeteilt worden war: Sein Vater Toto war spurlos verschwunden.

»Dann suchen wir ihn jetzt«, schlug Camilla vor, bevor er sie darum bitten konnte.

Und schon waren sie auf dem Weg zur Trattoria, um dort zu erfahren, wo bisher schon nach Toto Sensoni gesucht worden war und wer ihn wann zuletzt gesehen hatte.

»Ich habe ihn vor etwa einer Stunde aus meinem Kräutergarten gescheucht«, erinnerte sich Peppinos Mutter Gina, die sie vor dem Lokal erwartete und unablässig ihre Finger knetete. »Er stand zwischen dem Basilikum und dem Thymian im Beet, und ich hatte Angst, dass er mir alles zertrampelt.«

»Ich habe ihn zu seinem Sitzplatz unter der Linde gehen sehen«, berichtete Donatella. »Das müsste etwa zur selben Zeit gewesen sein.«

»Und als ich ihn vor einer halben Stunde auf ein Glas Wein besuchen wollte«, sagte Horst Schachner, der Fleischer im Ruhestand, »saß niemand unter dem Baum, und es standen weder ein Glas noch eine Flasche dort. Nur eine Selbstgedrehte lag im Aschenbecher. Sie war nur angeraucht, und weil dein Vater sonst nie eine Kippe ungeraucht liegen lässt, habe ich mir Sorgen gemacht.«

»Wir haben das ganze Haus auf den Kopf gestellt«, fügte Gina Sensoni hinzu. »Aber er war nirgendwo. Donatella hat sogar in ihrer Wohnung nachgesehen und ich in deiner.«

Ole kam mit seiner Ape dahergeknattert. Alle sahen ihm gespannt entgegen.

»Im Stadtpark ist er auch nicht«, meldete der Alte außer Atem. »Und auf dem Rückweg bin ich einen kleinen Umweg gefahren, um am Supermarkt und an der Tankstelle vorbeizukommen. Im Supermarkt war er nicht, auch nicht hinter dem Gebäude bei den Containern. Der Marktleiter hat sogar noch seine Mitarbeiter befragt, aber er ist dort heute niemandem begegnet. Und die Leute von der Tanke haben Toto seit seinem letzten Besuch vor ein paar Wochen nicht mehr gesehen.«

»Was wären dann jetzt die nächsten Anlaufstellen?«, fragte Camilla.

Gina warf ihr einen sehr dankbaren Blick zu, vermutlich aus Freude darüber, dass sie mitsuchen wollte. Donatella schaute ein bisschen weniger freundlich drein.

»Im Grunde genommen kann er inzwischen überall sein«, sagte Peppino. »Zu Fuß irgendwo im Viertel, mit dem Bus oder der Straßenbahn irgendwo in der Stadt – und natürlich kann es auch sein, dass er irgendwo gestürzt ist und hilflos an einer Stelle liegt, wo wir ihn nicht auf den ersten Blick entdecken.«

Er warf seiner Mutter einen entschuldigenden Blick zu, die wischte sich eine Träne aus dem Augenwinkel und zuckte mit den Schultern.

»Du hast ja recht, Peppino. Es hilft nichts, wenn wir uns das schönreden. Vielleicht sollten wir auch die Krankenhäuser anrufen.«

»Das kann ich machen«, bot Schachner an und holte sein Handy hervor. »Ich ruf auch gleich noch die Taxiunternehmen an. Manche kennen Toto, und den anderen beschreibe ich ihn. Falls ihn einer gefahren hat, wissen wir das bald.«

»Kommen Sie mit, Horst«, sagte Gina und packte ihn am Ärmel. »Ich hab in der Trattoria ein Telefonbuch, und auf dem Computer können wir uns die Nummern raussuchen, die da nicht drinstehen.«

Die beiden verschwanden im Haus.

»Isch kann tutti le strade 'ier im quartiere ablaufe«, schlug Donatella vor, und nach einem knappen Nicken von Peppino machte sie sich auch gleich auf den Weg.

»Ich fahr auch wieder los«, sagte Ole. »Wo soll ich mich denn als Nächstes umschauen?«

»Vielleicht im Gewerbegebiet?«

Ole zog ein Gesicht, als habe er in eine Zitrone gebissen.

»Das nun lieber nicht. Es gibt dort ein paar Typen, die mich und meine Ape nicht so besonders gern sehen.«

Trotz der Sorge um seinen Vater musste Peppino nun doch kurz grinsen. Er erinnerte sich, dass sein Vater ihm mal von kleinen Gaunereien erzählt hatte, die Ole und er vor ein paar Jahren durchgezogen hatten. Ole war dem Metier wohl treu geblieben, und wenn er dadurch Leuten wie Sadik in die Suppe gespuckt hatte, war es wohl wirklich besser, er hielt sich von deren Aufenthaltsorten fern.

»Was hältst du vom Busbahnhof und den Haltestellen zwischen hier und dort?«

»Wird erledigt«, erwiderte Ole erleichtert. Er schlüpfte in sein wackliges Gefährt, verschwand mit lautem Geknatter, und nur noch eine bläulich graue Abgaswolke blieb von ihm zurück.

»Und wo kann ich am besten helfen?«, fragte Camilla. »Soll ich in dieses Gewerbegebiet gehen, in das sich Ole nicht traut?«

»Lieber nicht«, riet ihr Peppino. »Das mache ich am besten selbst.«

Er dachte nach.

»Aber Sie könnten einige unserer Lieferanten abklappern. Manchmal glaubt mein Vater, dass er das *Salento* noch selbst betreibt, und dann kann es vorkommen, dass er Bestellungen aufgibt wie früher.«

Er kritzelte die Adressen von Feinkost- und anderen Geschäften auf einen Zettel, am Ende auch noch den Großmarkt und die Namen einiger Händler dort, obwohl die dort um diese Tageszeit vielleicht gar nicht mehr anzutreffen waren. Camilla nahm den Zettel, flitzte zu ihrem Kombi, der im Hinterhof ihres Restaurants stand, und bastelte die verschiedenen Ziele auf dem Navi zu einer sinnvollen Rundstrecke zusammen. Als sie zügig aus dem Hinterhof fuhr und Kurs auf ihre erste Station nahm, sah sie Peppino auf einem alten Mofa davonbrausen, eine Hand am Lenker, mit der anderen das Handy ans Ohr haltend. Auf seinem Hinterkopf saß eine schwarze Metallschale, die wohl einen Helm darstellen sollte.

Azi, einer von Sadiks Telefonmännern, erwartete Peppino vor dem Gym. Er hatte Peppinos Anruf entgegengenommen und sich danach mit einigen knappen Gesten und einigen Notizen von Sadik instruieren lassen.

»Dein Papa ist nicht hier gewesen«, sagte er. »Aber ich zeig dir, wo du vielleicht nachsehen solltest.«

Peppino stoppte den Motor, stieg ab und stellte das Mofa auf den Ständer. Azi schaute ihn irritiert an.

»Was machst du?«

»Ich stell das Ding hier ab und fahr mit dir.«

»Ich hab gerade kein Auto hier, ich steig bei dir hintendrauf.«

»Okay, aber ... äh ... hast du einen Helm?«

»Nein, stell dir vor, ich hab keinen«, gab Azi zurück und grinste. »Weißt du was? Heute mach ich mal was ganz Illegales, ich fahr Mofa ohne Helm!«

Er lachte noch schallend, als sie lostuckerten. Peppino fand das Fahren mit seinem Passagier nicht allzu angenehm. Zum einen war Azi recht schwer, weshalb es ihn einige Mühe kostete, mit dem Zweirad die Balance zu halten, zum anderen klopfte ihm Azi an jeder Kreuzung schwungvoll auf den Helm und gab ihm händefuchtelnd die Richtung vor.

Obendrein lotste er ihn für ein kurzes Stück auf die Stadtautobahn, wo sein Mofa absolut nichts verloren hatte. Er hielt sich auf dem Standstreifen, wo es nur ging, und als das auf der Brücke über den Fluss nicht möglich war, gab es hinter ihm ein wütendes Hupkonzert, und sofort bildete sich ein kleiner Stau hinter ihnen, weil alle Autos auf der rechten Spur links einfädeln mussten, um an ihm vorbeizukommen.

Azi focht das nicht an, aber Peppino war heilfroh, als sie am anderen Ufer die erste Ausfahrt nehmen konnten. Bergab ging es nun recht flott bis zu den Anlegestellen der Frachtschiffe, leider brachten die Industriegleise, die sie auf ihrem Weg kreuzen mussten, die Federung des Mofas an ihre Grenzen. Dann waren sie endlich am Ziel. Azi haute ihm ein letztes Mal auf den Helm und deutete auf ein altes Schiff, das dort vor Anker lag und offenbar seit vielen Jahren vor sich hin rostete.

Peppino steuerte zu der Stelle, an der die Gangway des alten Kahns auf dem Kai lag. Azi stieg ab, Peppino folgte seinem Beispiel, schaltete den Motor aus und bockte das Mofa auf.

»Und jetzt?«, fragte er, als Azi grinsend neben ihm stand.

»Jetzt gehst du da rein.«

Er deutete die Gangway hinauf.

»Und was soll ich da?«

»Du triffst einen alten Bekannten deines Papas. Ich hab dich schon angekündigt.«

»Und dort ist mein Vater?«

»Nein, am Telefon meinte er, dass er ihn schon länger nicht mehr gesehen hat.«

»Und was soll ich dann bei ihm?«

»Jetzt geh schon. Wird Zeit, dass du Papas alten Freund kennenlernst. Er hat ein paar Tipps für dich, wo du deinen Senior suchen kannst.«

Damit wandte sich Azi ab. Er nestelte eine Zigarette aus der Tasche und steckte sie an. In diesem Moment wäre auch Peppino gern Raucher gewesen. Ihn umwaberte eine eklige Duftmischung aus verdorbenem

Fisch, altem Schweröl und mehreren Geruchsnoten, die er lieber nicht so genau zuordnen wollte.

Einen Augenblick lang zögerte er noch, dann setzte er den Fuß auf die Gangway. Sie war recht steil, sah nicht sehr sauber aus und gab unter seinem Gewicht bedenklich nach. Er griff nach der Reling und arbeitete sich hinauf, bis er das obere Ende erreicht hatte. Hier war der Fischgeruch stärker, und als er die Tür direkt vor sich aufzog, wehte ihm obendrein ein wilder Mix aus Männerschweiß, ungewaschenen Kleidern und verschwitzten Socken entgegen. Er hielt instinktiv die Luft an, aber wenn er hier mit jemandem reden sollte, würde das nicht lange helfen. Also bückte er sich, tauchte in den dämmrigen Innenraum ein und versuchte, vor allem durch den Mund zu atmen.

Es dauerte einen Moment, bis sich seine Augen auf die neuen Lichtverhältnisse eingestellt hatten, dann konnte er allmählich die Konturen der hier verbauten Sitzmöbel unterscheiden, der Tische und links am Ende des großen Raums einer ausladenden Theke und daneben einer kleinen Bühne, zu der drei Stufen hinaufführten und die hinten und an den Seiten von schweren Vorhängen begrenzt wurde, die schon lange nicht mehr bühnentauglich aussahen.

Erst ganz zum Schluss entdeckte er den Mann, der direkt vor den Fenstern auf der gegenüberliegenden Seite saß. Er hatte seinen mächtigen Körper zwischen eine Bank und den fest montierten Tisch davor gezwängt, seine Arme ruhten weit ausgebreitet links und rechts von ihm auf der gepolsterten Rückenlehne der Bank, und sein fleischiges Gesicht wirkte durch ein breites Grinsen noch breiter.

Peppino hatte dieses Monstrum von einem Mann nie zuvor gesehen, und er fragte sich, welche Art Freund das wohl war, wenn er ihm Tipps zum Aufenthaltsort seines Vaters geben konnte, obwohl er ihn seit längerer Zeit nicht mehr gesehen hatte. Peppino war nach zwei Schritten stehen geblieben, um den Raum zu mustern, nun hob der Dicke einen seiner Arme und winkte ihn zu sich her.

Er sah Peppino nicht unfreundlich entgegen, eher interessiert, und als Peppino ihm gegenüber Platz genommen hatte, hielt es der Dicke schweigend noch ein bisschen aus, dass er von dem anderen gemustert wurde. Über seinem gewaltigen Leib spannte sich eine Art Kaftan, der wohl an manchem Sumoringer locker und weit gewirkt hätte. Schon im Näherkommen hatte Peppino die gemütlichen Puschen sehen können, in denen die Füße steckten, die Beine waren von straff sitzenden Leggins bedeckt, die vermutlich mal als übergroße Trainingshosen begonnen hatten. Der Dicke schnaufte schwer, obwohl er sich nicht bewegte – von dem wirklich sehr voluminösen Atmen abgesehen –, und sein Kopf saß regungslos auf einem feisten Hals. Doch die Augen blitzten wach und vergnügt und deuteten darauf hin, dass sich der Mann sehr viel Mühe geben musste, ein prustendes Lachen zu unterdrücken.

»Genug gesehen, mein Junge?«

Die tiefe Stimme grollte aus dem Körper des Dicken heraus wie der Donner aus einer Hagelwolke, und Peppino setzte vor Schreck ein dünnes, entschuldigendes Lächeln auf.

»Sag jetzt bloß nicht scusi!«, riet ihm der Dicke.

»Tut mir leid, ich wollte nicht …«

Jetzt hielt es den Mann nicht mehr länger zurück. Er legte den Kopf nach hinten, riss den Mund weit auf und ergoss sich in ein schallendes Gelächter, das gar nicht mehr enden wollte. Peppino saß da wie ein dummer Junge, erst erschreckt, dann genervt, und schließlich stieg Wut in ihm auf, weil dieser Fremde ihn offensichtlich auslachte.

»Nicht böse sein«, brachte der schließlich hervor, wischte sich mit dem Handrücken die Tränen aus den Augenwinkeln und nickte Peppino freundlich zu. »Aber dein Vater hat mir mal erzählt, dass du dich in einem fort für alles Mögliche entschuldigst und dass er gar nicht weiß, wie er dir das wieder abgewöhnen kann. Und dann kommst du hier rein und …«

Er machte Anstalten, wieder loszuprusten, doch bevor Peppino deswegen beleidigt sein konnte, hatte er sich wieder im Griff.

»Deinem Vater geht es nicht besonders, stimmt's?«

Der Mann hatte so unvermittelt von amüsiert auf ernst umgeschaltet, dass Peppino davon fast noch mehr überrascht war als von dem sanften Timbre, das dessen Stimme gleichzeitig angenommen hatte.

»Ich habe gehört, dass er an Demenz leidet.«

»Er leidet nicht immer daran«, erwiderte Peppino. »Oft geht es ihm ganz gut. Aber dann steht er in seiner Küche, grübelt über Rezepte, die er selbst erfunden hat, oder scheint nicht mehr zu wissen, wo er sich gerade befindet. In solchen Momenten zerreißt es mich beinahe. Meine Mutter natürlich auch.«

»Ah, deine mamma«, seufzte der Mann. »Bella Gina.«

Er hatte den Kosenamen der Mutter nicht irgendwie

anzüglich ausgesprochen, aber doch sehr zärtlich. Als verehre er sie seit vielen Jahren, würde aber aus Freundschaft zu Toto Sensoni niemals auf die Idee kommen, ihr auch wirklich den Hof zu machen.

Was war das für ein Mann?, dachte Peppino. *Und wie sollte er ihm helfen können?*

»Gute Fragen«, brummte der Dicke, und Peppino erschrak ein bisschen.

Hatte er laut gedacht, oder konnte der Mann seine Gedanken lesen?

»Ich kann keine Gedanken lesen, falls du dich das gerade fragst«, fuhr der andere fort. »Aber wer seine Gefühle so offen im Gesicht trägt wie du ...«

Peppino räusperte sich.

»Du kannst mich Al nennen«, sagte der Dicke.

Er sprach es betont amerikanisch aus wie den Vornamen von Al Pacino, und als Peppino das auffiel, legte sich ein leichtes Grinsen auf Als wulstige Lippen. Langsam fühlte sich Peppino genervt davon, dass dieser Mensch offenbar in ihm lesen konnte wie in einem offenen Buch.

»Eigentlich heiße ich Albert, aber als dein Vater und ich in diese ... Branche einstiegen, war es Mode, sich einen kürzeren Namen zuzulegen, gern einen englisch oder italienisch klingenden, manchmal abgeleitet aus dem richtigen Vornamen, manchmal aber auch frei erfunden.«

Peppino dachte kurz an Sadik, den Albaner. Der Dicke nickte nur lächelnd.

»Damals gab es aber noch keinen Sadik, noch keinen Wassilij, Tarik, Mirko oder Thilo in der Stadt. Unsere große Zeit ist lange her, und diejenigen, die heute das Sagen haben, lassen uns in Ruhe, mehr Gutes kann ich nicht über sie sagen. Es gibt noch drei, vier Jungs von damals, und sie sind natürlich längst keine *Jungs* mehr. Vermutlich haben Sadik und die anderen keinen Respekt vor uns, wir sind für die wohl eher armselige Greise, die es nicht wert sind, dass man ihnen Angst einjagt.«

Er lachte, diesmal etwas leiser und mit einem listigen Zug um die Augen.

»Damit sind sie besser beraten, als sie ahnen.«

Wie lange er mich wohl noch mit den alten Geschichten langweilen will, bevor er endlich zur Sache kommt?

»Aber ich will dich nicht mit meinen Geschichten langweilen. Und auch du musst mir nichts über dich erzählen. Dein Vater hat immer viel von dir gesprochen, auch nachdem du ihm dadurch Schande gemacht hast, dass du zur Polizei gegangen bist.«

Peppino stutzte. Hatte das sein Vater wirklich so empfunden?

»War nur Spaß«, fügte Al nach einer kurzen Pause glucksend hinzu. »Er war immer sehr stolz auf dich, auch damals.«

»Danke, das freut mich, zu hören. Aber ...«

»Aber du willst vor allem Tipps von mir, wo du deinen Vater finden könntest, ich weiß.«

Er legte seine Hände gegeneinander und schaute seinem Gast über die Fingerspitzen hinweg in die Augen.

»Begleiten werde ich dich nicht, aber ich kann dir einige Orte nennen, an denen dein Vater und ich früher oft gewesen sind. Wenn ich das mit der Demenz richtig verstanden habe, setzt das Gedächtnis nicht einfach aus, sondern erst ist das Kurzzeitgedächtnis stärker betroffen, während ältere Erinnerungen länger im Bewusstsein bleiben. Und erst später vergisst man alles, auch die alten Geschichten, und irgendwann das Kauen, Atmen …«

Er unterbrach sich und machte nun selbst eine entschuldigende Geste.

»Tut mir leid, ich wollte nicht …«

Da winkte Peppino nur ab. Er hatte sich bereits in das Thema eingelesen, und er wusste, wie elend es gegen Ende um seinen Vater stehen würde.

»Hast du was zu schreiben dabei?«, fragte Al.

Peppino zog sein Handy hervor und hielt es hoch.

»Stimmt ja, ihr jungen Leute macht ja alles mit dem Telefon.«

Er nannte ihm eine Adresse und sagte auch dazu, welche Bedeutung dieser Ort für ihn und Toto Sensoni gehabt hatte. Zur zweiten Adresse gab es außerdem eine Wegbeschreibung, weil die Stelle angeblich nicht einfach zu finden war. Und schließlich nannte er ihm den Namen eines Clubs, der in der Zeitung erst kürzlich als angesagter Treff von Jugendlichen und jungen Erwachsenen vorgestellt worden war. Das überraschte Peppino so sehr, dass Al schon wieder grinsen musste.

»Natürlich sollst du nicht in diesen Club gehen, sondern in den Hinterhof des betreffenden Gebäudes«, erklärte er und beschrieb auch gleich, wie Peppino ein kleines Stück vom Club entfernt eine schmale Gasse nehmen und dann durch Tore zwischen den angrenzenden Gärten den genannten Hinterhof erreichen konnte.

»So sind *wir* jedenfalls früher immer dorthin gelangt. Dort, wo heute der Club untergebracht ist, war damals der Unterschlupf einiger übler Typen, die sehr ungemütlich werden konnten.«

Al nickte Peppino zu, und dann sah er ihn an, als wäre er sein Lieblingsneffe oder Patensohn.

»Ich wünsch dir viel Glück, mein Junge! Und bitte, sag mir Bescheid, wenn du ihn gefunden hast, ja?«

Damit schob er einen Zettel über den Tisch, der einige Schlieren und Eselsohren aufwies und auf den mit schöner Handschrift eine Handynummer geschrieben war.

Damit war die Audienz beendet.

10

Ja, er ist schon eine ganze Weile mit dem Dicken auf dem Kahn.«

Azi hatte sich daran gewöhnt, dass er mit Sadik sprach, dass der ihm aber immer nur mit Textnachrichten antwortete. Niemand im Gym und auch sonst niemand, den Azi kannte, hatte Sadik jemals ein Wort reden hören. Einige hielten es für möglich, dass er stumm war, andere glaubten, er leide an einer chronischen Stimmbandentzündung, aber letztlich akzeptierten sie alle Sadiks Entscheidung, nicht zu sprechen. Ob es nun eine Marotte war oder einen ganz anderen Grund hatte: Es war ihnen allen stets besser gegangen, wenn sie Sadiks Gewohnheiten respektierten.

»Warte nicht länger«, lautete die Textnachricht. »Kümmere dich darum, ob einer von den anderen Toto Sensoni mitgenommen hat. Das können wir nicht dulden. Toto steht unter unserem Schutz, und der muss was wert sein.«

»Geht klar, Sadik«, antwortete Azi, als er die Nachricht gelesen hatte.

»Und achte auf Linkshänder.«

»Wieso Linkshänder?«

»Der Typ, der sich rumtreibt, scheint Linkshänder zu sein.«

»Ich kenne nicht alle Handlanger der anderen, aber wenn sich einer den alten Sensoni krallt, dürfte das Chefsache sein. Und es gibt unter den anderen Bossen nur einen Linkshänder.«

»Genau. Du weißt also, wohin du musst.«

»Und wie komm ich hier weg?«

»Es ist schon einer von unseren Jungs zu dir unterwegs.«

Und wirklich kam nur zwei Minuten später ein zerbeulter Kleinwagen in Sicht. Azi stieg ein und sagte dem Fahrer, was ihr nächstes Ziel war.

Es gab drei Gruppen in der Stadt, denen er eine Entführung des alten Sensoni zutraute, auch wenn er keinen Schimmer hatte, warum sie Ärger riskieren sollten, nur um einen ausrangierten Kleinganoven in ihre Gewalt zu bekommen. Aber Sadik hatte natürlich recht: Man musste alles für möglich halten. Und zumindest der Linkshänder, den er jetzt ins Visier nahm, hatte schon oft jede Gelegenheit genutzt, Sadik Schwierigkeiten zu machen.

Während der Fahrt holte er eine Waffe unter dem Beifahrersitz hervor, entnahm das Magazin und sah, dass es voll war. Er schob das Magazin zurück in den Griff und behielt die Waffe in der Hand. Nach einer Weile ließ er die Pistole wieder in ihrem Versteck unter dem Beifahrersitz verschwinden. Es war besser, wenn sie glaubten, dass er ihnen wehrlos gegenübertrat. Und am Türsteher des Linkshänders kam er auch ohne Waffe vorbei.

Wohin Camilla auf ihrer Suche nach Toto Sensoni auch kam, überall wurde sie auf die Todesfälle in der Trattoria und in ihrem eigenen Restaurant angesprochen. Einige der Lieferanten teilte sie mit dem *Salento*, weil von ihnen die beste Qualität zu bekommen war. Einige andere wollten wissen, warum sie sich nach Toto erkundigte. Und kaum hatte sie es erklärt, kamen auch diese Händler sofort wortreich, voller Bedauern und mit einer gehörigen Portion Neugier auf die veganen und vergifteten Salsicce zu sprechen.

Das war etwas nervig, zumal keine und keiner von ihnen irgendetwas zum Verbleib von Peppinos Vater sagen konnte. Manchmal versuchte sie, ihre Gesprächspartner ein wenig dahingehend auszuhorchen, ob sie jemanden kannten, der den Sensonis womöglich schaden wollte, vielleicht eine alte Rechnung mit ihnen offen hatte. Aber entweder verstanden sie Camillas Anspielungen und vage Fragen nicht, oder sie ließen sie mit voller Absicht ins Leere laufen, weil sie nichts über die Sensonis erzählen wollten, das denen womöglich schaden konnte.

Und so probierte sie aus Höflichkeit Obst und Gemüse, wo es ihr angeboten wurde, lobte Geschmack und Frische und notierte sich ein paar Angebotspreise – allerdings immer versehen mit dem Hinweis, dass sie leider nicht sagen könne, wann das *Camilla's* wieder öffnen und wann sie auf diese Angebote zurückkommen konnte.

Ihre Runde dauerte auf diese Weise länger als erwartet, und manchmal schaffte sie es kaum, ihre Ungeduld im Zaum zu halten, denn schließlich stand über allem anderen, dass sich die Sensonis Sorgen machten um ihr Familienoberhaupt. Und da schien es Camilla auch zweitrangig, ob Peppinos Vater vielleicht sogar entführt worden war oder sich, dement wie er war, einfach nur verlaufen hatte und nicht mehr nach Hause fand.

Unter fröhlichem Winken wurde sie vom letzten Händlerehepaar auf Peppinos Liste verabschiedet, und im Rückspiegel konnte sie noch sehen, wie die beiden tuschelnd ihre Köpfe zusammensteckten und immer wieder in ihre Richtung schauten. Dann bog sie um die nächste Ecke und hatte nur noch den Besuch auf dem Großmarkt vor sich.

Das Klicken des Metallschlosses hatte Stefan Kutterer nur sehr leise gehört. Daraus konnte er ableiten, durch welche Nebentür gerade jemand in die Produktionshalle der Wurstmanufaktur gekommen war. Deshalb musste er nicht sofort in Deckung gehen, sondern konnte einen Teil der Entfernung zu der Tür auf dem Hauptweg durch die Halle zurücklegen. Erst in der Nähe der Tür ging er langsamer, machte einen kleinen Bogen nach links und hielt sich hinter Regalen und Maschinen verborgen, die zwischen ihm und dem Nebeneingang standen. Wie er so in die Richtung starrte, aus der der Eindringling auf ihn zukommen musste, fiel ihm ein, dass er die Fotos samt Textnachricht noch nicht an den Kripokommissar abgeschickt hatte. Er zog das Handy aus der Tasche, drückte *Senden* und steckte das Smartphone wieder weg.

In der kurzen Zeit, die das in Anspruch nahm, musste der Eindringling ungesehen an ihm vorbeigekommen sein, denn er hörte nun Schritte hinter sich. Schnell duckte er sich hinter ein anderes Regal, aber es näherte sich ihm niemand. Der Eindringling gab sich außerdem keine Mühe, nicht aufzufallen. Er ging mitten auf dem

Hauptweg, nein, er stürmte den Weg geradezu entlang, und seine Hände hatte er zu Fäusten geballt.

Insgesamt bot der Fremde allerdings keine Erscheinung, die Kutterer geängstigt hätte. Es handelte sich um einen schlanken Mann von normaler Körpergröße, dessen Oberarme nicht besonders muskulös wirkten. Allerdings schien er sehr wütend zu sein, denn die Stahltür zum Foyer riss er so stürmisch auf, dass sie krachend gegen die Wand flog.

Kutterer eilte dem Mann hinterher. Um Deckung musste er sich nicht kümmern, der andere hatte seinen Blick starr nach vorn gerichtet. Jetzt hatte der andere die Treppe erreicht, und er machte sich daran, zu den Büros hinaufzusteigen. Kutterer konnte kurz sein Gesicht sehen. Ihm war, als habe er diesen Mann schon einmal irgendwo gesehen, konnte ihn aber im Moment nicht einordnen. Aber wütend war er auf jeden Fall, seine Miene war finster, die Gesichtsfarbe dunkelrot, und auf der Treppe nahm er immer zwei Stufen auf einmal.

Noch bevor Stefan Kutterer ebenfalls die Büroetage erreicht hatte, hörte er schon das doppelte Krachen der Tür. Erst war zu hören, wie sie durch einen Fußtritt aus dem Schloss geschleudert wurde, dann donnerte sie ebenso laut gegen die Wand wie vorhin die Tür zum Foyer. Kutterer fiel nun in einen leichten Trab, und als er den anderen durch die offene Zimmertür schwer atmend in Ralph Liebeneiners Büro stehen sah, legte er einen Zwischenspurt ein. Im Rennen musterte Kutterer den anderen, der etwas verwirrt um sich blickte, als habe ihn der leere Raum aus dem Konzept gebracht. Als er auf diese Weise den gedrungenen Mann auf sich zufliegen sah, konnte er nicht einmal mehr die geballten Fäuste zur Abwehr nach oben bringen. Kutterer rannte ihn einfach um, verpasste ihm zwei schallende Ohrfeigen, kniete sich auf die Oberarme seines Widersachers und blieb auf ihm sitzen. Der andere war so vollständig überrumpelt, dass er nicht einmal versuchte, den Angreifer mit seinen Beinen zu treten oder abzuschütteln.

»Was willst du hier?«, herrschte Kutterer ihn an.

»Ich will diesem Dreckschwein den Arsch aufreißen!«

Die dritte Ohrfeige klatschte noch etwas lauter als die beiden zuvor.

»Das war für das *Dreckschwein*. Keiner nennt meinen Chef so. Ich nehme an, dass du Herrn Liebeneiner gemeint hast – in dessen Büro bist du nämlich eingebrochen.«

»Das weiß ich, und genau hierher wollte ich. Wo ist dieses …«

Kutterer holte aus, ließ seine Hand aber noch in der Luft verharren.

»Wo ist Liebeneiner? Warum ist sein Büro leer, der sitzt doch sonst immer Tag und Nacht hier drin!«

Der Schlachter ließ seine Hand sinken und musterte den anderen.

»Erst sagst du mir, wer du bist.«

»Ich bin Ben, der Freund eurer Buchhalterin.«

»Stimmt, jetzt weiß ich's wieder: Du hast Svenja schon ein paarmal von der Arbeit abgeholt. Geht es ihr denn inzwischen wieder besser? Sie ist ja schon ziemlich lange krankgeschrieben.«

»Und jetzt weiß ich endlich auch, warum«, knurrte Ben. »Dein feiner Herr Chef hat sie vergewaltigt!«

Die vierte Ohrfeige verpasste Kutterer ihm in einem Reflex, und als er sah, wie der Kopf des anderen dadurch zur Seite geschleudert wurde, tat ihm der Schlag auch schon leid.

»Sorry«, brummte er.

»Vielleicht erst nachdenken und dann zuhauen?«, schlug Ben vor, wappnete sich aber schon vor der nächsten Ohrfeige, diesmal für die freche Bemerkung.

Doch Stefan Kutterer blieb einen Augenblick lang reglos sitzen, dann nahm er die Knie von Bens Oberarmen und erhob sich. Erst stand er breitbeinig über dem anderen, dann beugte er sich vor und bot ihm die rechte Hand, um ihm aufzuhelfen. Ben griff zögernd zu, kurz darauf stand er vor Kutterer und klopfte sich den Staub von Hose und Hemd.

»Wie kommst du dazu, Herrn Liebeneiner so schwer zu beschuldigen?«

Ben musterte sein Gegenüber. Der Ton des Mannes war noch immer harsch und bestimmt, aber der Blick verriet eine Spur Unsicherheit.

»Svenja hat es mir gerade erzählt.«

»Und wann soll das gewesen sein?«

Er berichtete, was er vorhin von seiner Freundin unter Tränen erfahren hatte.

»Und wieso hat sie es dir erst heute erzählt?«

»Sie hätte es mir wahrscheinlich auch heute nicht erzählt, wenn ich nicht gerade bei ihr eingetroffen wäre, als sie einer fremden Frau ihr Herz ausgeschüttet hatte. Sie sah ganz verheult aus, da konnte sie es mir nicht länger verheimlichen.«

»Und du glaubst ihr?«

»Natürlich glaube ich ihr!«

»Ich kann mir beim besten Willen nicht vorstellen, dass mein Chef sie … ihr an die Wäsche … er …«

Kutterers Stimme war nun doch leiser geworden, sie klang brüchig, und er sah zwischen Liebeneiners Arbeitsplatz und Ben hin und her.

»Kannst du ruhig glauben. Und deshalb bin ich hier, um deinem Chef ordentlich die Meinung zu geigen.«

»Da bist du vergeblich gekommen.«

»Mir egal, komm ich eben morgen wieder.«

»Ralph Liebeneiner ist tot. Die Polizei hat ihn ins Gefängnis gebracht, dort hat er sich umgebracht.«

»Ins Gefängnis? Hat er denn noch andere Frauen vergewaltigt?«

»Nein, hat er nicht. Die Polizei glaubt, dass er einige unserer Würste vergiftet hat. An einer ist ein Mann gestorben.«

Ben riss die Augen auf, als habe er nicht richtig gehört.

»Er soll Wurst aus eigener Produktion vergiftet haben? Warum das denn?«

»Sogar du traust ihm das nicht zu, nicht wahr? Außer der Kripo ist vermutlich keiner auf diese blöde Idee gekommen. Und die haben ihn jetzt auf dem Gewissen.«

Kutterer fasste Ben an den Schultern und drehte ihn in Richtung Ausgang.

»Und du gehst jetzt zu deiner Freundin und erzählst ihr von Liebeneiners Tod. Vielleicht hilft ihr das irgendwie.«

Ben wandte sich noch einmal zu dem anderen um und deutete auf die Bürotür, die er eingetreten hatte.

»Und sorry deswegen«, murmelte er.

»Lass stecken. Das ist im Moment unser kleinstes Problem.«

»Glaubst du mir?«

Kutterer zuckte mit den Schultern, er sah müde aus und deprimiert.

»Warum sollte sie dir Lügen erzählen? Und wenn ich es recht bedenke, passt das als Grund für die lange Krankschreibung ziemlich gut.«

Aus den Augenwinkeln bemerkte Ben, wie Kutterer seine rechte Hand hob, und er zuckte zurück. Doch Kutterer hielt ihm die Hand nur zum Abschied hin.

»Und richte Svenja einen Gruß von mir aus, falls sie überhaupt noch Grüße aus der Manufaktur hören will. Es tut mir sehr leid, was ihr passiert ist.«

Ben nickte, erwiderte Kutterers Handschlag und ging dann langsam aus dem Büro. Das Gebäude verließ er durch den Vordereingang, und Stefan Kutterer sah ihm von Liebeneiners Fenster aus nach.

Dann stellte er sich vor den Schreibtisch seines toten Chefs, betrachtete den Arbeitsplatz eine Weile und merkte, wie Übelkeit in ihm aufstieg. Hatte er sich so sehr in diesem Mann getäuscht? Hatte er jemandem die Treue gehalten, der am Ende nur ein armseliger Vergewaltiger gewesen war? Seine rechte Hand wischte das Telefon mit einer schnellen Bewegung vom Tisch, mit einem hässlichen Geräusch zerschellte das Gerät neben dem Fenster an der Wand. Er schaute auf die Bruchstücke am Boden, bückte sich und klaubte sie auf. Als er die größten Teile aufgehoben hatte, sah er einen Kombi vor dem Firmentor halten. Hanns Fehsen stieg aus und kam auf das Gebäude zu. Er wurde begleitet von der Kollegin mit den raspelkurzen Haaren.

Als Peppino den Kahn verließ und die Gangway hinunterstieg, war Azi verschwunden. Kurz wunderte er sich, doch als er ihn nirgendwo erspähen konnte, war er eigentlich ganz froh. Das würde das Fahren mit dem Mofa deutlich einfacher machen. Er suchte auf der Karten-App des Handys nach den Orten, die der Dicke ihm genannt hatte, dann schwang er sich auf das Mofa, trat den Motor an und tuckerte los.

Die erste Adresse hatte er schnell erreicht, und ebenso schnell hatte er herausgefunden, dass sich sein Vater nicht hier befand. Trotzdem nahm er die kleine Werkstatt etwas genauer in Augenschein. Sie lag im Hinterhaus eines alten Wohngebäudes in einer nicht besonders schönen Gegend der Stadt. Hinter den staubigen Fenstern des Mehrfamilienhauses hingen vergilbte Gardinen, und er konnte nicht sagen, ob diese Bruchbude noch bewohnt oder verlassen war. Die Werkstatt dagegen hatte allem Anschein nach seit längerer Zeit niemand mehr betreten. Die Holztür hing schief in ihren Angeln, und als Peppino sie aufzog, hatte er alle Hände voll zu tun, dass sie nicht aus der Halterung brach. Knarrend und quietschend öffnete er den Zugang, so weit es eben ging, und trat ein.

Überall Staub und Spinnweben, und durch die schmutzigen Fenster drang nur gedämpftes Licht ins Innere. Drei hölzerne Werkbänke standen im Raum verteilt, auf ihren mit Kratzern und Kerben übersäten Arbeitsflächen lag Werkzeug herum, als wäre die Werkstatt fluchtartig verlassen worden. Der Hauptraum war an der Hinterseite mit drei Türen ausgestattet. Zwei führten in Nebenräume, die als Lager genutzt wurden, jetzt aber bis auf ein paar Metallstücke, Stoffballen und eine Folienrolle leer waren. Die dritte Tür führte nach draußen, wo Peppino einen kleinen, sehr verwilderten Garten vor sich sah, der an weitere Gärten und Hinterhöfe grenzte. Hier, so hatte Al ihm vorhin erzählt, hätten er und Toto Sensoni vor langer Zeit Cannabis angebaut und zum Verkauf vorbereitet, in der Werkstatt hätten sie auch andere Drogen umgepackt, bis nach einem Leichenfund im Stadtpark ihr schlechtes Gewissen zugeschlagen habe – der Tote sei ein treuer Kunde gewesen, und mit den hier portionierten Drogen hatte er sich wohl den goldenen Schuss gesetzt.

An die zweite Station auf der kurzen Reise durch die kriminelle Vergangenheit seines Vaters kam er mit dem Mofa nur bis auf fünfzig Meter heran. Er befand sich in einer schmalen Gasse, die nur wenige Ecken von der belebten Hauptstraße entfernt lag, und doch wirkte sie wie auf einem anderen Planeten, wie eine ganz andere Welt als die von Touristen bevölkerten Plätze. Den Trubel der großen Straßen hörte Peppino hier nur noch als Hintergrundrauschen. Lauter waren die Rufe der Frauen, die ihre Sprösslinge zum Mittagessen nach Hause kommandierten, die hastigen Schritte von Kinderschuhen auf dem löchrigen Asphalt und das Prallen alter Lederbälle gegen zerbeulte Garagentore.

Die Wegbeschreibung des Dicken lotste ihn durch den engen Spalt zwischen zwei windschiefen Häusern hindurch, eine steile Treppe hinauf und einen ebenso steilen Weg wieder hinunter. Dass unten ein Stahlgitter über ein

Loch montiert war, das ins Dunkle führte, bestätigte Peppinos Vermutung, dass der kaum zwei Fuß breite »Weg« wohl eher eine Abwasserrinne war. Über das Gitter hinweg ging es nun über drei Stufen auf eine bröckelnde Mauer hinauf, an einem rostigen Zaun entlang und schließlich durch ein glasloses Fenster in den Raum hinein, den Al ihm beschrieben hatte. Das hier war ein Unterschlupf für Toto Sensoni und seine damaligen Kumpane gewesen, und dem Geruch nach zu urteilen, wurde es auch jetzt noch gelegentlich als Nachtquartier genutzt. Peppinos Vater allerdings war weder hier noch in den angrenzenden Räumen, die noch schlimmer stanken als der erste.

Kopfschüttelnd ging Peppino zurück zu seinem Mofa. Er schlüpfte gerade noch rechtzeitig zwischen den beiden Häusern hindurch, machte ein paar schnelle Schritte zu seinem Zweirad und riss den Lümmel von der Sitzbank, der vergeblich versuchte, das Mofa zum Laufen zu bringen. Der Kleine wand sich wie ein Aal aus seinem Griff, trat ihm gegen das Schienbein und rannte los. Peppino sah ihm noch kurz nach, wie er um die nächste Ecke flitzte, dann hob er den Blick. Aus einem der Fenster schaute ein alter Mann auf ihn herunter, zwischen seinem grauen Stoppelbart schien sich ein Grinsen anzudeuten, dann nickte er ihm zu und verschwand nach innen.

Nachdem ihn diese Station um ein Haar seine Fahrgelegenheit gekostet hätte, schloss er das Mofa das nächste Mal mit der Fahrradkette sorgfältig an einen Laternenmast an. Dann huschte er in den schmalen Weg, den ihm Al beschrieben hatte, und schlug sich durch die

Gärten und Hinterhöfe, die zwischen ihm und seinem dritten Ziel lagen. Zweimal verfranzte er sich, dann aber stand er in dem Hinterhof des Clubs. An der Seitenmauer des Gebäudes vorbei konnte er den letzten Buchstaben der Leuchtreklame sehen, der an der Vorderseite sehr auffällig für die Szenelocation warb. Er konnte außerdem einen vierschrötigen Typen sehen, der vor dem Haus stand, rauchte und dabei auffällig unauffällig die Umgebung im Blick behielt. Offenbar war in dem Club nicht nur nachts Betrieb, und offenbar musste für das Tagesgeschäft jemand Schmiere stehen.

Gerade wollte er sich daranmachen, den Hinterhof zu inspizieren, in dem er stand, da gesellten sich zwei Gestalten zu dem Wächter, die nicht sympathischer aussahen als er. Einen der beiden kannte er: Es war Azi.

Der Großmarkt, auf dem in den Nacht- und frühen Morgenstunden so reger Betrieb herrschte, strahlte jetzt eine träge Schläfrigkeit aus. Die Sonne schien auf Straßen, die leer zwischen den Verkaufsbuden und Lagerhallen lagen. Lastwagen und Transporter waren überall abgestellt, und nur hier und da dieselte ein Gabelstapler vor sich hin, um Vorräte von den Vorplätzen der Verkaufsbuden in eines der Kühlhäuser zu transportieren.

Wenn sie sonst zu nachtschlafender Zeit hier herumstreifte, roch sie die Düfte von Orangen, Zitronen und anderen Südfrüchten, prüfte die Frische von Salatköpfen, indem sie sanft über den angeschnittenen Strunk streichelte oder beobachtete, ob die Blätter auf sanften Druck hin wieder saftig nachfederten. Jetzt roch es nach Abgasen und Frittenfett.

Auch in der Blumenhalle war kaum mehr etwas los. Nur noch vereinzelt wurden Gitterwagen mit Schnittblumen oder Topfpflanzen von einem Platz zum anderen geschoben. Hier waren auch die Händler untergebracht, die Camilla bisher wegen ihrer frischen Küchenkräuter und Gewürzpflanzen aufgesucht hatte, und Gerald schien so etwas wie der König dieser Händler zu sein. Er hatte irgendwann seine Liebe zu allem entdeckt, womit sich Speisen ohne Salz und Pfeffer verfeinern ließen. Zu seinem größten Hobby, dem Wandern, war noch das Kochen gekommen, und während er daheim die unterschiedlichsten Kräuterkombinationen ausprobierte, war er als Händler ständig auf der Suche nach neuen Lieferanten und seltenen Gewürzpflanzen, nach neuen Züchtungen und nach Bauern, die sich so gut auf traditionelle Sorten verstanden, dass sie ihnen neue, ungeahnte Geschmacksnuancen abrangen.

»Ah, Camilla«, rief er strahlend, als er sie auf sich zukommen sah.

Gerald hatte eine Lederschürze umgebunden, in die einige kleine Taschen eingearbeitet waren, und wie immer lugten auch heute kleine Pflanzenstängel und Gewürzblätter aus diesen Taschen hervor. Sie hatte ihn noch nicht erreicht, da griff er schon nach einem solchen Blatt, zerrieb es zwischen seinen Fingern und hielt ihr die Hand zum Schnuppern hin.

»Minze«, sagte Camilla sofort. »Aber was ist das für eine zusätzliche Note?«

Gerald schwieg und sah sie grinsend an. Sie tat ihm den Gefallen, schloss die Augen und roch noch einmal.

»Apfel, natürlich, aber das ist keine gewöhnliche

Apfelminze. Was rieche ich da noch? Bergamotte? Ein bisschen Schokolade?«

Gerald klatschte freudig in die Hände.

»Sehr gut, Camilla. Einer meiner Lieferanten tüftelt schon länger an neuen Minzkreuzungen herum. Jetzt ist es ihm offenbar gelungen, eine Kreuzung aus Apfel-, Bergamotte- und Schokominze zu züchten. Ich weiß noch nicht, zu welcher Art von Speise das passen könnte, aber erst einmal finde ich es eine coole Sache.«

»Irgendein Dessert vielleicht?«, schlug Camilla vor. »Aber das ist eigentlich zu simpel. Wie wäre es mit Polenta? Dazu kleine Stücke Calamaretti – oder wenn es für mein veganes Restaurant sein soll, Stückchen von der Morchel oder von mariniertem Steinpilz und ein Schuss ungefilterter Rotwein.«

»Das probiere ich noch heute Abend aus, vielen Dank, Camilla. Und wie kann ich dir helfen?«

»Im Moment leider nicht mit frischen Kräutern. Mein Restaurant ist bis auf Weiteres geschlossen.«

»Ich habe es gehört. Was für eine Schweinerei. Wer vergiftet denn gutes Essen?«

»Das versuche ich herauszufinden.«

»Du? Selbst?«

»Natürlich ermittelt vor allem die Polizei, aber ich will nicht untätig herumsitzen, also höre ich mich auch ein bisschen um. Peppino Sensoni hilft mir.«

Gerald grinste, und Camilla knuffte ihn leicht in die Seite.

»Da gibt es nichts zu grinsen. Auch im *Salento* gab es einen toten Gast, und als er erfahren hat, dass der nicht am Gift, sondern an seiner zu großen Portion gestorben ist, war zwischen uns schon vereinbart, dass wir eigene Recherchen anstellen. Da wollte er wohl keinen Rückzieher machen.«

Gerald nickte, dann legte er seine Stirn in Falten.

»Leider kann ich dazu gar nichts sagen. Vergiftete Kräuter oder Blumen, dazu kannst du mich alles fragen, aber Würstchen, und dann noch vegane …«

Er zwinkerte ihr zu.

»Tatsächlich bin ich jetzt auch aus einem anderen Grund hier: Toto Sensoni ist verschwunden, und ich helfe der Familie suchen.«

»Oje, Toto, der Arme. Ist es schlimmer geworden mit seiner Demenz?«

»Vielleicht, aber sein Sohn scheint außerdem zu befürchten, dass sein Vater womöglich entführt wurde, dass sein Verschwinden irgendwie im Zusammenhang mit dem Giftanschlag steht.«

Gerald pfiff leise durch die Zähne.

»Das wär ja was! Aber auch da kann ich dir nicht helfen. Toto ist hier nicht aufgetaucht, und meine Kollegen sind zwar ausgekochte Schlawiner, wenn es darum geht, einen möglichst hohen Preis für ihre Waren herauszuschlagen – aber Schlimmeres traue ich ihnen nicht zu.«

Auch die nächsten Ansprechpartner in dieser Halle und an einigen über den Großmarkt verteilten Verkaufsboxen wussten nichts von Toto Sensonis Verschwinden und hatten auch keinen Tipp parat, wo sie nach ihm suchen konnte.

Und so machte sie sich unverrichteter Dinge auf den Rückweg zum *Salento*.

Stefan Kutterer erwartete die beiden Kripobeamten am Haupteingang.

»Wirklich begriffen habe ich nicht, was Ihnen verdächtig vorkommt«, gab Fehsen zu, als sie zu dem Arbeitsplatz geführt wurden, von dem der Schlachter Fotos an den Kommissar geschickt hatte. »Aber Sie werden uns das hoffentlich gleich erklären.«

»Es geht um diese beiden Messer und um die Schöpfkelle daneben.«

Sie standen vor dem großen Holzbrett, das Fehsen bisher nur auf dem Handy gesehen hatte. Und selbst jetzt, da er die Utensilien im Original vor sich sah, verstand er nicht, was dem Schlachter als ungewöhnlich aufgefallen war.

»Zunächst muss ich Sie etwas fragen«, begann Kutterer. »Legen Ihre Kollegen von der Kriminaltechnik alles, was sie untersuchen, exakt so wieder zurück, wie sie es angetroffen haben?«

»So sollte es sein, ja. Ich kann nicht ausschließen, dass es auch mal anders läuft, aber in der Regel liegt hinterher alles wieder dort, wo es vor der Untersuchung lag – außer wir mussten Gegenstände zum Beispiel für weitere Untersuchungen mitnehmen. Auf jeden Fall werden Fotos von allem gemacht, bevor Spuren an Gegenständen gesichert werden.«

Fehsen zeigte dem anderen auf seinem Handy das Bild von dem Arbeitsplatz, vor dem sie gerade standen. Es entsprach in allen Details dem, was sie vor sich sahen.

Kutterer nickte zufrieden und grinste. Er stellte sich mittig vor das Brett und griff mit der rechten Hand nach einem der beiden Messer. Beide Messer lagen links der

Arbeitsfläche, und er musste den Oberkörper etwas verdrehen, bis er das Messer zu fassen bekam.

»Beide Mitarbeiter, die hier Zutaten für Wurst zuschneiden, sind Rechtshänder wie ich. Und wir haben allen unseren Leuten eingeschärft, dass sie die Messer immer auf der Seite ihrer dominanten Hand ablegen. Zum einen spart es natürlich Zeit, wenn sie nicht jedes Mal wie ich gerade so umständlich nach dem Messer greifen müssen. Zum anderen mindert es auch die Verletzungsgefahr. Mit einer so scharfen Klinge sollten sie möglichst wenig herumfuchteln müssen. Hier geht es in ziemlich hohem Tempo zur Sache, da ist schnell mal was passiert, wenn man nicht aufpasst. Und schließlich müssen sie nicht ständig die Hände abwischen oder waschen, wenn sie sich an die eingespielte Routine halten.«

Er machte einige Gesten, mit denen er imaginäres Fleisch vom leeren Haken zog, auf das Holzbrett legte und im selben Moment schon mit der rechten Hand losschnitt und das Fleisch mit der linken immer näher an die Klinge schob, die er in sehr flinken Schneidebewegungen hin- und hersausen ließ.

»Das habe ich verstanden, vielen Dank«, sagte Fehsen. »Und was ist mit der Kelle nicht in Ordnung?«

»Die würde keiner unserer Mitarbeiter neben dem Brett liegen lassen.«

Kutterer hob die Schöpfkelle hoch und deutete mit ihrem Stiel auf die Stahlstange an der Wand.

»Alle Mitarbeiter sind angehalten, eine solche Kelle an die Metallstange zu hängen, an der Sie jetzt nur die leeren Fleischhaken sehen«, erläuterte der Schlachter. »Das ist hygienischer, als sie auf die Arbeitsfläche zu legen, und an diese Vorgabe hält sich jeder im Betrieb.«

»Das heißt also, jemand, der nicht zur Belegschaft gehört, hat mit dieser Kelle und mit den beiden Messern hantiert. Und es war möglicherweise ein Linkshänder oder eine Linkshänderin.«

»Genau. Kein Rechtshänder, der hier in der Produktion arbeitet, hätte das so hinterlassen.«

»Und jemand aus dem Büro? Herr Liebeneiner zum Beispiel?«

»Der Chef hat zwar nicht an diesem Platz gearbeitet, aber als gelernter Metzger kannte er natürlich alle Regeln und Routinen in seinem Betrieb ebenso gut wie ich.«

»Und die Buchhalterin, Frau Moll?«, fragte Aglaia Bommers.

Kutterer blinzelte irritiert.

»Wie kommen Sie denn jetzt auf Svenja?«

»Sie ist seit längerer Zeit krankgeschrieben. Ihr Hausarzt berief sich in einem ersten Gespräch zwar auf seine ärztliche Schweigepflicht, aber er riet uns, Frau Moll direkt darauf anzusprechen. Ihr ging es wohl darum, dass sie nicht mehr in die Firma kommen und dort ihrem Chef begegnen wollte.«

Der Schlachter wich dem Blick der Kommissarin aus. Dass er sich für Liebeneiner schämte, war ihm trotzdem deutlich anzusehen.

»Wissen Sie, worum es da ging?«, fragte Bommers, obwohl sie längst einen Verdacht hatte.

Sie wartete, bis Kutterer den Kopf wieder hob. Er hatte Tränen in den Augen.

»Er hat sie …«

Weiter kam er nicht, und mit einem knappen Nicken ersparte Aglaia Bommers ihm den Rest des Satzes.

»So etwas haben wir uns schon gedacht, und Frau Moll wird uns das nachher sicher auch noch bestätigen.«

»Sie haben noch nicht mit ihr gesprochen?«, fragte Kutterer überrascht. »Aber welche Frau hat Ben denn dann gemeint, der Svenja von der Vergewaltigung erzählt hat?«

Aglaia Bommers ließ sich von ihm erklären, was es mit diesem Ben und dessen Gespräch mit dem Schlachter auf sich hatte.

»Und die Frau, mit der Frau Moll gesprochen hat, kannte er nicht?«

»Nein, ich habe auch nicht nachgefragt. Ich war zu schockiert von dem, was er mir erzählte, und natürlich bin ich davon ausgegangen, dass Svenja von der Polizei befragt wurde.«

Bommers machte eine verdrießliche Miene und warf Fehsen einen kurzen Blick zu. Der grinste nur und zuckte mit den Schultern.

»Davon«, seufzte sie schließlich, »darf man im Moment offenbar nicht so ohne Weiteres ausgehen.«

Peppino ging ein wenig tiefer in Deckung. Für den Moment musste die Suche nach seinem Vater warten. Erst wollte er wissen, was Sadiks Leute hier trieben. Er lauschte, aber er konnte nicht verstehen, was die drei Männer vor dem Club miteinander redeten. Der Wächter schien die beiden anderen am liebsten loswerden zu wollen, doch Azi und sein Kollege ließen sich nicht abwimmeln.

Hatte jemand von diesen Typen seinen Vater in seiner Gewalt? Und was konnten diese Leute von Toto Sensoni wollen? Hatte Al nicht erzählt, dass die, wie er es ausdrückte, »großen Zeiten« auch seines Vaters lange zurücklagen? Dass die Gauner, die heute das Sagen in der Stadt hatten, die Alten in Ruhe ließen, aus welchen Gründen auch immer?

Vor dem Gebäude wurde es nun brenzliger. Der Wächter hatte sich breitbeinig aufgebaut, und er hielt plötzlich ein Messer in der Hand. Azi trat etwas zur Seite, als wolle er seinem gefährlichen Gegenüber nicht zu nahe kommen. Sein Begleiter wich ebenfalls zurück und machte zwei bedächtige Schritte seitwärts. Der Wächter schien nicht zu ahnen, was gleich passieren würde. Peppino dagegen hatte solche Situationen während seiner Ausbildung immer wieder trainieren müssen, und wenn der Wächter jetzt nicht sehr schnell seine Position veränderte, würde es ihm schlecht ergehen.

Doch der verließ sich ganz auf seine Waffe. Azi und sein Begleiter setzten sich fast gleichzeitig in Bewegung, der Wächter hob die Hand mit dem Messer und stieß in Richtung Azi. Allerdings ging sein Stoß nicht nur ins Leere, Azi war ihm so geschickt ausgewichen, dass der andere vom eigenen Schwung mitgerissen wurde und Azi ihn mit einem kurzen Tritt und einem festen Griff auf den Gehweg beförderte, wo er rücklings liegen blieb und sich nicht mehr regen konnte, weil Azi ihm das Knie auf die Kehle drückte.

Dessen Kumpan übernahm kurz darauf den Besiegten, zog ihn unsanft auf die Beine und schubste ihn nach vorn. Azi folgte ihnen, und die drei verschwanden aus Peppinos Blickfeld. Vermutlich gingen die Männer in den Club, und Peppino überlegte fieberhaft, wie er es unbemerkt ins Innere des Gebäudes schaffen konnte, wo möglicherweise sein Vater gefangen gehalten wurde.

Mitten in seine Gedanken hinein knirschte ein Kieselstein, auf den hinter ihm jemand getreten war. Peppino erstarrte. Er wappnete sich für den Schlag auf den Hinterkopf, der ihm jetzt vielleicht drohte. Und gleichzeitig warf er sich herum, leicht seitlich versetzt, um einem solchen Schlag auszuweichen und den Angreifer mit etwas Glück zu fassen zu bekommen.

Doch da war kein Angreifer.

»Was machst du denn hier, mio figlio?«

Toto Sensoni sah seinen Sohn mit großen Augen an.

»Papà? Bin ich froh, dich zu sehen! Wir suchen dich überall. Du warst plötzlich verschwunden, und wir dachten schon, jemand hätte dich entführt.«

»Mich? Entführt? Du machst Witze!«

Toto lachte, es klang etwas unsicher.

»Und was tust du dann hier, papà?«

»Ich? Ja, weißt du denn nicht, dass hier …« Er machte eine Geste, die den ganzen Hinterhof umfasste, sprach dann aber nicht weiter. »Ich dachte, ich hätte hier dringend etwas zu erledigen.«

»Und was?«

»Ich … ich …« Verwirrung stieg in seiner Miene auf, dann Ärger. »Was stellst du mir eigentlich dauernd Fragen? Ich musste dringend hierherkommen und musste … musste …«

Er schloss die Augen und fuhr müde mit der Hand

über die Stirn. Dann sah er seinen Sohn an, halb traurig und halb vorwurfsvoll.

»Jetzt habe ich es vergessen.«

»Komm mit nach Hause, papà.«

Er streckte die Hand aus, aber der Alte wich zurück.

»Woher weißt du eigentlich, dass ich hier bin?«

»Dein Freund Albert hat mir den Tipp gegeben, hier nach dir zu suchen.«

»Das hat Al dir gesagt? Einfach so?«

Peppino nickte.

»Auch den Weg hintenrum, wie du ungesehen hier reinkommst?«

»Ja, auch das, papà.«

»Na so was. Hätte ich nicht von ihm gedacht. Immerhin ist das hier unser …«

Er brach wieder mitten im Satz ab und musterte Peppino, als müsse er sich plötzlich wieder besinnen, wen er vor sich hatte.

»Und du hast mit Al gesprochen?«, fragte er dann.

»Ja, ich habe ihn auf seinem Schiff besucht.«

Ein Leuchten glomm in Totos Augen auf.

»Ah, ja, die *Adeline*. Was für ein schönes Schiff.«

»Ich habe es eher als alten Kahn erlebt.«

»Hm. Und wie geht es Al?«

»Alt ist er geworden, aber sonst scheint es ihm ganz gut zu gehen. War er eigentlich schon immer so dick?«

»Dick?« Toto grinste. »Ich habe ihm so oft gesagt, dass er aufpassen muss, wenn er nicht irgendwann aufgehen will wie gebutterter Blätterteig.«

»Er hat wohl nicht auf dich gehört.«

»Du meinst, er ist dick geworden?«

Peppino nickte.

»Kann nicht sein, mio figlio! Erst vor ein paar Tagen waren wir zusammen unterwegs, und da war er noch recht schlank. Erst vor ein paar Tagen …«

Er verstummte, senkte den Blick und starrte auf den Boden vor seinen Schuhen. Peppino schluckte und versuchte, die Tränen wegzublinzeln, die ihm in die Augen stiegen. Ein, zwei Minuten blieben sie regungslos stehen, dann nahm er seinen Vater behutsam am Arm und führte ihn auf einem schmalen Steinweg an der Hausmauer entlang. Sie erreichten den Gehweg. Vor dem Haus waren weder Azi noch sein Kumpan noch der überwältigte Wächter zu sehen, und sie gelangten unbehelligt zu dem Mofa, das ein paar Häuser weiter an den Laternenpfahl angeschlossen war.

Peppino schaute kurz zwischen seinem Vater und dem Zweirad hin und her, dann zog er sein Handy hervor.

»Mamma, ich habe papà gefunden. Es geht ihm so weit gut. Könnte ihn jemand abholen?«

11

Der Anruf erreichte Camilla auf halber Strecke. Mamma Gina hatte mitbekommen, dass sie unter anderem zum Großmarkt fahren wollte, und da lag die Adresse, die Peppino ihr am Telefon durchgegeben hatte, einigermaßen auf dem Weg zurück zum *Salento.*

Ob sie Toto abholen könne – darin war die gute Nachricht ja schon enthalten, Peppinos Vater war gefunden. Nun stand er ein bisschen verloren neben seinem Sohn in einer tristen Straße, die zwischen etwas schäbigen Mehrfamilienhäusern außer Shishaläden und Barbershops nur einen Nachtclub zu bieten hatte, dessen im Moment ausgeschaltete Leuchtreklame mit riesigen, protzigen Buchstaben für den Abend Schlimmes befürchten ließ.

»Ciao, Signore Sensoni«, begrüßte sie ihn freundlich durchs Fahrerfenster. »Geht es Ihnen gut?«

Toto sah sie aus trüben Augen an und schwieg. Hinter ihm stand Peppino, zuckte mit den Schultern und machte ein zerknirschtes Gesicht. Camilla stieg aus dem Wagen, führte den Alten zur Beifahrerseite, hielt ihm die Tür auf und half ihm, sich auf den Sitz sinken zu lassen. Danach musste sie ihn auch anschnallen, weil er einfach sitzen blieb und durch die Frontscheibe starrte. Vorsichtig drückte sie die Beifahrertür wieder zu, aber ihr Fahrgast achtete nicht darauf.

»Wo war er denn?«

Peppino deutete auf die Reklamebuchstaben.

»Im Hinterhof dieses Clubs. Da war er wohl früher immer wieder mal, und er dachte, er hätte dort heute etwas zu erledigen.«

Er seufzte und warf seinem Vater einen traurigen Blick zu.

»Es wird schlimmer mit seiner Demenz, oder?«

»Ja, papà erinnert sich nicht mehr, was er hier wollte, und wahrscheinlich kann er auch nicht sagen, wie er überhaupt hierhergekommen ist. Ich habe ihn gar nicht erst gefragt. Es quält ihn sichtlich, wenn er sich erinnern will und es nicht schafft.«

»Immerhin haben Sie ihn gefunden, und wir müssen uns keine Sorgen mehr um ihn machen.«

Peppino lächelte bedrückt.

»Also, ich meine, außer um seine Demenz natürlich«, fügte Camilla schnell hinzu.

Er nickte, murmelte ein »Dankeschön« und machte sich daran, die Kette zu lösen, mit der das Mofa gesichert war. Sie wartete, bis er davongeknattert war, dann stieg sie ins Auto, fuhr ihm eine Weile hinterher und überholte ihn vor der nächsten Kreuzung, als ihr der Gestank des unvollständig verbrannten Zweitaktergemischs doch zu arg wurde.

Er hatte sich viel länger als nötig in der Wohnung aufgehalten. So wurde es später Nachmittag, während er sich im Wohnzimmer, Schlafzimmer und Bad in aller Ruhe umsah. Er setzte sich auf einen Stuhl, fläzte im Sessel, legte sich sogar eine Zeit lang aufs Bett. Sein

Gehör war scharf genug, dass er bemerkt hätte, wenn jemand die Treppe heraufgekommen wäre. Aber es kam niemand, und er versuchte, ein Gefühl dafür zu bekommen, wie sie lebte. Was sah sie von ihrem Fenster? Wie verbrachte sie ihre Freizeit, ihren Feierabend? Was für einen Wein trank sie abends, mit welcher Art von Frühstück begann sie den Tag, wie viel Mühe gab sie sich im Bad, bevor sie ihre Wohnung verließ?

Seine Botschaft an sie hinterließ er in der Küche. Nun ging es nur noch darum, das Haus unbemerkt zu verlassen und der Polizei eine anonyme Nachricht zukommen zu lassen.

Er lauschte an der Wohnungstür. Im Treppenhaus war es still, und schon schlüpfte er hinaus und schloss die Tür leise hinter sich. Er nahm noch einmal das Schloss in Augenschein und wischte dann zufrieden mit seinen Einmalhandschuhen über die Klinke. Hier würde niemand Spuren eines Einbruchs finden.

Doch kaum hatte er die ersten Stufen nach unten genommen, hörte er Geräusche von der Haustür her. Dort machte sich jemand am Schloss zu schaffen, und er konnte ein Seufzen nicht unterdrücken.

Damn!, schoss es ihm durch den Kopf. Was war nur in diesem Haus los? Wer hatte denn noch einen Grund, am selben Tag hier einzubrechen wie er?

Er sah sich um. Falls die anderen ähnlich schnell mit dem Haustürschloss fertigwurden wie er vorhin, blieb ihm nicht viel Zeit. In die Wohnung kam er so schnell nicht wieder zurück, und wenn die anderen auch dorthin wollten, wäre es ohnehin das dümmste aller Verstecke gewesen. Auch an der Haustür würde er womöglich nicht mehr vorbeikommen, bevor die anderen sie geöffnet hatten, also fiel auch der Keller als Option weg. Schade, denn von dort hätte doch vielleicht eine Hintertreppe nach draußen geführt.

Die Treppe führte aber auch weiter nach oben, es befanden sich zwei weitere Stockwerke in dem Gebäude. Er huschte die Stufen hinauf und suchte in der obersten Etage nach einem Platz, von dem aus er das untere Ende der Treppe sehen konnte, selbst aber leidlich vor Blicken von unten geschützt war.

Die anderen schienen nicht sehr geübt zu sein im Schlösserknacken, sie waren immer noch damit beschäftigt, und er konnte sich so lange weiter umsehen. In seiner Etage gingen zwei Türen vom Treppenhaus ab. Eine sah wie die anderen Wohnungstüren aus, an denen er vorbeigekommen war, die andere wirkte etwas schäbiger. Vermutlich befand sich dahinter ein Lagerraum oder eine weitere Treppe, die in Stauräume unter dem Dach hinaufführte. Auf diesem Weg kamen wohl Schornsteinfeger und Dachdecker zu ihren Arbeitsplätzen. Er hoffte, dass ihm dieser Fluchtweg erspart blieb. Kraxeln und balancieren in dieser Höhe war nicht unbedingt seine Lieblingsbeschäftigung.

»Endlich«, ächzte der eine von Sadiks Handlangern, als das Schloss nachgab und die Haustür nach innen aufschwang.

»Das nächste Mal mach ich das«, brummte der andere und drängte sich an seinem Kumpan vorbei ins Treppenhaus. Er warf einen kurzen Blick die Treppe hinauf und horchte.

»Wenigstens sind wir allein«, sagte er und nahm dem anderen das Werkzeug weg.

Er erwies sich tatsächlich als geschickter, und kurz darauf standen sie in einem fensterlosen Raum, an dessen Wänden Regale mit Schürzen, Hauben und Kleidungsstücken standen, an Garderobenhaken hingen Kochjacken, es standen einige leere Schirmständer herum, und an einer Wand zu ihrer Linken reihten sich Stahlschränke aneinander, die mit Namensschildern gekennzeichnet waren.

Sie schlossen leise die Tür zum Treppenhaus und begannen mit ihrer Suche gleich hier, und wann immer ihnen etwas auffiel oder sie es nicht sicher als unverdächtig einstufen konnten, machten sie ein Foto, das sie später an den Chef schicken würden. So hatte es Sadik ihnen auftragen lassen, und mehr mussten sie nicht wissen. Auch nicht, warum sie nach Anzeichen dafür suchen sollten, dass ein Linkshänder im Restaurant arbeitete. Dafür abzuschätzen, was auf Geldwäsche hindeuten konnte, reichte ihre Fantasie ohnehin nicht. Und für Fantasie wurden sie auch nicht bezahlt.

Zügig arbeiteten sie sich durch den ersten Raum, nahmen danach die angrenzende Küche unter die Lupe und würden möglichst gründlich auch den Thekenbereich und den Gastraum überprüfen. Danach würde es noch ins Getränkelager gehen, das ihren Informationen zufolge im Keller untergebracht war, und von dort aus würden sie die Hintertür nehmen, die schmale Rampe zum Hinterhof hinauf und sich wieder davonmachen. Camilla Browns Wohnung stand nicht auf ihrer Liste, und wenn Sadik das so entschieden hatte, war es nicht an ihnen, sich dazu ihre eigenen Gedanken zu machen.

Ohnehin gab es hier nicht viel zu denken, sondern vor allem zu stöbern, zu fotografieren und vorsichtig zurückzulegen. Das taten sie meist leise, manchmal aber unterlief ihnen auch mal ein lautes Geräusch. Aber wen sollte das schon stören? Das Restaurant war geschlossen, kein Mitarbeiter war hier, und die Engländerin war im Moment nicht in ihrer Wohnung.

Und so konzentrierten sie sich auf ihren Job, redeten wenig, fotografierten viel, und keiner der beiden bemerkte, wie ein Unbekannter die Treppe herunterschlich, an der Tür horchte, durch die sie vorhin eingedrungen waren, und, als er in unmittelbarer Nähe keine Geräusche hören konnte, sich schließlich sogar ins Restaurant wagte und sich dort mit einem kurzen Blick vergewisserte, dass sie inzwischen in der Küche zugange waren und für nichts anderes Augen oder Ohren hatten als für ihre Aufgabe.

Der andere zog sich lautlos wieder zurück ins Treppenhaus, öffnete und schloss die Haustür leise, und danach waren Sadiks Handlanger tatsächlich so allein, wie sie es schon zuvor geglaubt hatten.

Der Empfang für Toto Sensoni war fast so theatralisch ausgefallen wie in manchen Kinofilmen, in denen italienische, spanische oder griechische Familien eine wichtige Rolle spielten. Gina hatte ihren Mann geherzt, im nächsten Moment mit ihm geschimpft und ihn dann doch wieder schluchzend in den Arm genommen. Donatella hatte erleichtert gewirkt und Peppino herzlicher angestrahlt, als das für eine Mitarbeiterin üblich war. Camilla sah ihn prüfend an. Er schien die hübsche Bedienung zu mögen, aber nicht in sie verliebt zu sein. Es berührte sie seltsam, dass sie das gut fand.

Als am späten Nachmittag auch der alte Ole und Horst Schachner eintrafen, die schon unterwegs in einem Kiosk mit zwei Bier auf die Gesundheit Toto Sensonis angestoßen hatten, wurde es laut am runden Stammtisch im *Salento*. Camilla wollte sich schon auf den Weg in ihre Wohnung machen, als Peppino sie zurückhielt.

»Bleiben Sie doch, bitte«, sagte er und lächelte ihr zu.

Hinter ihm gingen Donatellas Mundwinkel nach unten, und die Bedienung huschte in die Küche. Dort werkelte dann auch Peppino eine Weile, während Gina allen großzügig Wein einschenkte, ihrem Mann sogar einen ordentlichen Grappa, und bald ging eine muntere Unterhaltung hin und her. Es war ein wilder Mix aus Deutsch und Italienisch, und als Donatella und Peppino Schüsseln mit Pasta und Salaten, Fisch, Fleisch und eine große Auflaufform voller mediterranem Gemüse auf den Tisch stellten, kamen noch erfreute »Aahs!« und »Oohs!« dazu.

Camilla griff tüchtig zu, lud sich Gemüse und Salat auf, und weil in einer der Pastaschüsseln Orecchiette in einem Hauch von Tomatensoße mit kleinen Brokkoliröschen, fein gehackten Zwiebeln und gerösteten Mandelplättchen vermengt waren – »in Olivenöl angeschwitzt und ohne Sahne«, wie ihr Peppino versicherte –, ließ sie sich auch Nudeln schmecken, bis sie wirklich nicht mehr konnte. Den Käse ließ sie aus, aber vom frisch ausgebackenen Pfannenbrot nahm sie noch ein Stück. Dann lehnte sie sich pappsatt auf ihrem Stuhl zurück und sah den anderen zu, die sich immer noch mehr auf die Teller packten.

Der Abend ging mit Grappa, Espresso und Wasser zu Ende, und Peppino brachte sie noch zur Tür, während seine Mutter und Donatella schon mit dem Abräumen begannen. Ole, Schachner und Toto Sensoni prosteten sich weiter zu, aber ihre Bewegungen wurden fahriger und ihre Trinksprüche undeutlicher. Auch die drei Männer würden es wohl bald gut sein lassen.

»Danke für die schöne Zeit«, sagte sie in der Tür.

»Danke für Ihre Hilfe«, erwiderte Peppino. »Ich habe mir wirklich Sorgen um meinen papà gemacht. Ich dachte schon …«

»… dass jemand ihn entführt hat? Jemand, der irgendwie mit dieser Giftmischerei zu tun hat?«

Peppino presste die Lippen zusammen und nickte.

»Haben Ihre Kollegen denn schon etwas Neues herausbekommen?«

»Nicht, dass ich wüsste. Aber ich rufe Fehsen gleich morgen früh wieder an. Irgendwann müssen die doch mal vorankommen.«

»In einem Krimi würde es jetzt zur entscheidenden Wende kommen, nicht wahr?«

Er lachte.

»Vermutlich, aber im richtigen Leben …«

Peppino zuckte mit den Schultern und lächelte sie an. Sie lächelte zurück, und nachdem sie sich ein, zwei Minuten so gegenübergestanden hatten, schweigend, lächelnd, musste sich Camilla geradezu losreißen, um endlich nach Hause zu gehen.

Der Mann hatte sich einen Platz gesucht, von dem aus er ihre Wohnung einigermaßen einsehen konnte. Nun kauerte er auf einem Balkon im zweiten Stock eines Mehrfamilienhauses auf der anderen Straßenseite, der zum *Camilla's* hinausging. Die zugehörige Wohnung war allem Anschein nach im Moment menschenleer.

Er war kein großer Kletterer, aber über eine sehr robuste, durch dichtes Gebüsch vor Blicken von der Straße geschützte Katzentreppe hatte er es bis zum unteren Ende der Feuerleiter geschafft, und von dort war auch für ihn der Weg zum Balkon ein Leichtes gewesen. Mit dem Fernglas hatte er immer wieder die Straße abgesucht und zwischendurch den Blick auf die Fenster von Camilla Browns Wohnung gerichtet, für den Fall, dass er sie auf dem Heimweg von der Trattoria verpasst hätte.

Warten musste er länger, als er gedacht hatte. Und wie er sie da am späten Abend unten so beschwingt über die Straße gehen sah, grinste er breit. Je fröhlicher sie ihre Wohnung betreten würde, umso größer wäre die Wirkung seiner kleinen Hinterlassenschaft.

Er überschlug ungefähr die Zeit, die die Polizei für ihren Weg hierher brauchen würde, zückte das Prepaidhandy, das er in der U-Bahn unbemerkt einem Jugendlichen aus der Gesäßtasche gezogen hatte, und tippte die Nummer des Polizeinotrufs. Das Papiertaschentuch auf dem Handy-Mikrofon und die verstellte, flüsternde Stimme müssten reichen, um später nicht identifiziert werden zu können.

Camilla war überrascht, wie schön sie diesen Abend gefunden hatte. Natürlich, sie hatten Toto Sensoni wohlbehalten nach Hause gebracht, und sie hatten ausgiebig gefeiert, dass ihm nichts geschehen war. Alle Befürchtungen, alle Sorgen um ihn hatten sich als unbegründet herausgestellt. Das war ein guter Grund für eine fröhliche Runde. Aber noch immer suchten sie vergeblich nach einem Hinweis, nach einer Information, einem Indiz, nach irgendetwas, das sie auf die Spur des Giftmischers bringen konnte. Und nach allem, was Peppino gerade gesagt hatte, erging es der Kripo nicht anders.

Sie musste den Hausschlüssel zweimal ansetzen, bis sie aufschließen konnte. Der Primitivo zeigte Wirkung. Gemächlich ging es die Treppe hinauf, die Wohnungstür machte ihr weniger Schwierigkeiten. Im Flur streifte sie die Schuhe ab, ging ins Badezimmer und spritzte sich etwas Wasser ins Gesicht. Sie trocknete ihre Haut und betrachtete sich im Spiegel.

Sie war Anfang dreißig und hübsch auf eine spezielle Art, an die sie sich inzwischen gewöhnt hatte. Sie war schlank, aber nicht dürr, trug eine flotte, vor allem aber praktische Kurzhaarfrisur, und sie war recht geschickt darin, mit wenig Kosmetik ihre Haut leuchten zu lassen und Lippen und Augen reizvoll in Szene zu setzen.

Lächelnd fuhr sie sich mit der Zunge über die Lippen, und wenn Peppino Sensoni in diesem Augenblick bei ihr gewesen wäre, hätte sie für nichts garantieren können. Der Gedanke an ihn wärmte sie, und zugleich sorgte er für ein Rumoren in ihrem Magen. *Flugzeuge im Bauch*, hatte das mal ein Sänger genannt, und für Camilla, die schon lange keine solchen Gefühle mehr gehabt hatte, war das schön und beunruhigend zugleich. Was, wenn Peppino sie als Nachbarin leiden konnte, aber auf keinen Fall mehr von ihr wollte? Notfalls konnte sie ja mit Donatella eine Selbsthilfegruppe gründen, und wenn sie das Verhalten von Kommissarin Bommers richtig deutete, wäre auch Peppinos Kollegin eine Anwärterin für diesen Club.

Grinsend verließ sie das Bad und ging ins Wohnzimmer. Trotz des Primitivo und des üppigen Abendessens war ihr noch nach einem letzten Glas Wein, zu dem ein paar Nüsschen gut passen würden. Sie stellte sich ans Fenster, schaute noch ein wenig auf das *Salento* hinunter, dann wandte sie sich seufzend um und ging in die Küche.

Die Deckenlampe war noch nicht ganz aufgeflammt, als ihr der Schreck schon in die Glieder fuhr. Sie wich zwei Schritte zurück und starrte auf den Küchentisch und auf etwas, das dort auf keinen Fall liegen sollte.

Peppino Sensoni verabschiedete sich von den anderen, nachdem ihm Donatella versichert hatte, dass sie und seine Mutter die drei Zecher auch ohne ihn aus der Trattoria schaffen konnten. Nun saß er im Dunkeln in seinem Wohnzimmer, unschlüssig, ob er sich schlafen legen, noch ein Glas Wasser trinken oder einen Film anschauen sollte.

Er wusste nicht, wie lange er schon so dagesessen hatte, aber die Entscheidung wurde ihm abgenommen, als sein Handy klingelte. Camilla war dran, und obwohl er nicht schlau daraus wurde, was sie ihm zu sagen versuchte, war ihm sofort klar, dass sie seine Hilfe brauchte.

»Ich bin schon unterwegs«, sagte er noch, drückte das Gespräch weg, schlüpfte in seine Schuhe und stand in

Rekordzeit vor ihrer Haustür. Der Öffner summte unmittelbar nach seinem ersten Klingeln, und oben erwartete sie ihn vor ihrer Wohnung. Sie war bleich, ihre Augen zuckten nervös, und sie fuhr sich immer wieder mit der Hand durch die kurzen Haare.

»Was ist denn?«, fragte er.

Camilla wandte sich wortlos um und ging den Flur entlang. Er folgte ihr, vor der Küchentür ließ sie ihn vorbei, stellte sich dann neben ihn und deutete auf den Esstisch. Dort stand ein Teller, auf dem eine Scheibe Brot lag, bestrichen mit einer groben Wurstmasse. Das Messer, mit dem der Aufstrich auf dem Brot verteilt worden war, lag links neben dem Teller.

Peppino sah sie ratlos an, daran kam ihm nichts verdächtig oder gar erschreckend vor. Doch als sie seinen Blick erwiderte und dabei wirkte, als müsse ihm doch klar sein, was er hier vor sich hatte, fiel der Groschen. Er trat an den Tisch und beugte sich über die Stulle.

»Nichts davon essen!«, entfuhr es ihr, und sie packte ihn am Arm.

»Keine Sorge«, beruhigte er sie und schnupperte.

Es roch nach Salsicce, wenn auch einige würzige Noten fehlten, die Würste nach dem Familienrezept der Sensonis aufwiesen. Die Masse sah recht appetitlich aus, nur dass sie leicht angetrocknet aussah, verriet, dass die Stulle schon vor einiger Zeit geschmiert worden war. Davon abgesehen wirkte alles noch ziemlich frisch.

Peppino rührte nichts an, und als er sich zu Camilla umdrehte, konnte er an ihrem aschfahlen Gesicht ablesen, dass er sich die nächste Frage eigentlich sparen konnte. Er stellte sie trotzdem.

»Dieses Brot haben nicht Sie sich geschmiert, richtig?«

»Nein, und ich habe auch keine veganen Salsicce in meiner Wohnung. Die komplette Lieferung ging ans Restaurant, und dort haben Ihre Kollegen alles eingepackt und mitgenommen.«

»Haben Sie eine Ahnung, wer das gemacht haben könnte?«

»Nein. Ich habe gerade noch einmal das Schloss meiner Wohnungstür gecheckt, da sind keine Einbruchsspuren zu sehen.«

»Das muss nichts bedeuten. Hatten Sie denn abgeschlossen?«

»Nein, die Tür war nur zugezogen, ohne Schlüssel kommt dann ja keiner rein.«

Er lächelte mitleidig und betrachtete erneut das Stillleben auf dem Esstisch.

»Sie sind Linkshänderin«, sagte er. »Das Messer liegt links. So würden Sie es ablegen, oder?«

Camilla nickte.

»Wer weiß, dass Sie Linkshänderin sind?«

»Das kann jeder wissen, der mich kennt oder schon einmal zum Beispiel in der Küche beobachtet hat.«

»Also jeder in Ihrem Küchenteam oder im Service Ihres Restaurants.«

»Oder Sie, vielleicht auch einige Gäste oder Ihre Kollegen von der Kripo. Ich nehme an, dass man als Polizist auf solche Dinge schon aus Gewohnheit achtet.«

»Ich habe diese Stulle nicht geschmiert«, versetzte er lächelnd, »und meine Kollegen können Sie auch von Ihrer Liste streichen. Aber es kommen trotzdem eine ganze Menge Leute infrage. Oder natürlich auch jemand, der selbst Linkshänder ist und sich nicht viel dabei gedacht hat, als er das Messer da abgelegt hat.«

»Ist ein solcher Zufall nicht eher unwahrscheinlich? Ich meine, da macht sich jemand die Mühe, mir ein Brot mit veganer Wurstmasse zu schmieren, als Drohung oder als Hinweis auf was auch immer, und dann lässt er oder sie das Messer liegen, ohne dass die Position etwas zu bedeuten hat?«

»Stimmt. Also kann es zwar trotzdem ein Linkshänder sein, aber eben einer, der weiß, dass auch Ihre linke Hand dominant ist.«

Nun wirkte Camilla nachdenklich. Peppino bemerkte es und wartete einen Moment, bevor er fortfuhr.

»Es gibt verschiedene Theorien dazu, warum jemand mit der linken Hand geschickter ist«, holte er kurz aus. »Es gibt kulturelle Begründungen, Erklärungen, die mit bestimmten Bedingungen während der Entwicklung des Embryos zu tun haben – aber viele gehen auch davon aus, dass diese Eigenschaft ganz oder teilweise genetisch bedingt ist.«

Ihre Lippen waren jetzt ein schmaler Strich.

»Sie haben mir schon zu verstehen gegeben, dass Sie nicht über Ihre Familie sprechen möchten. Aber wenn ich diese Inszenierung sehe und daran denke, dass Sie mit Ihrer Familie gebrochen haben … Es muss nicht die richtige Spur sein, Frau Brown, aber wir haben im Moment praktisch nichts in der Hand. Wir haben keine Hinweise auf irgendjemanden, noch nicht einmal auf den Bereich, aus dem jemand als Giftmischer infrage käme. Da sollten wir nichts von vornherein ausschließen.«

Sie rang mit sich, wich seinem Blick aus, und als sie endlich Anstalten machte, etwas zu sagen, klingelte es an der Tür. Peppino begleitete sie zur Sprechanlage.

»Ja bitte?«, sagte sie, ihre Stimme klang zittrig und dünn.

»Fehsen«, kam es aus dem Lautsprecher. »Meine Kollegen und ich würden gern kurz mit Ihnen sprechen.«

»Jetzt? Wissen Sie, wie spät es ist?«

»Wissen wir, aber es ist dringend. Lassen Sie uns bitte kurz rein.«

Camilla schaute Peppino fragend an, der nickte nur und blieb hinter ihr stehen.

Die Polizei war schneller vor Ort gewesen, als er gedacht hatte. Vor allem hatte er damit gerechnet, dass ein Streifenwagen kommen würde. Doch die beiden Männer und die Frau, die in einem Kombi eintrafen und sich vor Camilla Browns Haustür aufbauten, waren von der Kriminalpolizei. Er hatte sie schon mehrmals aus der Ferne gesehen, ihre Gesichter waren ihm inzwischen so vertraut, dass er sie auch nachts noch erkannte.

Er wartete, bis die drei im Haus verschwanden, dann hangelte er sich vom Balkon zur Feuerleiter, kletterte von deren unterem Ende über die Katzentreppe vollends hinunter und beeilte sich, den nächsten Schatten zu erreichen, damit er nicht von Camillas Wohnung aus gesehen werden konnte.

Das gelang ihm recht schnell, und als er zur Rückseite des Mehrfamilienhauses huschte und sich anschließend durch die dahinterliegenden Hinterhöfe und Gärten arbeitete, löste sich die Anspannung in ihm. Nun sollte er alles erledigt haben. Der Rest seines Plans würde sich auch erfüllen, ohne dass er dafür noch etwas tun musste.

Einmal noch wurde er in sein elendes Versteck schleichen, würde wenige Stunden schlafen und sich dann endlich auf die Heimreise machen.

»Guten Abend, Frau Brown, bitte entschuldigen Sie ...«

Hanns Fehsen wollte die Situation entspannen und plauderte deshalb schon drauflos, noch bevor er die Wohnung erreicht hatte. Als er aber seinen Kollegen im Flur stehen sah, unterbrach er sich mitten im Satz.

»Hallo, Peppino. Du hier? Um diese Zeit?«

»Lass das, Hanns!«, wies Aglaia Bommers ihn sofort zurecht.

Sie kam hinter Fehsen in den Flur, musste sein anzügliches Grinsen aber gar nicht sehen, um zu erkennen, was er mit seiner Bemerkung auch noch hatte ausdrücken wollen. Sie drängte sich an ihm vorbei, ihre Miene verriet, dass sie es ebenfalls seltsam fand, Peppino hier anzutreffen, aber sie verkniff sich jeden Kommentar.

»Wir würden gern mal in Ihre Küche, Frau Brown«, sagte sie stattdessen.

Camilla sah Peppino an, und der wusste nicht recht, was er ihr raten sollte.

»Habt ihr einen Durchsuchungsbeschluss?«, fragte er, um etwas Zeit zu gewinnen.

»Brauchen wir denn einen?«

Aglaia sah erst Peppino an, dann Camilla.

»Nein, brauchen Sie nicht. Ich habe nichts zu verbergen, und was Sie in der Küche auf dem Tisch vorfinden werden, ist der Grund, warum Ihr Kollege hier ist. Ich habe ihn hergebeten, und wir haben gerade gemeinsam überlegt, wer diese Inszenierung wohl zu verantworten hat.«

Aglaia Bommers und Hanns Fehsen gingen in die Küche, und Jochen Maigert stellte sich so auf, dass er sich zwischen Camilla und der Wohnungstür befand, aber zugleich auch den Esstisch sehen konnte. Peppino erkannte, dass er der Frau damit den Fluchtweg abschneiden wollte, und schüttelte missbilligend den Kopf. Maigert störte sich nicht daran, sondern ging zur Wohnungstür zurück und untersuchte das Schloss auf Einbruchsspuren.

»Das auf dem Brot«, setzte Fehsen an, nachdem er die Stulle, den Teller und das Messer in Ruhe betrachtet hatte, »ist das die Wurstmasse, aus denen Ihre veganen Würstchen hergestellt worden sind?«

»Das weiß ich nicht, aber sie sieht dem Inhalt der Salsicce sehr ähnlich.«

Fehsen deutete auf das Messer.

»Sie sind Linkshänderin, nicht wahr?«

Sie lächelte traurig und warf Peppino einen kurzen Blick zu.

»Ist mir aufgefallen, als wir in der Trattoria beisammensaßen«, erklärte Fehsen und imitierte ihre Bewegung, wie sie sich mit links Kaffee aus der Kanne eingeschenkt hatte. »Und hier sieht es so aus, als habe sich ein Linkshänder ein Brot geschmiert.«

Er schaute sie an und fügte hinzu: »Oder eine Linkshänderin.«

»Ich war das nicht, das habe ich Herrn Sensoni schon

gesagt. Wir saßen vorhin im *Salento* beisammen, und als ich hier reinkam, lag das schon so da. Ich habe es nicht angerührt. Und weil ich so erschrocken bin, dass offensichtlich jemand in meine Wohnung eingedrungen ist, um mir dieses …« Sie deutete auf das Brot. »… dieses Zeichen zu hinterlassen, habe ich ihn angerufen und gebeten, dass er kurz rüberkommt.«

Bommers hatte sich inzwischen Einmalhandschuhe übergestreift, war an den Kühlschrank getreten und hielt den Griff in der Hand.

»Darf ich?«

Camilla zuckte mit den Schultern.

Sie öffnete den Kühlschrank, beugte sich vor und inspizierte den Inhalt. Dann griff sie nach innen und holte eine kleine Plastikdose heraus. Sie zog den Deckel ab, schaute hinein und hielt die Dose dann ihrem Kollegen hin.

»Na so was!«, rief Fehsen aus, »da ist ja noch mehr von dem Zeug.«

Camilla riss überrascht die Augen auf und schaute ebenfalls in die Plastikdose.

»Lassen Sie mich raten«, merkte Fehsen ungerührt an, »davon haben Sie nichts gewusst, stimmt's?«

»Nein, natürlich nicht, ich …«

Sie warf Peppino einen Hilfe suchenden Blick zu, aber der sah sie nur irritiert an.

»Aber dieses Plastikdings ist schon Ihres, oder?«, hakte Fehsen nach.

»Keine Ahnung. Ich hab so eins, das schon, aber ob genau das meins ist, da müsste ich nachschauen.«

»Bitte schön.«

Er ließ sie vorbei, sie sah in einem Küchenschrank nach und nickte nach kurzer Suche.

»Das scheint meins zu sein.«

Maigert trat zu ihnen, Fehsen sah ihn an, und Maigert schüttelte den Kopf. Aglaia Bommers hatte den Tisch fotografiert, dann Plastiktüten hervorgenestelt und verpackte darin die wieder verschlossene Plastikdose, den Teller, das Wurstbrot und das Messer.

»Sie verstehen unser Problem, Frau Brown?«, setzte Fehsen umständlich an. »Hier hat jemand offenbar mit der linken Hand vegane Wurstmasse auf eine Brotscheibe geschmiert. Mein Kollege hat gerade das Schloss Ihrer Wohnungstür überprüft, da sieht nichts nach einem Einbruch aus. Aber Sie selbst sind Linkshänderin, und in Ihrem Kühlschrank haben wir mehr von dieser Wurstmasse gefunden. Ist es denn dieselbe, die in der Manufaktur vergiftet wurde?«

Camillas Unterkiefer klappte nach unten.

»Ist das Zeug hier ebenfalls vergiftet?«, schob Fehsen nach.

»Are you off your head? Sind Sie irre? Glauben Sie ernsthaft, dass ich mein eigenes Restaurant ruiniere, indem ich einen Gast mit einer veganen Wurst vergifte?«

Sie schaute alle Anwesenden wütend und ungläubig zugleich an, Peppino wich ihrem Blick aus. Camilla schüttelte den Kopf, dann schnaubte sie und streckte Aglaia Bommers beide Arme hin.

»Dann machen Sie mal«, knurrte sie. »Und weil ich psychisch stabiler bin als Ralph Liebeneiner, müssen Sie nicht mal befürchten, dass ich mich in der U-Haft umbringe.«

»Lassen Sie den Scheiß!«, fuhr Bommers sie an und wandte sich zum Gehen.

»Ich hätte tatsächlich gute Lust, Sie mitzunehmen«, meldete sich Maigert zu Wort. »Niemand kann bezeugen, dass diese Wurststulle schon auf dem Teller lag, als Sie nach Hause kamen.«

»Und was sollte mein Motiv sein?«, fragte sie und funkelte ihn zornig an.

»Das müssen wir halt noch herausfinden.«

»Jetzt lasst das mal, Kollegen«, mischte sich Peppino ein. »Ich weiß auch nicht recht, was ich von der Sache halten soll, aber Frau Brown hat natürlich recht: Warum sollte sie ihren Gast vergiften? Sie hofft für das Restaurant auf einen Stern, den kann sie sich nach diesem Zwischenfall erst mal abschminken. Also ist sie ja wohl die Letzte, die von der Giftmischerei irgendeinen Vorteil hätte.«

»Das mag sein«, beharrte Maigert. »Aber was, wenn sie es trotzdem getan hat? Bisher haben wir keine andere Spur, und immerhin besteht in ihrem Fall auch Fluchtgefahr.«

»Was?«

»Sie ist britische Staatsbürgerin.«

Fehsen trat zwischen Peppino und Maigert, die sich aufgewühlt gegenüberstanden. Er schob Maigert etwas zur Seite und zupfte Peppino am Ärmel.

»Kommst du kurz mit mir nach draußen? Ich würde gern etwas mit dir besprechen, bevor wir hier weitermachen.«

Maigert verschränkte die Arme vor der Brust, Camilla ließ sich müde auf einen Küchenstuhl sinken und starrte zum Fenster hinaus. Fehsen führte Peppino durch den Flur ins Treppenhaus, wo sie neben Aglaia Bommers stehen blieben.

»Wir haben diese Kameras auf Liebeneiners Firmengelände gecheckt«, begann Fehsen und behielt die Wohnung im Auge, damit er sehen konnte, falls Camilla womöglich näher kam und mithören wollte. »Es sieht wirklich so aus, als habe sich jemand an diesen Kameras zu schaffen gemacht. Unsere Techniker haben Hinweise dafür gefunden, also könnte jemand die Überwachungskameras mit dem Ziel außer Betrieb gesetzt haben, später ungesehen in die Produktionshalle der Manufaktur zu gelangen.«

»Gut, danke«, sagte Peppino.

»Wie man's nimmt«, versetzte Fehsen. »Keine Ahnung, wie unsere Techniker das festgestellt haben, aber sie sind überzeugt, dass die Kameras von einem Linkshänder manipuliert wurden.« Er nickte an Peppino vorbei in Richtung Wohnungsflur. »Oder eben von einer Linkshänderin.«

Sadik musterte die Bilder, die ihm seine Leute aus dem *Camilla's* geschickt hatten. Mit den meisten Fotos konnte er nichts anfangen, denn der Verdacht der Geldwäsche im veganen Restaurant der Engländerin war ja nur ein Vorwand gewesen, und so wischte er sich zügig durch zahllose Aufnahmen, die Gewürze, Gemüse und allerlei Ingredienzien zeigten. Seine beiden Handlanger kannten offenbar nicht einmal den Unterschied zwischen Safran und Kurkuma, auch nicht den zwischen Trüffel und anderen Pilzen.

Aber das mit dem Linkshänder hatten sie verstanden. Er hatte ihnen ausrichten lassen, dass sie alle Sparschäler, Küchenscheren und Dosenöffner fotografieren sollten, die sie in der Küche vorfanden, und dass die Bilder am besten direkt dort gemacht wurden, wo sich die betreffenden Gegenstände befanden. Sie sollten außerdem auf Töpfe und Schüsseln achten, die eine Ausgießtülle hatten, und überhaupt auf alle Gerätschaften, die nicht symmetrisch geformt und mal auf die eine und mal auf die andere Art ausgeführt waren.

Auch hier hatten die beiden meistens unnützes Zeug fotografiert, aber manches war doch hilfreich. So waren fast alle Töpfe, die einen Ausguss aufwiesen, auf beiden Seiten mit einer Tülle ausgestattet, also sowohl für Rechts- als auch für Linkshänder geeignet. Das überraschte Sadik nicht: Er hatte erfahren, dass Camilla Brown Linkshänderin war, und natürlich würde sie ihre eigene Händigkeit in ihrer Küche auch dann berücksichtigen, wenn außer ihr dort nur Rechtshänder arbeiteten.

Es gab aber auch an einem Arbeitsplatz einseitig geschliffene Messer, die auf Linkshänder ausgerichtet waren. Dort fanden sich auch Sparschäler und sogar ein Dosenöffner für Linkshänder, wobei sich Sadik schon fragte, welche Zutaten in einer Sterneküche aus Dosen stammen durften. Was seine beiden Helfer noch fanden, hätte er nicht vermutet, beseitigte aber letzte Zweifel. Es gab an nebeneinanderliegenden Küchenstationen zwei verschieden ausgeführte Metallgegenstände, die am einen Ende schräg abgeschliffen und am anderen zu einer schmalen Rolle ausgeformt waren. Sadik suchte im Internet nach ähnlichen Werkzeugen, das Metallstück stellte sich als Spätzleschaber aus Edelmetall heraus, einmal für einen Links- und einmal für einen Rechtshänder geformt.

Und da Camilla Brown in ihrem eigenen Restaurant ja wohl kaum Spätzle selbst schaben würde, konnte Sadik den Linkshänder oder die Linkshänderin unter ihren Angestellten einkreisen: Er oder sie war für die Beilagen zuständig. Er rief eine Internetseite auf, in der das Organisationsmodell einer Küchenbrigade beschrieben wurde. Danach wusste er: Linkshändig waren der Entremetier oder sein Gehilfe, die sich für das *Camilla's* vor allem um Beilagen und Zwischengerichte kümmerten.

Jetzt war es an der Zeit, einen Gefallen einzufordern, den ihm jemand schuldete, der mit Menschen wie ihm am liebsten nichts zu tun hatte. Sadik musste grinsen. Er hatte schon vor Augen, wie dieser Schnösel gleich am Telefon herumeiern, wie er sich winden würde, und wie ihm am Ende doch nichts anderes übrig blieb, als ihm die gewünschte Information zu beschaffen.

Peppino war für einen Moment sprachlos. Er konnte sich zwar nicht vorstellen, warum Camilla Brown auf Liebeneiners Firmengelände die Überwachungskameras außer Gefecht setzen, später in die Produktionshalle eindringen und dort die Masse vergiften sollte, die als Würste portioniert an ihr eigenes veganes Restaurant geliefert wurden. Aber zusammen mit der Entdeckung, die Kutterer in der Manufaktur gemacht und von der ihm Fehsen soeben auch erzählt hatte, ergab das für seine Kollegen ein durchaus stimmiges Bild. Das musste er zugeben.

»Ich glaube allerdings, dass da jemand anderes dahintersteckt«, sagte er zu Hanns Fehsen und Aglaia Bommers, während sie noch zu dritt draußen im Treppenhaus standen. Maigert konnten sie von hinten sehen, er stand in der Küchentür und schaute konzentriert in den Raum. Vermutlich ließ er die dort sitzende Camilla nicht aus den Augen.

»Ich möchte euch bitten, sie nicht mitzunehmen.«

Und als Bommers etwas sagen wollte, hob er die Hand.

»Und damit will ich auf nichts anspielen, glaub mir, Aglaia. Bevor ihr kamt, waren wir gerade auf ein Thema zu sprechen gekommen, von dem ich mir nützliche Hinweise erwarte. Ich hatte den Eindruck, sie wollte mir endlich mehr darüber erzählen. Und deshalb würde ich gern noch einmal in Ruhe mit ihr über dieses Thema reden.«

»Jetzt oder … zum Frühstück?«

Fehsen grinste nur ganz kurz, nach dem Ellbogentreffer von Bommers verzog er das Gesicht zu einer Grimasse.

»Blödmann«, nannte Peppino ihn im Spaß. »Haben wir einen Deal?«

»Wir nehmen sie nicht mit, damit du mit ihr sprechen kannst?«

Er nickte.

»Und du sorgst dafür, dass sie nicht abhaut?«

»Dafür muss ich nicht sorgen. Sie haut nicht ab, keine Sorge.«

»Wenn du das sagst.«

»Red mit ihr«, sagte Aglaia Bommers, »und dann erzählst du uns, was du erfahren hast.«

»Alles davon, was euch irgendwie in diesem Fall weiterhilft«, antwortete er.

Aglaia grinste, sie stieß einen kurzen Pfiff aus, und als Maigert sich daraufhin zu ihr umwandte, gab sie ihm mit einer Geste zu verstehen, dass sie jetzt gehen wollten. Er zögerte, aber dann setzte er sich in Gang und kam aus der Wohnung. Wortlos ging er an den anderen vorbei und stapfte die Treppe hinunter. Aglaia verabschiedete sich und folgte ihm.

»Warum seid ihr heute Abend eigentlich hierhergekommen?«, fragte Peppino.

Fehsen warf noch einen prüfenden Blick in die Wohnung, der Flur war leer.

»Wir haben einen anonymen Hinweis bekommen, ein Mann hat angerufen. Der Kollege in der Telefonzentrale war auf Zack, er hat keine Streife losgeschickt, sondern direkt mich angerufen. Wir drei saßen noch im Büro beisammen und haben Ermittlungsansätze diskutiert.«

»Und was genau hat der anonyme Anrufer gesagt?«

»Dass wir in Frau Browns Küche etwas Interessantes finden würden, wenn wir uns beeilen.«

»Lässt sich etwas über den Anrufer sagen?«

»Verstellte Stimme, durch ein Taschentuch geflüstert. Ich habe mir den Mitschnitt auf der Herfahrt ein paarmal angehört, damit können wir einstweilen nicht viel anfangen. War natürlich auch viel zu kurz, um den Anrufer zu orten.«

»Fiel dir irgendetwas an der Aussprache aus? Ein Akzent vielleicht?«

Fehsen dachte nach.

»Nichts Krasses jedenfalls. Aber ich hör's mir daraufhin gern noch mal an.«

»Der Anrufer könnte Linkshänder gewesen sein«, sagte Peppino.

Fehsen grinste.

»Es wäre Frau Brown zu wünschen.«

Damit nickte er Peppino zum Abschied zu und ging hinunter.

»Börr«, blaffte es aus dem Telefon.

Die Stimme des Mannes klang gereizt, auch ein wenig verschlafen, und Sadik konnte sich gut vorstellen, wie sich der Gourmetkritiker Konrad Börr zusammenreißen musste, um seine schwere Zunge zu überspielen. Der gute Mann hörte abends gern klassische Musik oder schaute Liebesfilme, dazu trank er teuren Rotwein, den er von Gastwirten zu Sonderpreisen bezog, und er beließ es selten bei einer Flasche. Da wurde er gegen Ende nicht mehr gern gestört. Sadik hatte einen seiner Telefonisten zu sich ins Büro zitiert und ihm auf einem Zettel skizziert, was er den anderen fragen sollte.

»Hallo, Herr Börr.«

»Wer spricht da?«, kam es noch etwas unleidiger zurück.

»Sadik möchte Ihnen eine Frage stellen.«

Es entstand eine kurze Pause, danach klang Börrs Stimme deutlich freundlicher. Sadik hatte das Telefon auf laut gestellt und gönnte sich nun ein Grinsen.

»Herr Sadik? Oh … äh … ja, natürlich … äh … wie … wie kann ich helfen?«

Der Telefonmann stellte die Fragen, die ihm sein Chef

aufgetragen hatte, und was Börr nicht auf Anhieb beantworten konnte, versprach er bis zum nächsten Tag herauszufinden.

»Und lassen Sie Sadik nicht unnötig lange warten.«

»Keine Sorge, keine Sorge, ich …«

Der Telefonmann legte auf, bevor Konrad Börr seinen Satz beenden konnte.

»Sind Sie weg?«

Camilla saß am Küchentisch wie ein Häuflein Elend und sah Peppino fragend entgegen, als er zu ihr kam.

»Ja.«

»Und warum sind sie überhaupt gekommen, vor allem um diese Uhrzeit?«

»Es gab wohl einen anonymen Hinweis.«

Camilla sah ihn überrascht an, aber Peppino sagte nichts weiter dazu und setzte sich ihr gegenüber.

»Was für einen anonymen Hinweis?«, fragte sie nach einer Weile.

»Ein Mann, verstellte Stimme und zu kurz am Telefon, als dass man ihn hätte orten können, sagte, dass die Kripo hier etwas Interessantes finden würde.«

»Derselbe, der dieses Zeug hier hereingeschafft und auf das Brot geschmiert hat, oder?«

»Wahrscheinlich.«

»Der will mir also wirklich schaden. Vergiftet meinen Gast und versucht, mich als Schuldige hinzustellen.«

Sie schüttelte fassungslos den Kopf, stand auf und ging zu einem Regal, in dem mehrere Weinflaschen in Tonröhren gelagert waren. Eine Flasche zog sie heraus, entschied sich aber um, schob sie zurück und nahm eine andere, entkorkte sie, stellte die Flasche zusammen mit zwei Weingläsern auf den Esstisch und setzte sich wieder.

»Und jetzt?«, fragte sie, während sie einschenkte.

»Wir sollten noch einmal überlegen, wer einen Grund hätte, Ihnen so sehr schaden zu wollen.«

Camilla zuckte mit den Schultern.

»Konkurrenten und Lieferanten haben Sie schon ausgeschlossen, als ich Sie das letzte Mal danach gefragt habe«, erinnerte Peppino sie.

»Dabei bleibe ich.«

»Haben Sie in Ihrem Team jemanden, der Ihnen Böses will?«

»Kann ich mir nicht vorstellen. Ich glaube, dass ich alle gut behandle, vermutlich besser, als viele meiner Kollegen das tun. Es gibt zwar schon auch mal Spannungen zwischen den Mitarbeitern, aber die meisten sind stolz darauf, Teil meiner Mannschaft zu sein.«

Peppino sah sie lange an.

»Sie wissen schon, was jetzt noch kommt«, sagte er.

Sie verzog das Gesicht.

»Ich habe nicht wirklich ein Privatleben«, begann sie, »weil mir der Beruf keine Zeit dafür lässt. So lange mit jemandem zusammensitzen wie vorhin mit Ihrer Familie und den anderen, das hatte ich ewig nicht mehr. Ich habe keinen Freund, kein Hobby, also keines außer dem Kochen, und wenn ich abends aus der Küche in meine Wohnung komme, trinke ich noch ein Glas, oft nicht einmal mehr das, und falle todmüde ins Bett.«

Das klingt traurig, dachte Peppino, nickte aber nur schweigend.

»Und die Familie? Scusi, dass ich noch einmal darauf zu sprechen komme.«

Camilla versteifte sich ein wenig, und er lächelte, um die Stimmung aufzulockern, und fügte hinzu: »Und scusi, dass ich mich schon wieder entschuldigt habe.«

Sie lächelte nicht, sondern starrte erst ihn an, dann das Weinglas, dann ging ihr Blick zum Fenster hinaus. Draußen war es tiefe Nacht, und was immer sie jetzt dort draußen sehen mochte, es war nicht die Dunkelheit allein.

»Bitte erzählen Sie es mir«, sagte er, als ihm die Pause zu lang wurde.

Sie nahm einen tüchtigen Schluck Wein, stellte das Glas ab und schaute darauf, als gebe es nichts Spannenderes als diese tiefrote Flüssigkeit, die gemächlich hin und her schwappte.

»Bitte«, drängte er sie.

Noch immer keine Reaktion.

»Wer ist in Ihrer Familie Linkshänder?«

Camilla hob den Blick und sah ihn lange an. Sie nahm noch einen Schluck, und dann endlich begann sie zu erzählen.

»Mein Vater ist Linkshänder, meine Mutter war Rechtshänderin.«

»War?«, fragte Peppino, bevor er es sich verkneifen konnte. Er wollte eigentlich nicht an ein Thema rühren, das sie womöglich gleich wieder zum Schweigen bringen würde. Aber sie sprach weiter, wenn auch ihr Gesichtsausdruck etwas trauriger wurde.

»Ich habe nicht viele Erinnerungen an sie. Sie hatte Depressionen, und als ich vier Jahre alt war, hat sie sich das Leben genommen. Das meiste über sie weiß ich, weil mein Vater es mir erzählt hat, und einige Fotos von ihr hüte ich noch heute wie einen Schatz.«

»Sie reden sehr liebevoll von Ihren Eltern.«

»Meine Mutter – oder das, was mein Vater mir von ihr erzählt hat – fand ich immer wunderbar, und ich könnte mir vorstellen, dass wir heute die besten Freundinnen wären. Jedenfalls male ich mir das manchmal aus, wenn ich allein hier oben bin und mir wünsche …«

Sie verstummte und nippte am Wein.

»Das klingt sehr schön. Aber es passt für mich nicht dazu, dass Sie heute mit Ihrer Familie keinen Kontakt mehr haben.«

Die nächste Pause war nicht sehr lang.

»Mein Vater hat recht schnell nach dem Tod meiner Mutter wieder geheiratet. Emily, so heißt seine neue Frau, hat mich nicht gut behandelt, und als sie und mein Vater bald darauf zwei gemeinsame Kinder bekamen, wurde es immer schlimmer. Sie können sich das vorstellen wie in diesen Märchen, wo die böse Stiefmutter die ältere Tochter am liebsten fortjagen würde und sich ausschließlich um die eigenen Kinder kümmert. Mein Vater hat sich vor allem um seinen Job gekümmert, und wenn er nach Hause kam, war ihm vor allem wichtig, dass Ruhe herrschte, alles sauber und ordentlich war und ein gutes Essen auf dem Tisch stand.«

Sie lächelte wehmütig.

»Als ich etwa neun oder zehn Jahre alt war, hatte ich mir anhand der Kochbücher meiner Mutter, die ich in einer Kiste auf dem Dachboden entdeckt hatte, die ersten Rezepte beigebracht. Es wird nicht so gut geschmeckt haben wie von meiner Mutter, aber dass sich mein Vater freute, dass ich es versucht hatte, tat mir so unendlich gut. Also kochte ich, sobald sich die Gelegenheit dazu bot. Zum Glück war Emily so eine Art Propellermutter, die ständig unterwegs war, um nach ihren beiden Kindern zu schauen, um sie hierhin oder dorthin zu fahren, sie abzuholen oder für sie Freundschaften einzufädeln.«

Camilla schnaubte.

»Um mich kümmerte sie sich kein bisschen. Damals war mir das ganz recht. Ich mochte sie ebenso wenig wie sie mich, und jede Stunde, in der sie mich in Ruhe ließ, war eine gute Stunde. In der Schule kam ich allein zurecht, ich hatte Freundinnen, und wenn ich irgendwo hinwollte, nahm ich das Fahrrad. Irgendwann hatte ich am Herd den Bogen raus, und als Emily merkte, dass meinem Vater schmeckte, was ich kochte, vermutlich besser als das Zeug, das sie für ihn zusammenrührte, wurde sie eifersüchtig. Erst waren keine vernünftigen Zutaten mehr da – aber nachdem mir das einmal einen Strich durch die Rechnung gemacht hatte, kümmerte ich mich selbst um den Einkauf für die Gerichte, die ich machen wollte. Das war ihr natürlich auch nicht recht, und sie versuchte, mich bei meinem Vater anzuschwärzen, dass ich zu viel Geld für unnütze Dinge ausgeben würde. Doch da konnte sie nicht landen. Auch wenn sich mein Vater kaum Zeit nahm, nach mir zu sehen, war ich doch irgendwie sein Augenstern. Vermutlich schon deshalb, weil ich das Letzte war, was ihm von seiner ersten Frau Jenna geblieben war. Sie beklagte sich ihm gegenüber, dass er mich fördern und loben würde, aber für die beiden gemeinsamen Kinder wenig Interesse zeige. Das war natürlich Quatsch, er nahm sich einfach für niemanden von uns Zeit, aber das wollte sie nicht zur Kenntnis nehmen. Und weil mein Vater daheim vor allem seine Ruhe wollte, hörte er irgendwann auf, ihr zu widersprechen, und unternahm mit den beiden anderen Ausflüge oder setzte sich zu ihnen, wenn sie abends noch Hausaufgaben zu machen hatten.«

Sie nahm ihr Glas, prostete ihm zu, trank es aus und schenkte nach.

»Und irgendwann habe ich es nicht mehr ausgehalten und bin weggegangen. Ich habe die Schule abgebrochen, sobald ich eine Kochlehre ergattern konnte. Die Stelle war fünfzig, sechzig Meilen von zu Hause entfernt, und ich konnte eine Kammer über dem Restaurant beziehen. Damals habe ich sogar die Unterschrift meines Vaters gefälscht, weil ich noch nicht volljährig war. Mein Lehrmeister hat mir nicht geglaubt, die Unterschrift sah wohl nicht sehr nach einem Erwachsenen aus. Doch als er bei mir daheim anrief, war meine Stiefmutter am Apparat. Sie bestätigte ihm, dass mein Vater einverstanden sei – wahrscheinlich war sie einfach froh, mich auf diese Weise erfreulich früh vom Hals zu haben.«

»Und Ihr Vater?«

»Was weiß ich, was sie ihm erzählt hat. Als ich ihn nach ein paar Wochen angerufen habe, legte er wortlos wieder auf.«

12

Azi war stolz darauf, dass Sadik ihn einweihte und ihm anvertraute, dass die Sache mit der Geldwäsche nur ein Vorwand war. Damit sollten die anderen in die Irre geführt werden, nur er und der Chef sollten den wirklichen Grund für die Nachforschungen kennen. Azi wuchs mit jedem Satz, der auf seinem Handy einging.

»Kannst du dich um zwei Typen aus dem Küchenteam der Engländerin kümmern?«, schrieb der Chef ihm. Er nannte ihm die Namen und Adressen von zwei Männern, die im *Camilla's* für die Beilagen zuständig seien.

Die Textnachricht erreichte ihn, als er sich gerade einen Döner und ein paar Pommes schmecken ließ.

Zwei Mitarbeiter allein für die Beilagen, dachte er, *was für ein übertriebener Aufwand!*

Seine Antwort tippte er trotzdem, noch bevor er den Mund leer hatte. Natürlich würde er sich sofort auf den Weg machen. Sadik erklärte ihm noch, dass er herausfinden solle, ob einer der beiden oder womöglich beide Linkshänder seien – in diesem Fall seien sie verdächtig, das vegane Zeug vergiftet zu haben, an dem im Nobelrestaurant ein Gast gestorben war.

Er steckte sich das letzte Stück Döner in den Mund, knüllte die Alufolie zusammen und warf sie in Richtung Mülleimer. Das Knäuel flog gegen den Rand des Eimers und landete dann im Abfall. Grinsend erhob sich Azi. Wenn dieser Job schon so gut losging.

Peppino hörte ihr zu und stellte nur ab und zu eine Zwischenfrage. Und je mehr sie erzählte, desto eher glaubte er daran, dass ihre Familie in irgendeiner Weise mit dem vergifteten Gast im *Camilla's* zu tun haben konnte. Denn wenn sie kein Privatleben hatte, das Anlass für jemanden bot, ihr schaden zu wollen, wenn sie ihre Mitarbeiter gut behandelte und weder Konkurrenten noch Lieferanten oder verärgerte Kunden für fähig hielt, ihr so etwas anzutun, blieben nicht mehr viele Verdächtige übrig. Und aus früheren Kriminalfällen wusste er nur zu gut, dass alte Streitigkeiten, Verbitterungen aus früheren Jahren oft ein starkes Motiv waren. Und solche Verbitterungen hielten sich nun mal innerhalb von Familien am längsten.

Diese Vermutung hatte ihn auch schon vor diesem Gespräch dazu gebracht, seinen Kollegen danach zu fragen, ob der anonyme Anrufer womöglich keine akzentfreie Aussprache gehabt hatte. Doch was konnte jemanden nach vielen Jahren dazu treiben, ihre berufliche Existenz zerstören zu wollen und dafür sogar über Leichen zu gehen? Er grübelte, kam auf keine Lösung und hoffte, er würde mehr erfahren, möglichst etwas, das Anlass für konkrete Recherchen gab.

Inzwischen war auch Camilla wieder in Gedanken versunken und sah zum Fenster hinaus. In ihren Augen schimmerte es. Peppino erschrak ein bisschen, als sie plötzlich weitersprach.

»Also habe ich mich in den nächsten Jahren nicht

mehr bei meinem Vater gemeldet, und zu Besuchen konnte ich mich auch nicht aufraffen. Immerhin ging es mit dem Kochen voran. Ich stellte mich wohl ganz gut an, bestand meine Lehre mit Auszeichnung, wurde übernommen und wechselte später von einem renommierten Restaurant zum nächsten. Als ich der Meinung war, dass ich eine ausreichende Karriere vorweisen konnte – ich hatte damals gerade einen Posten ergattert, auf den ich mächtig stolz war –, versuchte ich zum ersten Mal wieder, ihn ans Telefon zu bekommen. Es hat nicht geklappt, meine Stiefmutter hat den Anruf entgegengenommen. Sie reagierte recht eisig auf meine Mitteilung und die Bitte, sie an Vater weiterzuleiten. Wahrscheinlich hat sie ihm nicht einmal erzählt, dass ich angerufen habe. Dafür hat sie sich am Telefon bitter darüber beklagt, wie schwer es ihre Kinder haben, wie hart sie für alles arbeiten müssten, während mir alles nur zuflog und ich vom Glück geradezu verhätschelt würde. Am Ende steigerte sie sich so sehr in ihre Tirade hinein, dass sie mir noch an den Kopf warf, dass mein Vater ja gar nichts für ihre Kinder übrighabe, dass er ständig nur von mir reden und sich ausmalen würde, wie erfolgreich ich inzwischen als Köchin sei. Dann hat sie wohl gemerkt, dass mir das nicht wehtat, im Gegenteil, und sie hat ohne ein weiteres Wort aufgelegt.«

»Würden Sie sagen, dass Ihre Stiefmutter Sie gehasst hat?«

»Kann schon sein, auf jeden Fall gönnte sie mir nicht das Schwarze unter dem Fingernagel, und jeder Erfolg, den ich hatte, muss sie irregemacht und darin bestärkt haben, dass ihre beiden Kinder vom Schicksal, von meinem Vater oder von wem auch immer benachteiligt wurden.«

»Und das ist heute noch der Stand der Dinge?«

»Mehr oder weniger.«

Peppino war enttäuscht. Wenn die Stiefmutter einfach nur neidisch war, die beiden aber seit Jahren keinen Kontakt mehr hatten, war ein Motiv in der Familie keine allzu vielversprechende Spur mehr. Warum sollte dann ausgerechnet jetzt die Verwandtschaft ihr schaden wollen, und warum auf eine so folgenschwere Art und Weise?

»Damals wollte ich mich nicht damit zufriedengeben, dass Emily mir den Kontakt zu meinem Vater verweigerte«, fuhr Camilla fort. »Ich nahm Urlaub und reiste in meine alte Heimat. Im Nachbardorf quartierte ich mich in einer Pension ein, und dann rief ich eine alte Freundin an. Wir trafen uns noch am selben Abend, und ich horchte sie über meinen Vater aus.«

Er hörte zu und saß die neue Pause einfach aus. Der Wein war gut, und es war angenehm, mit ihr zusammenzusitzen. Das konnte er auch genießen, ohne in den Recherchen zu den vergifteten Würsten weiterzukommen.

»Nach allem, was meine Freundin erzählen konnte, ging es meinem Vater gut. Er hatte sich mit den Marotten seiner Frau arrangiert und steckte einiges Geld in die Ausbildung von Emilys Kindern. Mehrmals die Woche saß er abends im Pub und aß dort, die Kochkünste seiner Frau hatten sich wohl nicht so gut entwickelt.«

Camilla grinste.

»Haben Sie Ihren Vater besucht?«, versuchte Peppino,

das Gespräch doch noch in eine interessantere Richtung zu lenken.

»Zumindest war ich nah dran. Ich ging tags darauf, es war ein Samstag, in die Nähe meines Elternhauses und überlegte, wie ich am besten ein Gespräch mit meinem Vater beginnen konnte. Da verließen Emily und ihre Kinder das Haus. Sie gingen weg, ohne mich zu bemerken, und dann fasste ich mir ein Herz und klingelte.«

Ihre Miene wurde wieder trauriger, und er dachte schon daran, ihr diesen Bericht zu ersparen, aber sie fuhr fort, bevor er sie unterbrechen konnte.

»Es dauerte einen Moment, dann öffnete er die Tür, sah mich an, erst überrascht, dann traurig, irgendwann wütend. In dieser ganzen Zeit – es dauerte vielleicht ein, zwei Minuten, fühlte sich für mich aber nach Stunden an – sagte er kein Wort. Er sah mich nur an, starrte mich an, und dann schlug er mir die Tür vor der Nase zu. Dort stand ich dann und heulte, ohne dass er sich noch einmal blicken ließ. Ich zermarterte mir das Hirn darüber, was diese verdammte Emily ihm über mich vorgelogen haben konnte, damit er mich so vor den Kopf stieß. Was konnte sie mir unterstellt haben, dass er seine Tochter so behandelte? Keine Ahnung, wie lange ich dort stand, aber plötzlich war Emily hinter mir. Sie keifte sofort los, beschimpfte mich und jagte mich förmlich weg. Ich war so aufgelöst, dass ich mich gar nicht wehren konnte. Ich ging, flüchtete geradezu vor ihr.«

Camilla schniefte und nahm noch einen Schluck.

»Das war unsere letzte Begegnung«, sagte sie dann mit tonloser Stimme.

»Wie lange ist das her?«

»Acht, neun Jahre.«

Peppino nickte, auch hier bot sich kein vielversprechender Ansatz. Mehr aus Gewohnheit hakte er trotzdem nach.

»Wissen Sie, was seither aus Emily und ihren Kindern geworden ist?«

Sie schüttelte den Kopf.

»Ella heißt die Tochter, Elijah der Sohn, sie war damals fast achtzehn, er zwei Jahre jünger. Beide waren in der Schule keine großen Leuchten, und Ella hatte psychische Probleme, ritzte sich und war mit einer Clique zusammen, die mehr tranken, als ihnen guttat. Da wurde auch geschnupft und gekifft, jedenfalls erzählte mir das meine Freundin.«

Camilla lächelte traurig.

»Übrigens alles Linkshänder«, fügte sie hinzu. »Sowohl Emily als auch Ella und Elijah. Aber wie gesagt, das ist so viele Jahre her, da kommt doch niemand von England rüber und vergiftet meine Salsicce.«

Das ist wohl wahr, gab Peppino in Gedanken zu.

»Trotzdem danke, dass Sie mir das alles erzählt haben«, sagte er und prostete ihr zu.

Sie stieß mit ihm an.

»Mal sehen, wie gut oder schlecht ich heute Nacht schlafe. Vielleicht hat es mir sogar geholfen, das endlich mal jemandem anvertrauen zu können.«

Das Türschloss machte kaum ein Geräusch, als Azi sich Zugang verschaffte. Zunächst schob er die Tür nur einen Spalt weit auf und lauschte. In der Wohnung des Beilagenkochs war es ruhig. Azi wollte gerade in den Flur schlüpfen, als er es leise klicken hörte. Das klang, als tippe jemand auf einer Tastatur herum. Er versuchte, das Klicken räumlich einzuordnen. Es war ein Stück entfernt, in den Flur konnte er sich gefahrlos wagen.

Fast lautlos schloss er die Tür hinter sich, blieb stehen und horchte. Das Tippen wurde nicht unterbrochen, der Typ hatte sein Eindringen offensichtlich nicht bemerkt. Langsam arbeitete sich Azi den Flur entlang voran, die erste Tür auf der linken Seite war verschlossen, die zweite halb geöffnet, er konnte dahinter die Küche sehen. Am Ende des Flurs befand sich eine weitere verschlossene Tür, rechts stand eine andere offen. Aus dieser Richtung kam das Tastaturgeräusch.

Ganz vorsichtig schlich Azi ins Wohnzimmer. Die Jalousien waren geschlossen, das Deckenlicht ausgeschaltet, nur neben einem Schreibtisch an der hinteren Wand brannte eine Stehlampe, und ein Computermonitor verströmte fahles Weiß. Vor dem Bildschirm saß ein Mann nach vorn gebeugt, hackte etwas in die Tastatur und sah immer wieder kurz auf ein Blatt Papier, das neben dem Monitor auf dem Schreibtisch lag.

Er näherte sich dem Mann unbemerkt so weit, dass er an ihm vorbei das Papier neben dem Rechner lesen konnte. Es handelte sich um ein Schreiben mit dem Briefkopf eines berühmten Hotels, und als Azi über seine Schulter hinweg las, was am Computer gerade geschrieben wurde, erkannte er ein Schreiben an genau dieses Hotel. Offenbar hatte sich der Beilagenkoch für das Restaurant des Hotels beworben, das Hotel hatte sich interessiert gezeigt, und nun ging es bereits um Details eines Anstellungsvertrags.

»Dann kann es dir ja egal sein, wenn das *Camilla's* schließt«, sagte Azi ansatzlos.

Der Mann am Computer fiel vor Schreck fast vom Bürostuhl, er zuckte zusammen, stieß sogar einen leisen Schrei aus und drehte sich erst dann zu Azi herum.

»Was …? Wie …?«

Der Koch war kreidebleich geworden, und offenkundig befürchtete er, nun ausgeraubt zu werden oder Schlimmeres.

»Kannst dich für den Moment entspannen, du Pfeife«, sagte Azi mit gönnerhaftem Grinsen. »Was aber die Polizei mit dir anstellen wird, weiß ich nicht.«

»Was? Die Polizei? Wieso …?«

Azi trat zu dem Mann, stützte beide Hände auf die Armlehnen des Bürostuhls und beugte sich zu dem Koch hinunter.

»Ist ja nicht sehr loyal, was du da treibst.«

»Ich, äh …«

»Deine Chefin muss ihren Laden schließen, vielleicht sogar für immer, und du bewirbst dich anderswo. Nicht die feine Art, wenn du mich fragst.«

Der Koch sah ihn aus großen Augen an.

»Oder hast du dich schon beworben, bevor euer Gast über die Klinge sprang, und mit dem Gift in der Wurst wolltest du nachhelfen, dass du auch pünktlich wechseln kannst? Ist der neue Job lukrativer als der jetzige, und du hättest wegen einer Kündigungsfrist zu lange auf den Wechsel warten müssen?«

Der Mann schubste Azi vom Stuhl weg, sprang auf und trat einen Schritt zurück. Azi hatte mit dieser Reaktion nicht gerechnet, sonst wäre es der halben Portion niemals gelungen, gegen seinen Willen aufzustehen.

»Was sind Sie denn für ein Einbrecher? Hat Frau Brown Sie geschickt?«

»Nicht direkt«, gab sich Azi geheimnisvoll. »Aber stimmt es denn? Hast du dich schon vor dem Giftmord an dem Gast in diesem Hotelrestaurant beworben?«

»Woher wissen Sie …?«

Der Koch drehte sich um, sah das Schreiben auf dem Schreibtisch und seine Antwort auf dem Bildschirm.

»Ach so. Aber was wollen Sie eigentlich hier?«

»Bist du Linkshänder?«

»Hä?«

»Ob du Linkshänder bist!«

Azi schaute zur Tastatur, die Maus lag rechts von ihr, und das Schreiben links davon auf dem Tisch deutete ebenfalls auf einen Rechtshänder hin.

»Bist du nicht, oder?«, hakte Azi nach.

»Nein, ich bin Rechtshänder, aber was soll das alles?«

Damit konnte Azi seinen nächtlichen Besuch beenden, aber er wollte dafür sorgen, dass über diese Begegnung nicht allzu viel geredet wurde. Er machte einen Schritt nach vorn und stand nun nur noch Zentimeter von dem anderen entfernt, der nicht weiter als bis zur Tischkante ausweichen konnte. Der Koch schluckte und sah den anderen ängstlich an. Das gefiel Azi, deshalb ließ er ihn noch kurz zappeln.

»Ich war nie hier, verstanden?«, knurrte er dann.

Der andere nickte beflissen.

»Du hast mich nicht gesehen und kannst mich auch nicht beschreiben?«

Eifriges Kopfschütteln.

»Gut. Und jetzt schreib deine Mail fertig, alles Gute für den neuen Job.«

Damit ließ er ihn stehen und ging ohne Eile zum Flur. Dort drehte er sich noch einmal um – der Koch lehnte nach wie vor völlig entgeistert am Schreibtisch – und verabschiedete sich mit freundlichem Winken.

Das Gespräch mit Camilla ließ ihm keine Ruhe, an Schlaf war fürs Erste nicht zu denken. Also schaltete Peppino seinen Laptop ein und suchte auf gut Glück nach Informationen über die Familie seiner Nachbarin. Er notierte sich noch einmal die Namen, die sie ihm genannt hatte: Emily Brown, Ella und Elijah. Der Name des Vaters war nicht gefallen, zumindest konnte er sich im Moment nicht daran erinnern. Er startete die Suchmaschine, gab »Ella Brown« ein und stellte schnell fest, dass er so nicht weiterkommen würde. Er fand eine Bluessängerin, die 2010 gestorben war, und eine Aktivistin, geboren 1871 in Georgia als Tochter zweier ehemaliger Sklaven. Darüber hinaus entpuppte sich »Ella Brown« als Allerweltsname, der zu viele Treffer brachte, als dass er sinnvoll nach einer bestimmten Frau hätte suchen können.

Für »Elijah Brown« sah es schon besser aus. Einen kalifornischen Quarterback und einen aufstrebenden Basketballer konnte er schnell ausschließen. Ein Engländer dieses Namens studierte in Manchester Computerwissenschaft, auch ihn strich Peppino von seiner Liste. In der Kombination »Elijah Brown Emily Ella« stieß er nach einigem Suchen auf einen Adresseintrag, und als er die Anschrift auf einer Karten-App auswählte, wurde sie ihm als Häuschen in einem englischen Küstendorf angezeigt. Ihm fiel ein, dass er Camilla gar nicht danach gefragt hatte, wie ihr Heimatdorf hieß und wo an einer englischen Küste es sich befand –, aber mit diesem Treffer konnte er erst einmal arbeiten.

Er klickte sich von Eintrag zu Eintrag, setzte Lesezeichen, druckte manche Suchergebnisse aus und notierte sich Namen, Orte und Jahreszahlen, suchte Flugverbindungen heraus und hatte schließlich einen Direktflug nach Bristol auf dem Bildschirm. Als er sich in seinem Stuhl zurücklehnte, die Schläfen massierte und tief durchatmete, war draußen schon die Zeit kurz vor der Dämmerung angebrochen.

Peppino schaute auf die Uhr. Vor zweieinhalb Stunden war er nach Hause gekommen, und selbst wenn seine Nachbarin gleich nach ihrem Gespräch eingeschlafen war, musste sie jetzt noch hundemüde sein. Kurz zögerte er, dann entschied er, dass Camilla Brown in dieser Nacht mit sehr wenig Schlaf auskommen musste.

Als der Handywecker summte, war es ihm, als sei er gerade erst eingeschlafen. Allzu sehr erfrischt hatte ihn der kurze Schlaf nicht, aber sobald er daheim angekommen war, würde er alles nachholen können. Er wusch sich das Gesicht, zog sich an, schlüpfte in seine Schuhe, packte die letzten Habseligkeiten in die Umhängetasche und ging mit ihr und dem Rollkoffer zur Wohnungstür. Um diese Zeit musste er sicher nicht befürchten, jemandem im Treppenhaus zu begegnen, trotzdem schaute er zuerst vorsichtig nach, bevor er hinaustrat und die Tür hinter sich ins Schloss fallen ließ.

Dieses letzte Mal würde er vorne rausgehen, würde sich im Dunkeln nach allen Seiten umsehen und zu seinem Leihwagen spazieren, den er eine Kreuzung weiter abgestellt hatte, und dann noch eine letzte Fahrt mit der lahmen Karre, bevor er diesem Land endgültig den Rücken kehrte.

Im Osten wich die Dunkelheit der beginnenden Dämmerung.

Der Gehilfe des Beilagenkochs lebte in einer WG, das machte den Zugriff für Azi ein bisschen schwieriger, aber als er die Wohnungstür geöffnet und unbemerkt durch zwei Zimmertüren geschaut und dahinter Frauen schlafend vorgefunden hatte, konnte er davon ausgehen, dass im letzten verbliebenen Schlafzimmer seine Zielperson liegen musste. Auch hier erst ein Blick durch den Türspalt, dann schlüpfte er in den Raum und orientierte sich im Halbdunkel. Das Fenster zur Straße war gekippt, die Laterne vor dem Haus tauchte das Zimmer in ein diffuses Licht, das ihn einen Schreibtisch mit Laptop darauf und billigem Stuhl davor erkennen ließ. Ein Schrank, ein Stuhl, über dessen Lehne Kleidung hing, ein Fernseher auf einer Kommode, ein Sessel in der einen Zimmerecke, ein Garderobenständer in einer anderen. Dazwischen stand ein Bett, und darin schnarchte ein junger Mann, der linke Arm schaute unter der Decke hervor und hing über die Bettkante.

Azi näherte sich dem Bett von dieser Seite, ließ sich auf den Rand der Matratze nieder, packte den linken Arm mit der rechten Hand und legte dem Schlafenden die Linke so auf die Lippen, dass er noch gut durch die

Nase atmen, aber keinen lauten Schrei ausstoßen konnte. Die Augen des jungen Mannes wurden aufgerissen, er bäumte sich kurz auf und schrie, was aber durch Azis Hand kaum zu hören war. Dann starrte er den Unbekannten am Bettrand an und blieb ruhig liegen.

»Gut so«, sagte Azi leise. »Ich tu dir nichts, ich hab nur ein paar Fragen. Und wenn du versprichst, nicht loszubrüllen, lass ich deinen Mund los.«

Der junge Mann versuchte ein Nicken, Azi hob seine linke Hand leicht an und nahm sie weg, als der andere wirklich keinen Mucks von sich gab.

»Du bist Linkshänder, stimmt's?«

Der Junge nickte.

»Kannst mir schon antworten, aber bitte sehr leise, damit die anderen in deiner WG nichts hören.«

»Ja, ich bin Linkshänder«, flüsterte der junge Mann.

»Und du hilfst im *Camilla's*, die Beilagen zuzubereiten?«

»Ja, Beilagen und Gemüse. Gerade im veganen Bereich wird das immer wichtiger und …«

»Schon gut. Machst du das gern?«

»Sehr gern. Ich hoffe, dass ich selbst mal Entremetier werde. Im Moment habe ich allerdings frei. Wir hatten einen Todesfall im Restaurant und …«

»Ich weiß. Genau darum geht es.«

»Das tut mir leid, dazu kann ich nichts sagen.«

»Hast du gesehen, wie die Würste, an denen euer Gast gestorben ist, serviert wurden?«

»Höchstens aus dem Augenwinkel. Mein Vorgesetzter hat es nicht so gern, wenn ich nicht immer auf meine Aufgabe konzentriert bin.«

»Hast du mitbekommen, wie der Teller gerichtet wurde? Oder vorbereitet, wie das halt heißt bei euch.«

»Anrichten heißt es, aber auch das habe ich nicht wirklich mitbekommen. Warum fragen Sie?«

»Hättest du Gelegenheit gehabt, diese veganen Würstchen zu manipulieren?«

»Nein, mein Vorgesetzter hätte mir eins hinter die Löffel gegeben, wenn ich meinen Posten auch nur für ein, zwei Sekunden verlassen hätte. In diesem Moment war auch echt die Hölle los bei uns in der Küche. Ein junger Kollege hatte Brot nicht klein genug gezupft und Zwiebeln teilweise zu grob geschnitten – jedenfalls hat er mir das hinterher erzählt. Als es passierte, war sofort Alarm, der Kollege wurde vom Souschef zur Schnecke gemacht und ist schnell raus, bevor der ihm womöglich noch eine gescheuert hätte. Da ist man gut beraten, sich ruhig zu verhalten und konzentriert weiterzuarbeiten, vor allem, wenn man sich wie ich in der Hierarchie der Brigade noch recht weit unten befindet.«

Azi nickte und überlegte, was er den jungen Mann noch fragen sollte.

»Aber sagen Sie«, fuhr der unterdessen fort, »waren die Salsicce nicht schon vergiftet bei uns in der Küche angekommen?«

»Woher willst du das wissen?«

»Hat mir Simon erzählt, ein alter Schulfreund.«

»Was für ein Simon?«

»Simon Mägerlein, der gerade seine Ausbildung in der Manufaktur Liebeneiner macht. Von dort wurden die Salsicce doch geliefert, und Simon landete selbst im Krankenhaus, weil er von den Würstchen gekostet hat. Als ich ihn dort besucht habe, sah er noch ziemlich elend aus, aber er war schon über den Berg.«

»Du kennst einen aus der Manufaktur?«

»Klar, wie gesagt: Simon ist ein alter Schulfreund.«

»Hast du ihn mal am Arbeitsplatz besucht?«

»Interessiert hätte mich das schon, aber da kommt keiner rein, der nicht dort arbeitet. Da sind die sehr streng. Hygienevorschriften und so.«

»Du hast dort also nie reingeschnuppert oder mal heimlich nach Dienstschluss ein bisschen rungeschnippelt?«

»Nein, natürlich nicht!«

Der junge Mann sah so aufrichtig verblüfft aus, dass Azi ihm glaubte. Er dachte kurz nach, dann kam er zu dem Schluss, dass Sadik mit seinen Auskünften zufrieden sein würde.

»Ich geh jetzt wieder«, sagte er, »und du bleibst ruhig liegen und vergisst am besten auch gleich, dass ich hier war.«

»Wer sind Sie denn eigentlich?«

»Nicht die schlauste Frage, wenn du mich doch gleich wieder vergessen sollst, oder?«

»Stimmt«, gab er zerknirscht zu. »Dann will ich's auch lieber gar nicht wissen.«

»Sagen wir es mal so: Mein Chef will, dass der Giftmischer gefasst wird, der sich an euren Würstchen zu schaffen gemacht hat.«

»Dann schon mal vielen Dank, Ihnen und Ihrem Chef. Frau Brown hat diese üble Geschichte ziemlich mitgenommen, und ich und alle anderen im Team hoffen sehr, dass sie da möglichst schnell und unbeschadet wieder rauskommt. Es ist toll, im *Camilla's* arbeiten zu dürfen.«

»Schön für dich.«

Azi lächelte ihm zu und stand auf. Dann legte er den Zeigefinger auf seine Lippen und ging zur Tür. Dort drehte er sich noch einmal um.

»Ist übrigens gut möglich, dass du schneller Beilagenkoch wirst, als du denkst«, sagte Azi.

Der junge Mann sah ihn fragend an.

»Dein Vorgesetzter hat sich in einem Hotelrestaurant beworben, und es sieht ganz danach aus, als würden die ihn nehmen. Aber das hast du nicht von mir, verstanden?«

»Wie denn auch? Sie waren ja gar nicht hier.«

Azi nickte ihm grinsend zu, und dann war er auch schon verschwunden.

Wie falsch sie das verstehen konnte, fiel Peppino erst auf, als das Telefonat beendet war. Er hatte Camilla Brown angerufen, sie war sehr schnell drangegangen und hatte sofort sehr wach geklungen.

»Scusi, dass ich um diese Zeit ...«

»Ich war ohnehin noch wach, Herr Sensoni. Was gibt's denn?«

Er hatte ihr seine Internetfunde geschildert und vorgeschlagen, zu ihm zu kommen, alles noch einmal gemeinsam durchzusehen und dann zu entscheiden, was jetzt am dringendsten zu tun war. Sie war sofort einverstanden gewesen, und nun stand er unter der großen Linde, um sie ins Haus zu lassen, ohne dass sie mit einem Klingeln alle wecken musste.

Camilla kam zügig über die Straße, und wie sie so auf ihn zukam, in Jeans, Shirt und Sneakers, eine dünne Strickjacke über den Schultern, die kurzen Haare lässig verstrubbelt, wurde ihm ganz warm. Und als sie danach leise ins Haus gingen, die Treppe zum ersten Stock hinaufschlichen, wo er derzeit in seinem alten Jugendzimmer wohnte, fühlte er sich wie ein Teenager, der heimlich die erste Freundin daheim einschmuggelt. Er erschrak sogar wegen eines Knackens im Stock über ihnen, als habe Donatella sie bemerkt und würde nun möglichst leise die Tür ihrer Dachkammer wieder schließen.

Doch kaum saßen sie nebeneinander vor dem Laptop, ging es nur noch um Camilla Browns Familie und was über die Jahre aus ihr geworden, mit ihr geschehen war. Obwohl Peppino in den ersten Minuten noch etwas abgelenkt war. Sie klickte sich geschickt durch die Webseiten, die er geöffnet hatte, und er spürte die Wärme ihrer Arme direkt neben seinen.

Sie dagegen war elektrisiert von den Informationen, die er aufgestöbert hatte, und las sich mit beeindruckender Geschwindigkeit durch alle Artikel und Einträge.

»Das ist ja ein Ding«, murmelte sie schließlich.

»Und wenn er ähnlich denkt wie Ihre Stiefmutter, hätte er allemal ein Motiv, Ihnen schaden zu wollen, finden Sie nicht auch?«

»Allerdings. Obwohl ich natürlich für all das« – sie machte eine vage Geste zu den Internetseiten vor ihr auf dem Bildschirm – »nichts kann. Aber zusammen mit Emilys ewigem Gejammer, dass ich nur Glück und sie nur Pech haben …«

Peppino hatte die Puzzleteile einer sehr traurigen Geschichte zusammengetragen. Die Kinder von Emily Brown, aufgewachsen in einem Küstendorf in der Grafschaft Somerset, gut vierzig Kilometer südwestlich von Bristol gelegen, hatten keinen leichten Start ins Erwachsenenleben. Ella neigte früh zu Depressionen, als Jugendliche trank sie und nahm Drogen, und nachdem sie nur mit viel Glück einer Gefängnisstrafe entgangen war und sich daraufhin von ihrer Clique lossagte, schien sich alles zum Guten zu wenden. Sie heiratete einen Automechaniker namens Liam Finch, die beiden zogen in ein kleines Häuschen im Nachbardorf, und Ella wurde schwanger.

Ihr Bruder Elijah, der sich ständig Sorgen um seine ältere Schwester machte und sie dafür bewunderte, dass sie gerade noch die Kurve bekommen hatte, heiratete ebenfalls, kaufte mit seiner Frau ein altes Haus ein paar Straßen vom Haus der Eltern entfernt. Seine Freizeit verbrachte er damit, das Gebäude zu renovieren – ein Bericht in der Lokalzeitung über das Schmuckkästchen, das er aus dem alten Gemäuer gemacht hatte, war die ergiebigste Quelle für Informationen über das Privatleben der Browns. Auch Elijah und seine Frau bekamen ein Kind, eine Tochter, die Elijah den Zitaten in der Zeitung nach zu urteilen vergötterte. Sie hieß Ella, wie seine ältere Schwester, und ihr sollte es an nichts fehlen, wie er der Reporterin sagte.

So malerisch blieb das Leben von Camillas Verwandtschaft nicht lange. Das Kind von Ella Finch, geborene Brown, war behindert zur Welt gekommen, und nach einer Weile brachte die Pflege der Kleinen die Eltern an ihre Grenzen. Es gab Streit, Ella verfiel wieder in alte Gewohnheiten, nahm Drogen und ritzte sich, und schließlich war einer ihrer Selbstmordversuche erfolgreich. Liam Finch gab das wohl den Rest, jedenfalls geht es in einem Eintrag etwa ein Jahr nach Ellas Tod um die Zwangsversteigerung des Häuschens.

Die Ehe von Elijah Brown ging in die Brüche, vielleicht hatte er sich zu sehr in das Unglück seiner Schwester hineingesteigert, vielleicht hatte er sich neben dem Renovieren des Hauses zu wenig Zeit für seine Frau genommen, darüber konnten Camilla und Peppino nur spekulieren. Online zu finden waren allerdings Infos zur Scheidung der beiden und eine Adresse in Bournemouth, unter der Elijahs Frau gemeldet war. Dass sie Somerset verlassen und mehr als hundert Kilometer zwischen sich und ihren Ex-Mann gebracht hatte, sprach jedenfalls nicht für eine Trennung im Guten.

Und nun gab es eine Kombination aus Hinweisen, die durchaus einen Verdacht gegen Elijah Brown begründen konnten. Er war Linkshänder, er hatte seine geliebte Schwester durch Selbstmord verloren, seine Frau hatte ihn verlassen, die geliebte Tochter durfte er vermutlich nicht so oft sehen, wie er das gerne hätte – und wenn er darüber mit seiner Mutter Emily sprach, dürfte er immer wieder gehört haben, dass es doch ungerecht sei, wie sehr sie und er und Ella vom Schicksal gebeutelt waren, während Camilla von einem Erfolg zum anderen eilte, vermutlich viel Geld verdiente, überall für ihre Kochkünste gelobt wurde und in Deutschland auf dem Weg zu ihrem ersten Michelin-Stern war. Emily und ihre Kinder ohne eigene Schuld tot oder in tiefer Verzweiflung, Camilla unverdient auf der Sonnenseite des Lebens.

»Wir hätten schon früher zu Ihrer Familie recherchieren sollen«, sagte Peppino.

»Ja, das hätten wir. Tut mir leid, dass ich mich so lange dagegen gesträubt habe.«

»Das können wir nicht mehr ändern, aber wir können versuchen, ihn nicht damit davonkommen zu lassen.«

Er sah auf die Uhr und rief eine weitere Seite auf.

»Und das mit dem Davonkommen meine ich durchaus wörtlich.«

Peppino zeigte auf den Eintrag eines Direktflugs nach Bristol.

»Wenn er den nimmt, haben meine Kripokollegen erst einmal das Nachsehen.«

»Die Maschine geht in eineinhalb Stunden. Wenn wir gleich losfahren, könnten wir es noch schaffen.«

»Und dann? Als Privatpersonen können wir ihn nicht daran hindern, in das Flugzeug zu steigen. Und die Polizei hinzuschicken ist vielleicht auch keine so gute Idee. Wir wissen nicht sicher, ob er diesen Flug gebucht hat, und genauso gut kann er mit dem Auto oder mit der Bahn abreisen.«

»Ruf Sadik an«, sagte jemand direkt hinter ihnen. »Der kann euch wahrscheinlich helfen.«

Camilla und Peppino fuhren gleichzeitig herum. Vor ihnen stand Toto Sensoni. Er trug einen altmodischen Schlafanzug, und auf sein faltiges Gesicht hatte sich ein verschmitztes Lächeln gelegt.

Je näher er dem Flughafen kam, desto dichter wurde der Verkehr. Er fädelte sich zwischen zwei Linienbussen ein, und weil die riesigen Ungetüme ihm die Sicht versperrten, hätte er beinahe die Abfahrt zur Autovermietung verpasst. Er konnte gerade noch fluchend das Lenkrad herumreißen und rauschte haarscharf an einem Betonpoller vorbei, der hier installiert war. Seinen Mietwagen musste er im zweiten Stock eines großen Parkhauses abgeben, der Mitarbeiter der Frühschicht lümmelte Kaugummi kauend in seinem winzigen Büro und schaute kaum hin, als er das Fahrzeug auf Kratzer oder Dellen hin untersuchte.

Minuten später war alles geregelt, und der Mann nahm den Fahrstuhl nach unten. Er überquerte die Zufahrt zum Parkhaus und wandte sich in Richtung Flughafengebäude. Bald war er Teil einer kleinen Menge, die sich verschlafen und stumm mit Rollkoffern und Taschen auf das Abflugterminal zubewegte.

Nicht mehr lange, dann war alles ausgestanden. Seine Mutter würde zufrieden sein.

»Endlich«, würde sie sagen, »endlich hat auch Camilla mal bekommen, was sie verdient.«

Schade war nur, dass er ihr nicht viel über die Rolle erzählen durfte, die er in dieser Angelegenheit gespielt hatte. Nicht, dass sie sich noch verplapperte, wenn sie ihren Freundinnen von dem toten Gast und dem geschlossenen Nobelrestaurant erzählte. Er hatte sich für sie eine Geschichte zurechtgelegt, die erklärte, warum er Camillas Niedergang beobachtet, aber in keiner Weise eingegriffen hatte.

Mit einem breiten Grinsen betrat er das Flughafengebäude.

Das Handy war auf lautlos gestellt, weil niemand mitbekommen sollte, dass Sadik auch direkt angerufen werden konnte und dann auch sprach, anstatt nur Textnachrichten zu verschicken. Aber auch das Vibrieren des Smartphones weckte ihn aus unruhigem Schlaf. Er nahm das Telefonat entgegen, sagte nichts und hörte sich an, was der Anrufer um diese Uhrzeit so Dringendes von ihm wollte. Dann setzte er sich auf, rieb die Augen und streckte sich.

»Erst einmal will ich dir sagen, was wir rausbekommen haben«, sagte Sadik. »In der Küche deiner Engländerin gibt es einen Linkshänder, aber der ist ein glühender Fan von ihr und würde ihr garantiert nie schaden. Der Junge ist mit dem Azubi der Wurstklitsche befreundet, der fast ebenfalls an dem veganen Zeug gestorben ist. Und nicht einmal als dessen Kumpel wäre er in die Produktionshalle der Manufaktur gelangt, hat er gemeint.«

»Okay, danke, und was ist mit der anderen Sache?«

»Dein Vater hat recht. Ich kann dir helfen, aber ich weiß nicht, ob ich das auch tun sollte.«

»Es geht nur darum, dass einer Ihrer Leute die Augen offen hält und uns berichtet, ob Elijah Brown den Flieger nimmt«, wiederholte Peppino, und er schlug einen fast flehenden Tonfall an. »Dann kann ich meine Kollegen anrufen, und die kümmern sich dann um ihn.«

»Genau das ist mein Problem. Drei meiner Jungs sind jetzt am Flughafen und erwarten einen meiner Geschäftspartner. Da will ich keine Polizei in der Nähe haben. Das ist nicht gut fürs Geschäft, wie du dir sicher vorstellen kannst.«

»Okay, dann …«

Peppino dachte kurz nach, sein Vater nickte ihm aufmunternd zu.

»Ich sage einem meiner Kollegen, dass wir von Ihnen wissen, dass Brown den Flieger nehmen will. Und Ihren Informanten lassen wir in Ruhe.«

»Welchem Kollegen sagst du das?«

»Fehsen.«

»Okay, der weiß ohnehin über mich Bescheid. Ich lass den Typen suchen. Hast du mir noch ein …«

Sadiks Smartphone zeigte an, dass eine Nachricht eingegangen war. Er tippte auf das Display und sah das Bild eines Mannes Mitte zwanzig vor sich.

»Das Foto, das ich haben wollte, hast du mir gerade geschickt. Sehr tüchtig, Peppino. Dann geb ich meinen Jungs mal Bescheid.«

Sadik trennte die Verbindung, nahm ein anderes Handy und schrieb eine Textnachricht.

Camilla und Peppino wollten nicht auf Sadiks Bestätigung warten. Sie nahmen Camillas Kombi und fuhren durch die frühmorgens noch recht leeren Straßen in Richtung Flughafen. Sadiks Anruf erreichte sie schon nach wenigen Kilometern. Elijah Brown, berichtete er, habe gerade seinen Leihwagen abgegeben und sei nun auf dem Weg zum Abflugterminal. Camilla drückte das Gaspedal stärker durch, und Peppino wählte die Handynummer von Hanns Fehsen. Der Anschluss war belegt, und er musste mehrere Versuche unternehmen, bis er den Kollegen endlich in der Leitung hatte.

»Mit wem telefonierst du denn schon so früh am Morgen?«, fragte er Fehsen.

»Mit dir, wenn's geklappt hätte. Aber deine Nummer ist dauernd belegt.«

»Weil ich dich anrufen wollte«, erwiderte Peppino grinsend. »Was hast du denn für mich?«

»Wir haben inzwischen mit allen Mitarbeitern der Wurstmanufaktur gesprochen, auch mit dem Azubi, der wohl morgen aus dem Krankenhaus entlassen wird. Nicht alle wussten etwas, das uns weiterhilft, aber wenn wir die Details einiger Aussagen kombinieren, war wohl ein Mann unter dem Vorwand auf dem Firmengelände, mit Ralph Liebeneiner sprechen zu wollen. Als der aber ins Foyer kam, war der Besucher nicht mehr anwesend. Der Pförtner hatte nicht gesehen, ob er durch den Haupteingang wieder hinausgegangen war. Stefan Kutterer hielt es für möglich, dass der Fremde vom Foyer in die Produktionshalle gegangen war, dort ist er allerdings niemandem aufgefallen. Nur eine Mitarbeiterin im Versand, die gerade Zigarettenpause im Hof machte, sah einen fremden Mann wenig später aus einem Nebeneingang kommen und danach eilig vom Firmengelände verschwinden.«

»Das ist alles schön und gut, Hanns, aber …«

»Warte bitte, nur eins noch. Wir haben uns den anonymen Anruf einige Male angehört. Du hattest ja danach gefragt, ob der Unbekannte vielleicht nicht ganz akzentfrei sprach. Der Mann sprach das Deutsche sehr deutlich aus, fast übertrieben korrekt, also praktisch ohne Akzent. Nur *R* und *W* klangen ein bisschen ungewohnt – wenn das also kein Deutscher war, dann vielleicht ein Amerikaner oder Engländer, der sehr gut deutsch spricht.«

»Ja, und zwar …«

Fehsen redete einfach weiter, Peppino musste sich beherrschen, ihn nicht mit einem lauten Schrei zu unterbrechen. Unterdessen flitzte Camilla weiter in Richtung Flughafen.

»Daraufhin haben wir ein wenig in der Vergangenheit von Frau Brown recherchiert. Wir haben inzwischen als Verdächtigen ihren Halbbruder im Visier, einen gewissen Elijah Brown. Der landete vor ein paar Wochen mit dem Flugzeug in der Stadt, und gleich nach seiner Ankunft ist er von der Bildfläche verschwunden. Wir wissen nicht, wo er wohnt oder was er hier macht. Nur einen Leihwagen hat er sich genommen, und dessen Navidaten konnten wir uns inzwischen beschaffen. Das Fahrzeug war mehrmals in derselben Funkzelle wie die Wurstmanufaktur Liebeneiner. Und die Beschreibung der Liebeneiner-Mitarbeiter passen auf ihn. Jetzt suchen wir nach Elijah Brown und …«

»Und ich kann euch sagen, wo er sich gerade jetzt befindet.«

»Was?«

»Ja, das will ich dir schon die ganze Zeit sagen. Brown hat vor Kurzem am Flughafen seinen Mietwagen abgegeben und inzwischen den Abflugterminal betreten. Ich vermute, er will mit der Sechs-Uhr-Maschine nach Bristol fliegen. Wir sind schon auf dem Weg, kannst du ein paar Leute schicken? Und ich hätte noch eine Bitte, es geht um Sadik, den Albaner.«

Fehsen seufzte, aber nachdem er mit einigen schnellen Kommandos Polizeibeamte zum Flughafenterminal beordert hatte, hörte er sich alles geduldig an und versprach, Sadiks Leute aus der Sache rauszuhalten.

»Wenn es hektisch wird, kann man ja schon mal jemanden übersehen«, sagte Fehsen. »Aber das habe ich so natürlich nie gesagt.«

»Natürlich nicht«, entgegnete Peppino. »Und danke.«

Die Schlange vor dem Schalter war überschaubar. Die Frühmaschine nahmen sicher nur diejenigen, die schon im Lauf des Vormittags dringende Termine hatten. Das Aufstehen zu so unchristlicher Zeit ersparte sich, wer konnte. Der Mann vor ihm stellte sich sehr ungeschickt an, und als er es endlich geschafft hatte, seinen unförmigen Koffer auf das Förderband zu wuchten, krachte einer der Verschlüsse, und schmutzige Wäsche quoll durch die entstandene Lücke heraus. Er entschuldigte sich in einem fort, und das schien die Angestellte am Check-in mehr zu nerven als das Malheur selbst. Mit vereinten Kräften hatten sie irgendwann alle Socken und Hemden zurück in den Koffer gestopft, die Angestellte zog schnell stabiles Klebeband um das Gepäckstück, damit es zumindest bis zur Landung nicht wieder aufreißen würde.

Dann trat der Mann endlich zur Seite, blieb noch kurz im Weg stehen, bis er endlich mit dem Ticket in der Hand davontapste. Die Angestellte sah ihm einen Moment lang hinterher, dann begrüßte sie ihren nächsten Passagier mit breitem Lächeln und rollenden Augen. Elijah Brown hob den Koffer auf das Förderband, und als das Gepäckstück mit einem Bändel versehen hinter die Kulissen rollte, legte er auch die Umhängetasche auf. Noch ein Bändel, ein Bon, ein freundliches Lächeln – doch gerade wollte er sich ebenso lächelnd von der Angestellten verabschieden, als die Frau an ihm vorbeischaute und ihre Miene erstarrte.

Camilla und Peppino eilten durch das Flughafengebäude und schauten sich nervös um, wo es auf kürzestem Weg zu ihrem Ziel ging. Die digitale Tafel mit den Abflugzeiten zeigte das Gate an, an dem sich die Passagiere der Frühmaschine nach Bristol einfinden sollten, aber das Gate lag hinter der Sicherheitskontrolle, und an der kamen sie als Privatpersonen ohne Ticket nicht vorbei. Doch vielleicht war Camillas Stiefbruder ja noch in diesem Teil der Halle, vielleicht hatte er sein Gepäck noch nicht aufgegeben oder er war gerade dabei. Noch auf der Herfahrt hatte Peppino die Fluggesellschaft herausgefunden, die den Flug nach England anbot, nun suchten sie nach dem Schalter dieser Gesellschaft.

Peppino blieb stehen und drehte sich einmal um die eigene Achse. Dann zupfte Camilla ihn am Ärmel. Er sah sie an, sie nickte in eine Richtung, und als er ihrem Blick folgte, sah er zwei uniformierte Polizisten, die einen Mann zwischen sich führten und sehr darauf achteten, dass er nicht plötzlich Reißaus nehmen konnte. Der eine Beamte hielt ihn am Oberarm fest, der andere ließ ihn nicht aus den Augen, auf Handschellen hatten sie verzichtet. Trotzdem blickten einige Menschen in der Halle neugierig auf das Dreiergespann, bevor sie weitergingen.

Der Mann zwischen den Uniformierten sah müde aus und deprimiert. Er hielt den Kopf gesenkt und schlurfte mit seinen Schuhen über den Boden, als habe er Mühe, sich aufrecht zu halten.

»Elijah?«

Camilla hatte zwei, drei schnelle Schritte gemacht und stand den Polizisten und ihrem Gefangenen nun im Weg. Die blieben abrupt stehen. Der eine Beamte griff im

Reflex nach seiner Waffe, ließ sie aber noch im Holster stecken. Der andere musterte die fremde Frau und zog den Gefangenen etwas näher zu sich her. Der Mann, den er festhielt, schaute auf und sah Camilla wortlos an.

»Warum hast du das getan?«, fragte sie ihn.

Peppino konnte nicht einschätzen, ob ihre Stimme vor Wut vibrierte oder vor Aufregung. Für alle Fälle postierte er sich neben ihr, so dass er sie zurückhalten konnte, falls sie sich auf ihren Stiefbruder werfen würde oder sich zu einer anderen Kurzschlussreaktion hinreißen ließ.

»Ella ist tot«, knurrte er. »Hat sich umgebracht, hatte immer Pech, irgendwann war es mal zu viel für sie. Ich darf meine Tochter nicht mehr sehen. Mutter leidet an unserem Schicksal und an ihrem. Und du …«

Er spuckte vor ihr aus.

»He, lassen Sie das!«, herrschte ihn der eine Polizist an und riss ihn ein Stück von Camilla weg. Dann wandte er sich an sie. »Und Sie gehen bitte weiter. Oder wenn Sie etwas zu dieser Sache aussagen möchten, dann wenden Sie sich bitte an unsere Kollegen, die da gerade zur Halle hereinkommen.«

Peppino drehte sich um. Mit großen Schritten stürmte Hanns Fehsen auf sie zu, er hielt seinen Kripoausweis am ausgestreckten Arm in die Höhe, und dicht hinter ihm folgten Aglaia Bommers und Jochen Maigert.

»Und jetzt kannst du zusehen, wie du wieder auf die Füße kommst«, raunte Elijah seiner Stiefschwester noch zu.

Er versuchte ein triumphierendes Grinsen, so richtig glückte es ihm nicht. Camilla sah ihn traurig an, dann schüttelte sie den Kopf.

»Du tust mir leid, Elijah.«

Damit wandte sie sich ab und ging auf den Ausgang zu. Peppino wusste nicht recht, ob er ihr folgen oder lieber hier bei seinen Kollegen bleiben sollte.

»Na, jetzt geh schon«, forderte Fehsen ihn auf. »Das Mädel kannst du jetzt wirklich nicht allein lassen. Mit diesem Kerl werden wir schon ohne dich fertig.«

13

Sie hatten verabredet, dass sie in ihren eigenen Küchen kochen und dann ihre Gerichte zusammen zu denen bringen lassen würden, für die sie gedacht waren. Camilla war als Erste mit der Zubereitung fertig, aber sie brauchte mehr Zeit, alles schön anzurichten und so in die Transportbehälter zu geben, dass die Speisen auch nach der Lieferung noch frisch und leidlich warm sein würden. Zwei Mitarbeiter ihrer Küche hatten gern geholfen, um endlich mal wieder im *Camilla's* kochen zu können, und zusammen mit ihrem Servicechef Valentin trugen sie die Transportbehälter aus dem Restaurant zu dem dreirädrigen Karren, der am Straßenrand stand. Dahinter parkte der alte Kombi, den Horst Schachner nur fuhr, wenn er eine weitere Strecke vor sich hatte.

Zum Glück hatte Ole den Zweitakter ausgeschaltet, und Camilla hoffte, dass das stinkende Abgas der alten Ape während der Fahrt nicht doch noch irgendwie an die Speisen gelangte. Gerade hatten sie alles sicher verstaut, die eine Hälfte auf der Ladefläche der Ape, die andere im Kofferraum von Schachners Kombi, als auch schon Peppino aus der Trattoria eilte. Ihm halfen seine Mutter und Donatella tragen, und nachdem auch das alles auf die beiden Fahrzeuge verteilt war, gab Peppino dem alten Ole einen Zettel und einen anderen dem Schlachter im Ruhestand.

Ole sollte zur Polizeidirektion fahren, wo sich Fehsen, Bommers und Maigert schon auf ein leckeres Menü freuten, und zur Wurstmanufaktur Liebeneiner, in deren Kantine Stefan Kutterer einige Kollegen zum gemeinsamen Essen versammelt hatte. Schachner hatte das Gewerbegebiet übernommen, in das sich Ole noch immer nicht traute. Sadik, der Albaner, hatte für seine Helfer in dieser Angelegenheit einen Tisch im Gym aufbauen und schön eindecken lassen. Auch der geheimnisvolle Geschäftspartner, der zwei Tage zuvor mit dem Flugzeug in die Stadt gekommen war, würde mitessen, bevor er wieder nach Hause flog. Außerdem sollte Schachner eine sehr große Portion des Menüs zu einem alten, rostigen Kutter im Hafen bringen, auf dem ein alter Freund von Peppinos Vater saß und an die alten Zeiten dachte.

Dann knatterte die Ape los, und Schachner überholte das Dreirad noch vor der nächsten Kreuzung. Inzwischen hatten Valentin und die beiden Angestellten weitere Behälter aus dem *Camilla's* geholt und brachten sie zur Trattoria. Dort waren schon Pasta, Fleisch, Fisch, Gemüse und Salat zu einem stattlichen Büfett aufgebaut, für die Gerichte aus dem veganen Restaurant war Platz gelassen worden, und als sich alle an den Tischen im *Salento* niederließen, herrschte schnell eine fröhliche Stimmung, die mit jedem Glas Wein noch etwas ausgelassener wurde.

Peppinos Kollegen hatten ihnen berichtet, dass Elijah Brown mehr oder weniger geständig gewesen war. Er hatte immer wieder darauf abgehoben, wie viel Pech er und seine Schwester und wie viel Glück seine Stiefschwester gehabt habe.

»Dass der deiner kleinen Engländerin leidtut, kann ich gut verstehen«, hatte Fehsen ihm gesagt, als Peppino die Kollegen in der Inspektion besucht hatte.

»Das ist nicht *meine* Engländerin«, protestierte Peppino lahm, und Aglaia Bommers versetzte ihm wegen der *kleinen Engländerin* einen ordentlich Ellbogenstoß in die Rippen.

Wie es mit der Wurstmanufaktur Liebeneiner weitergehen würde, war noch unklar. Ralph Liebeneiners Schwester hatte sich Unterlagen bringen lassen, offenbar wollte sie ihre Bank prüfen lassen, ob sie und ihr Mann die Firma weiterführen sollten. Auch Herbert Pohl, der Geschäftsführer der hiesigen Niederlassung der Klöbner-Gruppe, hatte Liebeneiners Schwester angeboten, sich finanziell zu engagieren. Dem Vernehmen nach war auch der Kasseler Rippchenkönig selbst bereit, privates Geld in die Manufaktur zu stecken.

Doch das alles hatten sie in den vergangenen Tagen hinreichend besprochen und diskutiert. Sie hatten sogar ruhig über einen sehr heiklen Aspekt reden können: über die Frage, ob Camilla Kontakt zu ihrem Vater und ihrer Stiefmutter aufnehmen sollte – oder wie sie sich verhalten würde, falls von dort ein Brief oder ein Anruf kam.

Heute Abend war das kein Thema. Heute Abend wurde gefeiert, gegessen, getrunken, genossen und gelacht. Toto Sensoni tischte lustige Geschichten aus seiner Vergangenheit auf, und seine Frau Gina sah ihn glücklich an. Nur manchmal huschte ein Schatten über ihr Gesicht, und ihr Lachen wurde etwas wehmütiger, aber das war jedes Mal schnell wieder verflogen.

Donatella hatte sich zu den Angestellten des *Camilla's* gesellt. Zu Beginn des Abends hatte sie immer wieder Peppino einen kurzen Blick zugeworfen, doch dann nahm sie der attraktive Soßenkoch immer mehr in Beschlag, und irgendwann hatte sie nur noch Augen für ihn.

Es war ein schöner Abend, auch ein langer, und irgendwann, als auch Schachner und Ole nach ihren Lieferfahrten mitfeierten und sich alles schmecken ließen, wurden die Gespräche allmählich leiser, die Pausen länger, und dann verabschiedete sich einer nach dem anderen.

Donatella wollte noch helfen, aber Peppino nickte nur zu dem Soßenkoch hinüber, der unschlüssig neben der Ausgangstür stand.

»Da wartet jemand auf dich«, sagte er und verkniff sich ein Grinsen, als die hübsche Bedienung doch tatsächlich ein klein bisschen rot wurde.

Toto Sensoni wollte nur noch ein letztes Glas trinken, aber seine Frau bugsierte ihn aus dem Gastraum und zwinkerte Peppino im Hinausgehen verschwörerisch zu.

»Ich darf dir schon noch aufräumen helfen, oder?«

Camilla strahlte ihn an, und abgesehen davon, dass er wirklich keine Lust hatte, das alles allein zu machen, hätte er ihr in diesem Moment auch keine andere Bitte abschlagen können.

In der Küche ging ihnen alles schnell von der Hand. Die Spülmaschine hatte nach ein paar Durchläufen Geschirr, Besteck und Gläser blitzblank gereinigt. Die Essensreste waren im Handumdrehen verpackt und kühl gestellt, und als alles abgewischt, aufgeräumt und verstaut war, entkorkte Peppino eine Flasche Rotwein und setzte sich mit Camilla noch einmal an den runden Stammtisch im Lokal. Er stellte ihr Glas direkt neben seines, und sie ließ sich auf dem Stuhl neben ihm nieder.

»Kommst du mit allem zurecht?«, fragte er Camilla.

Das Siezen hatten sie im Lauf des Abends aufgegeben.

»Im Moment geht's mir gut, aber wie alles werden wird …«

Sie zuckte mit den Schultern und lächelte. Peppino wurde ganz warm, so schön sah das an ihr aus. Er hob sein Glas.

»Darauf, dass dein Restaurant bald wieder öffnen kann.«

»Danke, und auf euer *Salento*. Es ist wirklich schön hier.«

»Und darauf, dass du den Stern bekommst, den du dir so sehr wünschst.«

»Na ja, das wird wohl erst mal nichts werden. Ich bin schon gespannt, ob Konrad Börr wiederkommen wird, wenn wir irgendwann neu eröffnen.«

»Ach, da habe ich keine Bedenken. So, wie du vorhin von ihm erzählt hast, ist das ja dein größter Fan.«

Sie rollte mit den Augen und seufzte.

»Mir wäre es lieber, er hätte nur mich als Küchenchefin im Blick.«

»Mir auch«, sagte Peppino, und als es ihm herausgerutscht war, trank er schnell etwas Rotwein, um seine Verlegenheit zu überspielen.

Darauf sagte sie nichts, aber ihr noch etwas schöner gewordenes Lächeln raubte ihm den Atem. Peppino sah ihr in die Augen, die Verlegenheit wich, und auch auf sein Gesicht legte sich ein Lächeln.

Ob ich sie wohl einfach küssen sollte?, dachte er.

Ihr Blick veränderte sich, sie lächelte noch etwas intensiver.

Dio mio, kann sie womöglich meine Gedanken lesen?, ging es Peppino durch den Kopf.

»Nein, kann ich nicht«, sagte Camilla und küsste ihn.

ENDE

REZEPTANHANG

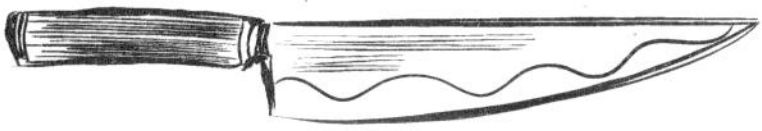

VEGAN ODER TRADITIONELL?

Camilla Brown schwört für ihr Restaurant auf vegane Zutaten, während Peppino Sensoni und seine Familie in ihrer Trattoria nicht nur Fleisch und Speck verarbeiten, es muss sogar unbedingt der passende Speck für das jeweilige traditionelle Gericht sein. Kein Wunder, dass die beiden in kulinarischen Dingen schnell aneinandergeraten. So ist es auch zu erklären, dass sich Camilla zu Beginn des Krimis dazu hinreißen lässt, mit einem veganen Gericht ein fleischhaltiges Essen imitieren zu wollen. Denn eigentlich bedeutet vegan für sie eher ein schön zubereitetes Gemüse als eine Wurst aus Ersatzprodukten.

Wer die folgenden Rezepte nachkochen oder – noch besser – sich von ihnen inspirieren lassen möchte, hat deshalb mit so unterschiedlichen Zutaten zu tun wie essbaren Blütenblättern und herzhafter Fenchelwurst. Ich wünsche viel Spaß und guten Appetit.

CAMILLAS SANDWICH (VEGAN)

Natürlich kann man schnell mal zwischendurch eine Wurst- oder Käsescheibe zwischen zwei Toasts legen, aber wenn Camilla sich ein Sandwich zubereitet, darf es gern auch etwas aufwendiger sein.

ZUTATEN (FÜR 4 SANDWICHES)

8 Scheiben Toast (sehr gern Vollkorn)
4 Blätter Salatherzen (z. B. Romana)
1 Avocado
¼ Zwiebel
½ Knoblauchzehe
etwas Limetten- oder Zitronensaft
4 Oliven (gern schwarz)
1 TL Balsamicocreme
2 Tomaten
½ TL Pinienkerne
2 TL essbare Blüten (z. B. Löwenzahn, Kapuzinerkresse)
Olivenöl
Salz, Basilikum

ZUBEREITUNG

Pinienkerne im Mörser zerstoßen. Tomaten waschen, halbieren, Kerne und grünen Stielansatz entfernen. Die Tomatenfilets in kleine Stücke schneiden, die Hälfte weiter zerkleinern und beiseitestellen, den Rest mit 1 TL

Salz, Basilikum, den zerstoßenen Pinienkernen und 1 EL Olivenöl in einer kleinen Schüssel vermischen und mit dem Rührlöffel oder mit der Hand so andrücken, dass es ein grobes Pesto ergibt, in dem noch Tomatenstücke erkennbar sind.

Die Avocado halbieren, den Kern entfernen, das Fruchtfleisch aus der Schale löffeln und in eine Schüssel geben. Sofort Limetten- oder Zitronensaft untermischen (das erhält die grüne Farbe). Zwiebel und Knoblauch fein hacken und zusammen mit den restlichen Tomatenstücken dazugeben. Alles zu einer möglichst glatten Masse vermischen und mit Salz abschmecken. Für das Sandwich wird nur etwa die Hälfte der Masse benötigt, der Rest kann als Dip im Kühlschrank aufbewahrt werden.

Salatblätter abwaschen, trocken schütteln und in feine Streifen schneiden.

Oliven abtropfen lassen, ggf. Kerne entfernen und die Oliven in sehr dünne Scheiben schneiden.

Toastscheiben in ein wenig Olivenöl auf einer Seite goldgelb anbraten. Das Toastbrot mit der gebratenen Seite nach oben bereitlegen. Die eine Hälfte der Toastscheiben mit dem Tomatenpesto bestreichen, darauf die Salatstreifen und die Olivenscheiben anrichten und mit etwas Balsamicocreme beträufeln. Darüber die Blüten streuen. Die übrigen Toasts mit der Avocadocreme bestreichen und als Deckel obenauf platzieren.

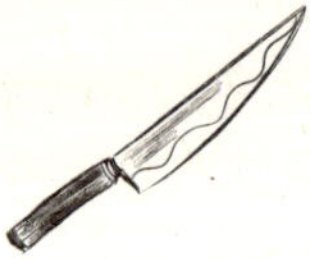

PEPPINOS PASTA MIT SALSICCE

Salsicce sind rohe Würste, deshalb müssen sie gut gekühlt und nach dem Einkauf zügig verarbeitet werden. Wer den Geschmack von Fenchel nicht mag, kann für dieses Rezept auch eine grobe Bratwurst verwenden. Die anderen Zutaten sind ebenfalls nur ein Vorschlag. Im Prinzip passt für dieses Essen alles, was deftig schmeckt.

ZUTATEN (FÜR 4 PERSONEN)

500 g kurze Pasta (Farfalle, Penne oder kurze Maccaroni)
4 Salsicce
1 Zwiebel
1 Knoblauchzehe
1 EL Tomatenmark
3 EL Crème fraîche
2 bis 3 EL Olivenöl
100 ml Rotwein
Salz, Pfeffer, Rosenpaprika, Koriander, Basilikum, Oregano, Zucker
nach Geschmack Sojasoße und Chiliflocken

ZUBEREITUNG

Wasser zum Kochen bringen, salzen und darin die Pasta bei mittlerer Hitze knapp al dente kochen. Fertige Nudeln abgießen, zwei Tassen Nudelwasser auffangen.

Die Zwiebel in grobe Stücke schneiden, die Knoblauchzehe fein hacken, die Haut der Salsicce entfernen, die Wurstmasse mit den Fingern grob zerkrümeln.

Olivenöl in der Pfanne erhitzen, Zwiebeln, Wurstkrümel und Tomatenmark ins Öl geben, salzen und anbraten. Der Knoblauch kommt dazu, sobald die Zwiebeln glasig werden. Mit Rotwein ablöschen, einkochen lassen. Wenn gewünscht mit Sojasoße ablöschen und wieder einkochen lassen. Danach mit einer Tasse Nudelwasser ablöschen und bei mittlerer Hitze köcheln lassen. Mit den Gewürzen abschmecken, vom Zucker nur eine Prise dazugeben. Falls der Inhalt der Pfanne zu trocken wirkt, noch etwas Nudelwasser nachgießen. Die Pasta in die Pfanne geben, Crème fraîche dazu, alles umrühren und sofort servieren.

CAMILLAS SALSICCE AUF GRÜNEM BETT (VEGAN)

Im *Camilla's* wurden die veganen Salsicce, die sie nach geheimem eigenem Rezept von der Wurstmanufaktur Liebeneiner & Söhne bezieht, wahlweise mit Spaghetti oder auf Gemüsebett serviert.

ZUTATEN (FÜR 4 PERSONEN)

8 vegane Salsicce
1 Handvoll Brunnenkresse
1 Handvoll Rucola
½ Zucchini
1 Romanesco
2 Karotten
4 Tomaten
Weißbrot (soll 2 Handvoll Croûtons ergeben)
1 rote Zwiebel
2 Knoblauchzehen
trockener Rotwein
Olivenöl
Balsamicoessig
Salz, Oregano, Basilikum
3 EL Zucker
Eiswürfel

ZUBEREITUNG

Zucchini waschen, trocknen, Enden entfernen, den Rest in hauchdünne Scheiben schneiden. Knoblauchzehen schälen, zweiteilen und andrücken. Olivenöl in einer Pfanne leicht erhitzen, salzen und darin den Knoblauch vorsichtig anschwitzen, bis er etwas Farbe annimmt.

Zucchinischeiben in einer Auflaufform auslegen, den Boden der Form möglichst vollständig belegen, danach so viele Schichten aufeinander platzieren, bis die Zucchinischeiben verteilt sind. Das warme, aber nicht mehr heiße Olivenöl durch ein feines Sieb über die Zucchinischeiben gießen. Wer mag, kann die halben Knoblauchzehen aus dem Sieb nehmen, in sehr feine Scheiben schneiden und über die Zucchini geben. Die Zucchini etwa zwei Stunden in der Auflaufform marinieren. Danach Zucchinischeiben entnehmen und auf Küchenkrepp auslegen.

Tomaten waschen, halbieren und grünen Stielansatz und Kerne entfernen. Tomatenhälften noch einmal halbieren, Tomatenfilets in etwa 3 mm dicke Scheiben schneiden und eine Auflaufform damit auslegen. Aus trockenem Rotwein, Oregano, Basilikum und einer Prise Salz eine Marinade anrühren, über die Tomatenfilets gießen und eine Stunde einziehen lassen. Danach kommen die Tomatenfilets heraus und tropfen in einem Sieb ab.

In einer Pfanne Olivenöl auf mittlere Hitze erwärmen.

Zwiebel fein würfeln. Weißbrot je nach Geschmack in 1 bis 2 cm große Würfel schneiden – kleinere Croûtons werden knuspriger, größere bleiben innen weich. Croûtons (goldgelb) und Zwiebel (hellbraun) in der Pfanne bei mittlerer Hitze ausbacken. Pfanne über einem feinen

Sieb ausleeren, die aufgefangenen Croûtons (gern mit Zwiebeln und Knoblauch) im Sieb abtropfen lassen.

Vom Romanesco Stiel und äußere Blätter entfernen, den Kohlkopf in Röschen zerteilen, die Röschen unter fließendem Wasser waschen. In einer Schüssel Eiswürfel in kaltes Wasser geben. In einem Topf Wasser zum Kochen bringen, salzen und darin die Röschen kurz blanchieren – dazu den Romanesco mit einem Schaumlöffel, einem Sieb oder einem Dämpfkorb für knapp drei Minuten ins heiße Wasser halten. Danach mit dem Eiswasser übergießen und weiter abkühlen lassen.

Karotten putzen, Blattgrün samt Ansatz entfernen. In einem Topf Wasser erhitzen, darin den Zucker auflösen und etwas Olivenöl dazugießen. In diesem Wasser die Karotten bissfest garen. Die gegarten Karotten abgießen und in dünne Scheiben schneiden.

Blätter der Brunnenkresse abzupfen, in eine Schüssel mit kaltem Wasser legen, etwas darin bewegen, mit einem Schaumlöffel entnehmen und abtropfen lassen. Danach vorsichtig mit etwas Balsamicoessig benetzen und Blätter durchmischen.

Rucola unter fließendem Wasser waschen und trocken schütteln. Mit etwas Olivenöl benetzen und Blätter durchmischen.

Nun werden die Teller angerichtet: Zucchinischeiben auslegen, darauf Rucola platzieren und die Brunnenkresse darüber verteilen. Die kräftig angebratenen Salsicce auflegen, den Teller mit Romanesco, Tomatenfilets und Karotten garnieren, am Ende die Brotcroûtons mit Zwiebeln neben die Salsicce streuen.

PEPPINOS PFANNENBROT (VEGAN)

Natürlich bäckt Peppino in der Trattoria seiner Familie das Pizzabrot im Holzbackofen. Da aber die wenigsten einen solchen Ofen in der heimischen Küche haben, behelfen wir uns mit Panini aus der Pfanne, die echtem Pizzabrot sehr nahekommen und die auch Peppino ab und zu so zubereitet.

ZUTATEN (FÜR 8 PANINI)

300 g Mehl (Type 550)
200 ml Wasser (lauwarm)
20 g frische Hefe
1 TL Salz
Olivenöl

ZUBEREITUNG

Mehl und Salz in einer Schüssel vermengen. 200 ml lauwarmes Wasser in einen Messbecher geben, darin unter Rühren die Hefe auflösen. Die Flüssigkeit zu Mehl und Salz schütten und daraus einen gleichmäßigen Teig kneten. Den Teig in der zugedeckten Schüssel mindestens eine halbe Stunde gehen lassen.

Den Boden einer Pfanne mit Olivenöl bedecken und auf mittlere Hitze bringen.

Währenddessen den Teig noch einmal durchkneten und in 8 gleich große Stücke teilen. Die Teigstücke zu länglichen Pizzabrötchen formen und in Olivenöl ausbacken. Die Panini gehen während des Backens noch auf, deshalb in der Pfanne genügend Platz lassen.

Die Panini sind fertig, wenn sie eine goldgelbe Farbe angenommen haben. Kurz auf Küchenkrepp legen, danach schnell servieren.

PEPPINOS ORECCHIETTE MIT BROKKOLI (VEGAN)

Auch in der Trattoria *Salento* werden Veganer satt, denn nicht zu jedem Rezept der Sensonis gehören Fleisch, Speck oder Wurst, Sahne, Butter oder Eier. Wobei Peppino über seinen Teller dann doch gern noch etwas Parmesankäse reibt.

ZUTATEN (FÜR 4 PERSONEN)

500 g Orecchiette
1 Brokkoli
½ Zwiebel
1 EL Tomatenmark
200 ml passierte Tomaten
50 ml Rotwein
1 TL Balsamicoessig
3 EL Olivenöl
2 EL Mandelplättchen
Salz, Pfeffer, Paprika, Koriander, Piment

ZUBEREITUNG

Wasser zum Kochen bringen, salzen und darin die Pasta bei mittlerer Hitze knapp al dente kochen. Fertige Nudeln abgießen, eine Tasse Nudelwasser auffangen.

Brokkoli in Röschen teilen und waschen. Auch den Stiel putzen, den Anschnitt knapp fingerbreit abschneiden, Blätter entfernen. Stiel in grobe Stücke schneiden und in einem Topf mit Salzwasser köcheln lassen, um einen Brokkolisud zu gewinnen.

Röschen in einem weiteren Topf wenige Minuten im kochenden Wasser garen lassen. Die Röschen sollten danach noch so fest sein, dass man mit einer Gabel nur schwer hineinstechen kann. Röschen abgießen.

Mandelplättchen in der Pfanne ohne Fett bei mittlerer Hitze kurz anbräunen. Mandeln aus der Pfanne nehmen, Olivenöl in der Pfanne erhitzen.

Zwiebel fein hacken und zusammen mit Tomatenmark in der Pfanne anschwitzen. Brokkoliröschen kurz mitbraten. Mit Balsamico und danach mit Rotwein ablöschen, passierte Tomaten und Nudeln dazugeben, mit den Gewürzen abschmecken. Nudelwasser (damit die Soße besser bindet) und Brokkolisud (für intensiveren Geschmack) angießen und leicht einkochen lassen, bis fast die ganze Soße von den Nudeln aufgesogen ist.

Heiß servieren und auf dem Teller mit den gebräunten Mandelplättchen bestreuen.

DANKSAGUNG

Als Buchautor hat man die wunderbare Möglichkeit, sich in anderen Welten als der eigenen, in fremden Branchen und Lebensverhältnissen umzusehen und für die Dauer des Schreibens zumindest gedanklich darin zu leben. Und wenn mich das, wie im Fall der Krimis um die beiden ungleichen Köche Camilla Brown und Peppino Sensoni, in ein Metier führt, das mich ohnehin fasziniert, macht es umso größere Freude – auch wenn ich selbst nur als Amateur mit Töpfen und Pfannen hantiere. Allen, die mir dieses Buchprojekt ermöglicht und mir dabei geholfen haben, möchte ich deshalb herzlich danken – vom Verlag bis zu all denen, die ich mit meinen Fragen behelligen durfte.

Allen Leserinnen und Lesern wünsche ich viel Vergnügen mit den Fällen von Camilla und Peppino, natürlich auch mit ihren Rezepten. Und wer am Nachkochen Freude hatte, mit hoffentlich leckerem Ergebnis, darf mir gern Fotos davon mailen an *hallo@tim-berger.de* – ich freue mich über jede Zuschrift.

Ihr Tim Berger